KB150140

동물을 만나고 좋은 사람이 되었다

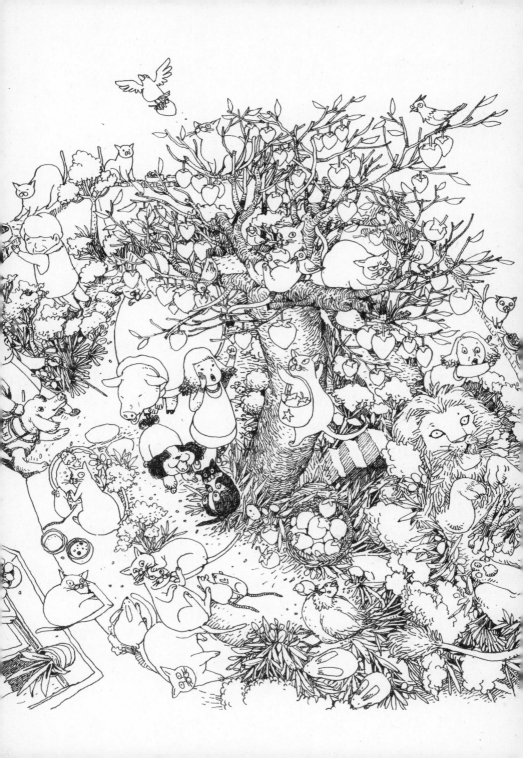

좋은 사람으로 불편하게 살기로 했다

　제목을 두고 고민이 길었다.《동물을 만나고 좋은 사람이 되었다》는 일찌감치 정한 제목이었는데 좋은 사람 앞에 부사가 필요해 보였다. '아주 조금, 살짝, 요만큼… 좋은 사람이 되었다'로 하고 싶었지만 제목에 군더더기를 붙일 수 없어서 그만뒀다. 이 책은 온전히 좋은 사람이 아니라 좋은 사람이 되려고 부단히 노력 중인 나의 이야기다.

　좋은 사람이기를 포기하면 사는 게 편해진다고 한다. 인간관계의 이야기다. 인간관계에서 자신의 감정이나 의사를 드러내지 못하고 상대방에 맞추는 좋은 사람 또는 착한 사람 콤플렉스가 있는 사람들에게 필요한 말이다. 허나 책 제목의 좋은 사람은 이 부류가 아니다. 동물을 비롯한 모든 약자와의 관계에서의 좋은 사람.

　그러고 보니 이들과의 관계에서도 좋은 사람이기를 포기하면 사는 게 편해지는 게 맞긴 하다. 반려동물을 만난 후 유기동물, 길고양이,

전시동물, 농장동물 등 자본주의 사회에서 인간과 관계를 맺고 사는 모든 동물이 처한 현실을 알게 되자 마음은 전쟁터가 되었다. 내가 세상을 바꿀 수 없으니 내 마음이 편하려면 뭐라도 해야 했다. 길고양이에게 밥을 주면서 애면글면은 시작되었고, 거위와 오리를 학대하면서 뽑은 털로 속을 채우고 모자 끝에 동물 털이 달리지 않은 겨울 점퍼를 찾기 힘들어 낡은 점퍼를 계속 입다 보니 추위에 웅크리고 다니고, 식탁 위에 윤리를 적용하니 식습관을 바꾸느라 애먹고 있다. 맞다. 좋은 사람이기를 포기하면 편할 텐데. 하지만 이제는 돌아갈 수 없다. 동물을 만나기 전으로는. 그래서 불편하게 살기로 했다.

지난 몇 년간 신문, 잡지 등에 썼던 글을 모은 책이다. 글에는 우리집 아이들 이야기가 종종 등장하는데 시간 순서가 뒤바뀌어 반려견 쩡이가 무지개다리를 건넜다가 다음 글에는 노견으로 살아 있기도 한다. 감안하여 읽어 주기를 바란다. 그런데 정말 그럴 수 있다면 얼마나 좋을까.

19년을 함께 살아 준 모든 종에게 관대했던 강아지 김쩡, 18살 할머니가 되어서도 여전히 동네 고양이들에게 하악질을 해대며 대장 고양이로 꼿꼿하게 살고 계시는 대장, 닭으로는 처음으로 내 친구가 되어 준 알이, 내가 부르면 고양이가 아니라 말처럼 두다다다 소리를 내며 달려왔던 강이를 비롯해 무지개다리를 건넌 아이들과 조용하고 오래된 동네를 지키고 있는 민호, 장이, 노랑이, 목걸이, 갑수 등 동네 고양이들. 너희들의 목소리를 대신해서 쓴 이 글이 마음에 들기를 바란다.

차례

2장 노견, 외출고양이 그리고 길고양이

3장 지금 여기, 우리 곁의 동물

4장 인간이나 동물이나 같은 신세

1장

약자를 대하는 태도를 보면 어떤 사람인지 알 수 있다

동물을 만나고
좋은 사람이 되었다

브레히트는 시 〈서정시를 쓰기 힘든 시대〉에서 '왜 나는 / 마흔 살의 아낙네가 등을 구부리고 지나가는 것만을 말하는가 / 소녀들의 가슴은 / 예나 같이 따스한데'(김길웅 역)라고 했다. 나도 가끔 그런 마음이 든다. 반려동물과 사는 일은 행복한데 왜 내 글은 만날 우울하고 피로감을 몰고 다닐까. 동물들이 유기, 학대, 식용 등 억울하게 당하는 일이 많아서 대변인 노릇을 하다 보니 그런가 보다.

동물과 함께 사는 일은 행복감 충만한 일이다. 얼마 전 술자리에서 신나게 웃고 떠들다가 일어서는데 누군가 그랬다.

"정말 오랜만에 아무 생각 없이 웃었네."

아직 반려동물과 사는 행운을 못 만난 분이구나 생각했다. 아무 생각 없이 웃기, 놀기, 멍 때리기 등 정신활동 최고의 경지인 무념무상의 달인이 바로 '멍 선생'인 반려동물이고, 그들과 함께 살다 보면 반려인도 달인의 경지에 조금씩 가까워지는데.

반려동물과 살다 보면 점점 좋은 사람이 되는 것 같다. 인간과 동물은 다르다고 생각했다가(인간도 동물이다. 인간과 동물을 구분하는 것은 비과학적이다. 인간 동물human animal과 비인간 동물non-human animal로 구분하는 것이 적확하다) 그들도 생각하고 느낀다는 것을 알게 되고, 다른 종에 대한 이해와 존중의 마음이 생겼다. 그러다 보면 유기동물, 실험실이나 농장의 동물은 물론 인간사회의 다른 약자에게까지 연민이 퍼진다. 밀란 쿤데라도 "한 인간의 도덕성은 힘없는 존재인 동물을 대하는 태도를 통해 알 수 있다."고 하지 않았나.

그래서 아직 선진국의 반에도 미치지 못하는 우리나라의 반려인구가 늘었으면 좋겠다고 말하면 사람들은 그만큼 버려지는 동물도 많지 않겠냐고 걱정을 한다. 어떤 일이나 순기능과 역기능이 공존하고, 시간이 지나면 순기능이 더 많을 거라고 생각한다. 긍정의 변화를 일으킬 수 있는 힘을 충분히 갖춘 존재들이니까.

고맙게도 최근 반려인의 대열에 합류한 사람들이 많다.

"나도 이제 개랑 살아.", "고양이 입양했어요."
라고 말하며 휴대전화를 내미는 사람들이 많아졌다. 얼마 전 휴대전화 사진을 내밀며 강아지 자랑을 하던 지인은 두 아들을 친정 엄마에게 맡기고 맞벌이를 하는 워킹맘이다. 친정 엄마는 손주를 둘이나 돌보는 것도 모자라 '개xx'까지 맡기냐며 처음에는 펄펄 뛰셨다고 한다. 하지만 멋대가리 없는 사내 녀석들만 돌보다가 반려견과 살다 보니 몇 달 사이에 홀딱 빠지셔서 불평은커녕 개 대변자가 되셨다.

"사람은 하루 세 끼 먹으면서 개는 왜 야박하게 두 끼만 주라고 하냐? 나는 세 끼 줄란다."

손주 돌보기에 지친 친정 엄마의 커다란 변화다. 고양이와는 절대 살지 않겠다던 우리 엄마는 어떤가. 종종 고양이 앞에서 두 손을 머리에 올리고 "대장, 사랑해."를 남발한다.

몇 달 사이 반려견에 푹 빠진 지인의 친정 엄마는 반려동물과 살기 기초 과정 중이라고 할 수 있다. 반면 오랜만에 만난 후배는 몇 년째 반려동물과 살고 있어서 이제 초급을 지나 중급으로 가야 하는 시기다. 그래서 먹을거리에 대해 넌지시 말을 붙였다.

"사료도 좋지만 가끔은 직접 만들어서 먹이면 개가 건강해져."

아이 둘의 엄마로 엄마, 주부, 직장인의 역할을 해내는 '생계형' 슈퍼우먼인 후배가 쏘아붙였다.

"선배, 나는 인간용 사료가 있으면 우리 가족도 사료 먹였으면 좋겠는 사람이야."

워워, 선행학습은 부작용을 부른다.

반려인에게 공공의 적은 중년의 남자다. '살아온, 알아온' 세상에 대한 생각을 바꿀 의지가 가장 미약한 인간군. 편견일 수도 있다. 하지만 개와 산책을 하다가, 길고양이에게 밥을 주다가 "지랄하네.", "개를 왜 밖에 끌고 나와."라는 말을 했던 사람이 대부분 그들이었다. 그러기에 아이들과 있을 때 남자가 곁을 지나가면 나도 모르게 움찔하게 된다. 그런데 얼마 전 우리 마당과 맞닿은 축대 위에서 나무를 정리하던 아저씨들이 마당에서 길고양이들과 노닥거리는 내 모습을 보더니 끼어든다.

"거, 고양이들 다 임신한 거요?"

헉, 온통 중성화수술 한 녀석에, '상남자'인 수컷들에게 임신이라니. 잔뜩 경계하며 변명을 하는데 내 말은 듣지도 않고 아저씨들끼리 수다를 떠신다. 키우는 고양이가 추워서 그런지 이불 속에서 나오지 않는다는 푸념, 병원비가 많이 들어서 개를 버리려고 했는데 도저히 그렇게 못하겠어서 키웠는데 지금은 귀가하면 가장 먼저 달려와서 반긴다는 이야기 등등. 중년의 아저씨들이 동물 이야기로 수다를 떨다니, 반려인으로 가득 찬 유토피아가 멀지 않았구나.

약자를 대하는 태도를 보면
어떤 사람인지 알 수 있다

　　　　　　떠나신 신영복 선생님이 자꾸 생각나는 요즘. 동물학대, 여성혐오, 아동학대 등 읽기조차 힘든 뉴스가 쏟아지지만 이를 우리 모두의 문제로 인식하는 기사는 없고, 관심은 피해자나 누가 그런 일을 벌였는지 가해자에게만 맞춰진다. 맥락은 없고 학대를 당한 자, 동물을 학대한 자, 자식을 학대한 부모가 어떤 사람인가에만 흥미를 보인다. 포르노다. 그런 인간을 길러낸 사회에 대한 고민도 없고, 나쁜 아니라 누구라도 끔찍한 사건의 피해자가 될 수 있고, 누구라도 같은 환경에서 나고 자랐다면 가해자가 될 수 있음을 성찰하지 않고 쏟아내는 글이 무섭다.

　　많은 사람들이 일면식이 없어도 신영복 선생님을 스승으로 여기고 선생님의 책을 소중히 간직한다. 나는 그중에서도《청구회 추억》을 아낀다. 사람들이 동물을 대하는 태도를 보면서 약자를 대하는 사람들의 태도에 관심을 갖게 되었는데, 이 책에 약자를 대하는 모범답안이 나오기 때문이다.

선생님이 통혁당 사건으로 감옥에 가기 전인 1966년 어느 봄날, 서울대학교 문학회원들과 서오릉으로 소풍을 가던 길에 우연히 여섯 소년을 만난다. 옷차림에 가난이 배어 있는 소년들. 보자기 속 냄비를 보고는 그들도 소풍을 왔다고 생각해 봄 소풍을 함께 즐기자고 마음먹는다. 이후 선생님이 소년들에게 다가가고 인연을 맺는 과정을 보면 25살의 청년이 꼬마들을 대하는 것이라고는 생각할 수 없을 정도의 존중과 배려가 가득하다.

소년들이 혹시 놀림의 대상이 되었다는 불쾌감을 가질까 봐 질문 하나도 세심하게 정하고, 아이들이 대화를 통해서 긍지를 느낄 수 있기를 바라면서 최대한 성의 있게 그들의 이야기를 들어준다. 소년들이 어리고, 가난하고, 배운 것이 적다고 그들을 대하는 태도가 여느 사람을 대할 때와 다르지 않았다. 선생님은 어리고 가난한 학생뿐 아니라 누구를 대하더라도 그리 했을 것이다.

"이 짧은 한나절의 사귐을 나는 나대로의 자그마한 성실을 가지고 이룩한 것이었다."

"머리 숙여 인사를 하는 그 작은 어깨와 머리 앞에서 나는 어쩔 수 없이 '선생님'이 아닐 수 없었다."

그날의 만남을 이렇게 규정짓는 글에서 나는 일상에서 일어나는 수많은 짧은 인연과 관계맺음에 얼마나 성실했는지 반성한다. 그런데 봄 소풍 이후 사진을 보내 달라는 약속을 잊었던 선생님에게 소년들의 편지가 도착한다. 그 편지 앞에서 그날의 일들을 자신보다 성실하게 기억한 소년들에게 미안함과 부끄러움을 느낀다. 아, 고작 한나절 함께했던 꼬마들과의 약속을 잊은 것에 대해 이토록 뉘우치는 청년이라니.

동물권리에 관한 글을 많이 쓴 철학자 마크 롤랜즈는 "약자를 어떻게 대하는지를 보면 어떤 사람인지 알 수 있고, 절대적으로 힘이 약하고 무력한 이들을 대하는 태도를 보면 그 사람을 거의 다 파악할 수 있다."라고 말한다. 나도 누군가 어떤 사람인지 파악할 때 약자를 대하는 태도를 본다. 특히 인간 앞에서 어쩔 수 없이 약자인 동물을 대하는 태도를 본다.

어느 날 집에 오는데 우리 동네 길고양이 민호가 골목길을 가로지르고 있었다. 민호는 이 동네에서 10년 넘게 산 터줏대감이라서 골목을 걷다 보면 어디선가 자연스레 나타나 함께 걷기도 하고 스쳐지나가기도 하고 그런다. 그런데 그 순간 지나가던 웬 남자가 민호를 보더니 "에잇!" 이러더니 발을 쾅 구른다. 깜짝 놀란 민호는 정신없이 윗집 대문 밑으로 사라졌다. 내가 급하게 다가가 "왜 그러시는데요?" 그랬더니 집고양이냐고 묻는다.

"네, 우리 고양이에요."

내가 밥을 주는 동네 고양이는 다 내가 책임지는 우리 고양이다. 남자는 도둑고양이인 줄 알았다고 몰라서 그랬다며 미안하다고 사과했다. 나는 갑자기 달라진 남자의 태도에 기가 막혔다. 차라리 집고양이를 왜 길에 돌아다니게 하냐며 화를 내지. 그랬다면 어떤 상대에게나 저런 사람이구나 생각했을 것이다. 그런데 남자의 태도는 방패막이 하나 없는 길고양이, 최약자에 대한 폭력 아닌가. 소리 지르고 발길질해도 뭐라 할 사람 하나 없는 세상 만만하고 무력한 길고양이에 대한. 남자는 사람을 대할 때도 저렇겠구나 싶었다. 강자에게는 한없이 고

개 숙이고, 약자에게는 모멸감을 안기는, 그러면서 자기 존재를 확인하는 못나고 비겁한 인간.

마크 롤랜즈가 반려견 브레닌을 만나고 인간에 대한 깊은 성찰을 하게 되고, 동물을 대하는 태도를 보고 인간을 파악하는 것처럼, 나도 반려견 쩡이를 만나고, 길고양이를 알게 되면서 인간에 대해서, 인간답게 사는 것에 대해서 더 많이 고민하게 되었다. 그리고 동물을 대하는 태도와 인간됨이 떼려야 뗄 수 없음을 알게 되었다. 자주 회자되는 간디의 "한 국가의 위대함과 도덕성은 그 나라의 동물들이 어떻게 대우받고 있는지를 보면 알 수 있다."는 말도 같은 맥락이다.

보호해야 할 대상인 약자를 대하는 우리의 태도가 어떠해야 하는지 선생님과 여섯 꼬마의 추억을 통해 배운다.

'자연의 속도'에
묻어가기

　　　　　　나는 뭐든 느리다. 걸음도 느리고, 먹는 것도 느
리고, 출판사를 운영하면서 내는 책 출간 속도도 느리다. 하지만 남과
비교해 느린 것이지 비교하지 않으면 내게 꼭 맞는 속도다.

　이런 속도는 자연에서 배웠다. 일을 하다가 하루에도 몇 번씩 개와
고양이를 데리고 마당으로 나간다. 꽃나무가 잔뜩 있는 마당은 나갈
때마다 한 번도 같은 적이 없다. 감을 따고 남은 감나무의 까치밥이
어제보다 조금 더 터져 있거나 수국 꽃망울이 조금 더 올라와 있다.
그 작은 변화에 놀라고 저만의 속도로 순환하고 있는 자연을 보며 놀
란다. 우리 마당에 밥을 먹으러 오는 길고양이들은 밥을 먹은 후 물러
서 느긋하게 고양이세수를 하고, 개는 매일 같은 길을 산책해도 매번
경이롭게 주변을 탐색하며 걷는다. 내 옆의 개와 고양이가 내겐 자연
이다.

　물론 가끔 가속기를 밟고 싶을 때가 있다. 책 종수가 확확 늘어서

번듯한 출판사처럼 보이고 싶은 조바심이 생길 때, 죽음과 관련된 책을 준비하다가 '생은 생각보다 짧다.'라는 마음이 들 때가 그렇다. 그럴 때면 겨울 중 잠시 봄이 찾아왔을 때 철모르고 꽃을 피웠다가 얼어 죽은 마당의 개나리를 생각한다. 그렇게 꽃을 피우고 나면 정작 봄이 왔을 때 그 부분에는 영락없이 꽃을 피우지 못하더라.

어떤 경우든 개를 키우는 것이
키우지 않는 것보다 훨씬 낫다

수십 년 동안 써온 애완동물이라는 단어를 왜 굳이 반려동물로 바꿔야 하는지, 도둑고양이를 왜 길고양이로 바꿔 불러야 하는지 마땅치 않은 사람들이 많다. 그 단어 자체가 마땅치 않다기보다 그 유난스러움이 싫은 것이다. 키우다 귀찮으면 남 주기도 하고, 밤길을 가다 도둑고양이가 툭 튀어나오면 놀란 마음에 발도 한 번 굴러 보고, 가끔 먹는 보양식의 재료로 생각했는데, 동물도 평생의 반려자라느니 뭐니 하며 떠드니 잘못을 지적당한 사람처럼 기분이 썩 유쾌하지 않은 것이다. 자연히 방어기제가 발동해 사대주의적 사고라는 말까지 들먹이며 과하게 성을 내게 된다. 하지만 이제 우리에게도 생명에 대한 한층 발전된 고찰이 필요하지 않을까.

"어머니가 말기 암으로 굉장히 고생을 하셨는데 그때 어머니 곁을 지키며 웃음과 평안을 준 가족이 바로 우리 집 강아지들이었어요."

독자가 들려준 이야기다. 예정된 시간을 향해 가는 어머니에게 강아지들이 얼마나 큰 위안을 주었을지 느껴져 콧등이 시큰했다. 물론 이 말에도 '암 환자가 면역력이 얼마나 떨어져 있을 텐데 개를 곁에 두느냐?'며 펄쩍 뛸 사람도 있겠지만, 만사를 그렇게만 바라보면 삶이 너무 건조하지 않나.

반려인은 어쩌면 매일, 매순간 앞의 어머니와 같은 치유를 받으며 반려동물과 살고 있는지도 모른다. 힘든 일이 있어서 울고 있는데 개가 다가와 흐르는 눈물을 핥아 주었다는 이야기는 이제 너무 많이 들어서 무뎌질 정도다. 굳이 눈물을 핥아 주지 않더라도 지쳐 있는 사람에게 다가와 슬쩍 자기 몸을 기대어 따뜻한 온기를 나눠 주는 그들의 마음 씀씀이는 사람의 그것과 다르지 않다. 물론 동물이 의도와 감정을 갖고서 이런 행동을 한다고 말하면 과학자들은 콧방귀를 뀌겠지만. 반려인이 아는 걸 과학자는 모른다.

이런 이야기 끝에 '사회성에 문제가 있는 사람들이 개나 고양이를 끼고 산다.'라는 결론이 내려지기도 한다. 위로하고 치유해 줄 대상을 사람에서 찾지 못하고 동물에서 찾는 것은 문제가 있다는 식이다. 과연 그럴까? 사람 사이에서 관계를 풀지 못한 외톨이들이 동물에게 '집착'하는 것일까?

물론 누군가는 사람 관계에서 상처를 받아 동물 세계로 피신하기도 한다. 하지만 그건 〈그것이 알고 싶다〉류의 프로그램에나 등장하는 일부 사람들의 이야기일 뿐이고, 반려인은 대부분 반려동물을 통해 더욱 건강한 사회적 관계를 맺는다. 어색한 모임 자리가 반려동물 이야기로 금세 화기애애해지고, 나는 40년 넘게 한 동네에 살면서 이웃 얼굴도 모르고 살다가 개와 산책을 하면서 그들과 인사하게 되었고 대화도 하게 되었다. 따스한 온기가 흐르는 반려동물은 사람 사이의 경계의 벽을 낮추는 소중한 매개체다.

반려동물은 건강함도 선물한다. 하루에 한 번, 일주일에 한두 번이라도 반려견과 나서는 산책길은 동물은 물론 사람의 건강도 책임진다. 10년 넘게 매일 개와 산책을 나가던 부인이 개가 죽고 갑자기 건강이 나빠지자 남편이 고민 끝에 부인의 건강을 위해 개를 입양했다는 글도 읽었다. 나도 20년 가까이 매일 함께 산책을 다니던 찡이가 떠나자 몸에 군살이 덕지덕지 붙었다. 판화가 이철수 선생님이 그랬다. 군살이 붙은 건 뭔가 삶이 어긋나고 있다는 증거라고. 맞다. 찡이가 떠나고 내 삶은 어긋났고 어느 부분은 평생 어긋난 채 그렇게 살 것이다.

사람들은 동물에게서 마음의 위로를 받는다. 아름다운 패션 사진을 찍기로 유명한 포토그래퍼는 반려동물과 함께 살면서 자기가 더 예뻐지고 건강해졌다고 했다. 동물 덕분에 마음이 평화로워지고 많이 웃기 때문이라고. 실제로 그녀는 예쁘다. 웃는 얼굴이 참 예쁘다. 나도 그렇다. 아침에 일어나는 건 언제나 힘든 일이다. 그런데 아이들과 살기 시작하면서 매일 웃으며 눈을 뜨는 신기한 경험을 한다. 사람은 반려동물에게 많은 것을 받는다.

때로 반려동물은 현대 사회의 필수 요소처럼 거론된다. 고령자, 1인 가구 등이 늘어나면서 외롭고 고독한 현대인이 부족한 부분을 동물로 채우는 것이라고. 그럴까? 인간의 근원적인 외로움이 반려동물로 채워질 수 있을까?

"가여웠던 가을이의 견생은 내가 구했고 가을이로 인해 난 지겹고 끈질긴 외로움으로부터 해방되었다."

우리 출판사가 열었던 행사에서 그녀가 말했다. 지하철역 부근에서 사람들에게 학대받으며 살던 유기견 가을이를 입양한 후 행복해졌다고. 과연 그녀는 가을이로 인해 외로움을 떨친 것일까?

반려동물과 함께 사는 사람들은 그들로부터 많은 것을 배운다. 오죽하면 반려동물을 네 발 달린 삶의 스승이라고 할까. 아마 그녀도 가을이와 살면서 많은 것을 배웠을 것이다. 거리에서 힘들게 살면서도 포기하지 않고 꿋꿋하게 살았던 삶에 대한 갈구, 새로운 환경에 적응하는 적응력, 자기에게 호의를 베푼 사람에게 보내는 절대적 신뢰…. 그런 가을이의 모습을 통해 그녀도 바뀌었을 테고 그게 외로움에 몸부림쳤던 그녀를 더 씩씩하게 만들지 않았을까. 그녀 스스로 외로움을 떨친 것이겠지.

두 외로움이 만난다고 외로움이 사라지지 않는다. 온전한 각자가 만나야 더 이상 외롭지 않게 되는 것이고, 그녀는 그 삶의 지혜를 길에서 만난 가을이에게서 배웠을 것이다. 반려동물은 인간 삶의 외로움을 메우는 대체물이 아니다. 인간 스스로 온전히 설 수 있도록 삶의 지혜를 나눠 주고 치유해 주는 삶의 스승이고 신의 선물일 뿐.

1983년, 반려동물이라는 말을 쓰자고 처음으로 주창한 사람은 콘라트 로렌츠다. 세계적인 동물학자로 노벨상 수상자이기도 한 그는 자신의 책에서 이렇게 말했다. "어떤 경우든지 간에 개를 키우는 것이 개를 키우지 않는 것보다 훨씬 낫다."

장애인 복지와 도우미견에 대해서
故 강영우 박사와 이야기를 나누다

　　　　　　　　2012년에 떠나신 강영우 박사를 2010년 초청강
연을 위해 귀국했을 때 잠시 만나 장애인 복지와 인권, 도우미견에 대
해 이야기를 나눴었다. 잡지 기자 시절 강영우 박사와 인터뷰를 진행
한 이후 오랜만이라 반가웠다. 무엇보다 장애인 도우미견에 대한 조
언이 필요해서 더 만나 뵙고 싶었다. 강영우 박사는 미국 백악관 국가
장애위원회 정책차관보를 역임하고 UN세계장애위원회 부의장과 루
스벨트재단 고문으로 활동했다.

　**Q. 1972년에 미국 유학을 떠났다. 미국 생활을 하며 한국과 어떤 점이 다르
다고 느꼈는지 궁금하다.**

　가장 큰 차이점은 장애를 바라보는 사람들의 시각이었다. 당시 한
국에서 앞을 못 보는 나의 장애는 차별과 편견의 대상이었는데 미국
에 가니 그것은 컴패션compassion의 대상이었다. 우리말로 긍휼이라고

옮기면 될까?

유학을 떠난 첫 해에는 아내가 항상 내 곁에 있어서 나 혼자 사람들을 만나지는 않았다. 이듬해 첫째 아이가 태어나고 아내가 육아 때문에 꼼짝을 못하자 혼자 지팡이를 짚고 다니기 시작했는데 그때부터 좋은 사람들을 많이 만나게 되었다. 내가 도움이 필요해 보이니 사람들이 다가와 "도와드릴까요?"라고 묻기 시작했고 그때 실명이 장애가 아니라 축복과 만남의 도구라는 것을 알게 되었다. 문화적 가치의 차이를 느낀 지점이다.

Q. 시각장애인으로서 박사님의 인생은 도전의 연속이었다. 장애인이라는 이유로 대학 입학을 거부당했고, 국제로터리재단 장학금을 받기로 되어 있는 상황인데도 장애 학생에게 여권을 발급하지 않는 당시 법 때문에 유학에 어려움을 겪었다.

그런 나의 경험이 1997년 한국이 루스벨트 국제 장애인상을 수상하는 데 밑거름이 되었다. 당시 나는 한국의 장애인 복지 수준을 다른 나라와 비교하지 않고 내가 살았던 1960년대의 한국과 비교해서 그 차이를 설명했다. 당시 한국은 장애인이라는 이유로 대학 입학을 거부하고, 유학도 가지 못하게 하는 나라였다. 공부를 마치고 한국인 시각장애인 최초 박사가 되어 우리나라로 돌아오려 했지만 역시 시각장애인은 취업을 할 곳이 없어서 어쩔 수 없이 미국에 정착해야 했으니까. 하지만 30년이 흐른 후 한국은 장애인 관련 기본법, 장애인특례입학제도 등이 마련되었다고 전하자 전원 찬성으로 한국이 루스벨트 국제 장애인상 수상국으로 선정되었다.

Q. 물론 과거의 한국에 비교해서는 장애인 관련 법안이 많이 마련되었지만 부족한 부분이 많다. 특히 어떤 점을 지적할 수 있나?

장애인 복지에 관한 하드웨어는 잘 만들어지는 중이라고 생각한다. 지자체마다 장애인종합복지관이 있다. 이제는 하드웨어를 잘 활용할 수 있는 소프트웨어가 필요하다. 원칙을 갖고 하드웨어를 잘 운용하는 것이 문제다.

예를 들어 한국은 장애인 1급이면 다 똑같이 취급한다. 하지만 이제는 각자의 세세한 요구를 충족시킬 수 있도록 신경 써야 한다. 예를 들어 미국은 장애인이 비장애인의 도움을 일주일에 최대 12시간 받도록 되어 있지만 사람들의 사정에 따라 탄력적으로 운용한다. 대신 남은 인력과 돈은 꼭 필요한 사람에게 더 갈 수 있도록 한다.

또 시각장애인에게 컴퓨터를 다 사주지 않는다. 컴퓨터는 그 사람의 장애로 인해 필요한 요구가 아니기 때문이다. 컴퓨터는 장애인이나 비장애인 모두에게 필요한 요구다. 하지만 화면을 읽어 주는 소프트웨어는 사준다. 그것은 장애로 인해 필요한 요구이기 때문이다. 이처럼 장애인 정책은 합리적인 원칙이 필요하다.

Q. 장애인은 사회에 나와 비장애인과 함께 살아야 하므로 통합교육에 대한 요구가 있다. 하지만 반대에 부딪치는 경우가 있다.

물론 통합교육이 가능한 장애인은 함께하는 게 맞다. 하지만 이 또한 일괄적용은 안 된다. 통합교육이 불가능한 상황일 때는 분리교육이 맞다. 여기서 중요한 것은 장애인 문제를 풀려면 3가지 일이 동시에 진행되어야 한다는 것이다. 독서, 보행 등 기능 높이기, 장애인에 대한 사회적인 편견이나 차별 줄이기, 장애인의 자존감 높이기. 이렇게 세 가지가 동시에 해결되어야 통합교육도 다른 문제도 바람직하게 변화할 수 있다.

Q. 국내에서는 삼성이 주관했던 도우미견 사업이 축소되었는데 별다른 해결방안을 찾지 못하고 있다.

애당초 도우미견 학교를 기업이 운영했다는 것이 문제다. 기업 이미지 효과 이외에는 일방적으로 투자만 해야 하는 경우이므로 기업이 운용하는 방식으로는 어차피 오래 갈 수 없다. 외국의 경우는 모금, 후원 등을 통해 비영리단체가 운영하고 있다. 또한 장애인에게 필요한 사업이므로 지원, 후원이 필요하다는 인식 공조가 필요하다. 비영리단체가 꾸려진 이후에는 실질적인 기여가 없는 사람은 배제하고 사명과 목적에 동의하는 열정적인 사람을 모아 조직을 구성하는 것이 이후 조직의 성패를 좌우한다는 것을 명심해야 한다.

국내의 장애인 도우미견 사업을 이끌 비영리단체가 만들어진다면 도움을 주고 싶다고 말씀하셨다. 선생님의 지난 이야기를 들으며 우리 사회가 약자에게 얼마나 잔인한 시절을 건너왔는지 생생하게 들을 수 있었다. 그런데 얼마 후 타계 소식이 들려왔다. 안타까웠다. 장애인에 대한 인식 전환을 이루기 위해서는 선생님의 뜻이 오래 전해져야 할 것이다. 선생님의 명복을 빈다.

그는 계속 안내견과 함께
걸을 수 있을까?

　　　성북동갤러리에서 열렸던 동물보호 기획전 속 작은 음악회를 잘 치렀다. 행사를 준비할 때면 마음이 늘 비슷하다. 처음에는 열정과 의지를 갖고 시작했다가 정작 행사 날짜가 다가와 시간에 쫓기고 부담감이 짓누를 때면 '내가 왜 또 일을 벌였을까?' 후회한다.

　'내가 왜 한다고 했을까? 아, 이 오지랖.'

　하지만 행사가 진행되면서 금세 벅차올랐다. 좋은 사람들과 좋은 자리에 함께할 수 있다는 것은 언제나 감사할 일이다. 행사가 진행된 갤러리에 밥을 먹으러 오는 길고양이가 얼마나 성격이 좋은지, 행사가 시작되기도 훨씬 전부터 문 앞에 앉아 찾아오는 손님들을 맞으며 접대했다.

　우리 출판사의 책《유기동물에 관한 슬픈 보고서》속 보호소에서 안락사로 떠난 아이들의 영상에 바이올리니스트 박은경 씨가 바흐의 선율을 입혀 주었다. 이 책의 출간 준비를 하면서도 그랬지만 이후로도 책 속 아이들을 보면 늘 울컥한다. 역시나 이 날도 예외가 아니어서 프로그램 설명을 하면서 목이 메는 바람에 볼썽사나울 정도는 아니지만 와 계신 분들의 마음을 불편하게 했다. 죄 없이 죽어 간 동물들의 모습에 처연한 음악까지 더해지니 마음이 싸했던 탓이다.

이어서 시각장애인 노영관 씨와 안내견 풍경이가 등장했다. 내가 일전에 기사를 쓰려고 취재를 하면서 노영관 씨 목소리가 범상치 않음을 기억했다가 이번 행사에 목소리 재능 기부를 하라고 졸라서 마련된 자리였다. 동물을 위하는 마음으로 모인 사람들에게 장애인과 동물, 두 사회적 약자가 함께 살아가는 이야기를 들려주고 싶은 마음에 권했고, 그는 흔쾌히 응했다.

차 막히는 토요일 오후에 수원에서 성북동까지 장장 2시간 동안 대중교통에 시달리며 와준 노영관 씨와 안내견 풍경이는 피곤한 기색 없이 많은 이야기를 들려주었다. 안내견과 함께하는 것을 주저했던 이유, 사람들이 안내견과 장애인을 대하는 태도 등에 관한 이야기를 멋진 목소리와 화술로 들려주어 청중을 사로잡았다. 그 모습을 보면서 내 섭외 능력에 스스로 뿌듯했다.

노영관 씨는 안내견과 함께 버스를 탔다가 겪었던 이야기를 들려주었다. 개를 데리고 타면 어쩌느냐며 내리라는 기사와 출발이 지연되니 기사에 동조하는 승객들. 노영관 씨는 이에 맞서서 장애인 도우미견은 법적으로 대중교통을 이용할 수 있게 되어 있다고 항의했다. 내리지 않겠다고 우기자 결국 기사가 차의 시동을 껐다고. 이야기를 들으면서 많은 생각이 겹쳤다. 기사에 대한 분노보다 장애인을 대하는 방식에 대해 가르치지 않는 사회에 대한 분노가 더 컸는데, 가장 안타까운 것은 그 자리에 함께 있던 승객 중에 그의 편을 들어 준 이가 한 명도 없었다는 것이다. 왜 아무도 도우미견은 버스에 타도 된다고 거들어 주지 않았을까. 어느 분야에서나 '미투me too'만큼 '위드유with you'가 절실한 이유다. 같은 편이 있다는 믿음이 없으면 한 개인은 용기를 내기가 힘들다.

나는 한동안 잡지에 장애인 도우미견과 특수견에 대한 기사를 연재했다. 그때 이런 일이 장애인들이 일상으로 겪는 일 중 하나일 뿐이라는 것을 알게되었다. 그래도 요즘은 시각장애인과 안내견에 대해서는 많이 알려져 있지만 다른 장애가 있는 장애인을 돕는 도우미견에 대해서는 잘 알려지지도 않았을 뿐 아니라 편견은 더욱 심하다. 도우미견과 함께 대중교통을 이용했다가 노영관 씨와 비슷한 일을 겪은 한 청각장애인은 말로 의사를 전달하는 것이 원활하지 않으니 항의조차 제대로 못했다고 했다. 그러다 보니 청각장애인들은 도우미견과 함께 외출을 잘 하려 들지 않는다고. 이때도 누군가 "장애인 도우미견은 대중교통을 이용할 수 있고 어디든 갈 수 있습니다."라고 장애인의 목소리가 되어 주었다면 문제를 해결할 수 있었을 것이다.

이런 상황 속에서 그나마 시각장애인 안내견에 대한 인식을 개선하는 데 도움이 되었던 삼성의 안내견 학교 사업이 축소되었다. 특히 청각장애인 도우미견은 유기동물 보호소에서 아이들을 데리고 와서 교육해 분양했던 사업으로 유기동물이 안락사를 면할 하나의 탈출구이기도 했다. 물론 보호소 아이 중에서 청각장애인 도우미견이 되는 건 수천 대 일의 경쟁률을 뚫어야 하는 것이니, 기업의 홍보 도구일 뿐이라고 말하는 사람도 있었다. 하지만 나는 취재를 하며 생명을 구한 두 아이가 눈앞에서 생명력 넘치게 뛰어다니는 모습을 봤기에 그리 쉽게 말하지 못한다.

중요한 것은 거의 20년 가까이 쌓아온 도우미견 교육과 관리에 대한 노하우와 경험이 축소된다는 점이다. 현재 도우미견 육성 사업을 하는 협회가 한 곳 있기는 하지만 장애인들의 사회활동을 활발히 하기 위해서는 더 많은 비영리단체가 설립되어야 한다.

노영관 씨와 이야기를 나누는 내내 걱정이 되었다. 풍경이는 7살로, 리트리버의 나이를 고려하면 안내견 일을 오랫동안 할 수 없을 것이다. 그는 풍경이가 안내견에서 은퇴한 후에도 반려견으로 함께할 거라고 했다. 하지만 그가 지금처럼 장애인 정보통신보조기기 개발 전문업체를 운영하면서 사회생활을 하려면 또 다른 안내견을 분양받아야 할 텐데.

식사를 마친 노영관 씨와 함께 풍경이가 씩씩하게 지하철역으로 사라졌다. 처음 와보는 역인데도 개찰구를 금방 찾는 똑똑한 풍경이. 장난기 가득한 눈을 한 풍경이와 인사를 나누고 돌아섰다. 그는 앞으로 계속 안내견과 함께 걸을 수 있을까? 그의 말처럼 안내견은 단순한 보행 수단이 아니라 시각장애인이 사회에 합류할 수 있도록 돕는 가교인데.

* 풍경이는 은퇴 후 노영관 씨의 반려견으로 함께 살고 있다.

그녀에게 장애인 도우미견이
있었다면

　　　　　　　세상에는 사람을 돕는 개들이 많다. 사람들이 많
이 아는 시각장애인을 돕는 안내견뿐 아니라 청각장애인, 지체장애
인, 정신지체장애인을 돕는 도우미견이 있다. 지체장애인 도우미견은
휠체어 생활을 하는 장애인에게 일상적인 도움을 제공한다. 아침이면
잠에서 깬 사람을 일으켜 앉히고, 휴대전화를 가져다주고, 세탁기에서
빨래를 꺼내고, 문을 여닫고, 스위치를 켜고 끈다. 장애인이 휠체어에
서 떨어지면 짖어서 주변 사람들에게 도움을 요청한다. 취재를 위해
만났던 지체장애인은 도우미견을 만나고 "살맛이 났다."고 표현했다.

　도우미견은 장애인의 심리적인 지지자도 된다. 외출을 하지 않는
장애인이 많은 국내 사정상 도우미견은 장애인의 외로움과 고립감을
떨치는 데도 도움을 준다. 사회적 상호작용도 높인다. 휠체어를 탄 장
애인이 혼자서 장을 볼 때 사람들과 인사를 나눈 횟수는 1회였는데,
도우미견과 함께 있을 때는 8회로 증가했다는 연구 결과도 있다. 개는

존재 자체로 장애인과 비장애인의 장벽을 낮출 수 있다. 대단한 능력이다. 게다가 개는 늘 기쁜 마음으로 인간을 돕지 않는가.

한국은 아직 도우미견이 활성화되어 있지 않다. 가장 참담했던 사고는 2013년 중증장애인이 화재로 목숨을 잃은 사고였다. 그녀는 평소 장애인 차별 철폐를 위해 열심히 활동하던 활동가였다. 현관까지 고작 다섯 걸음. 다섯 걸음이 생사를 갈랐다. 다섯 걸음의 간극을 무엇으로 메울 수 있을까? 그 사건을 통해서 중증장애인에게 24시간 활동보조 지원이 생사를 가르는 일임을 처음 알았다.

그녀에게 지체장애인 도우미견이 있었다면 어땠을까? 휠체어도 끄는 훈련을 받는 개들이니 다섯 걸음 정도 끌어내는 것은 가능하지 않았을까, 짖어서 119가 오기 전에 이웃에 알려 도움을 받을 수 있지 않았을까.

우리나라의 도우미견 육성 사업은 지지부진하다. 역사는 20년이 넘지만 도우미견을 육성하는 곳은 한국장애인도우미견협회와 삼성안내견센터 두 곳뿐이다. 활동하는 도우미견은 100여 마리에 불과하다. 세계적으로 2만 5,000여 마리의 안내견이 활동하는 상황과 비교하면 초라하다.

영국은 1934년 설립된 영국안내견협회 한 곳에서만 분양한 안내견이 2만 마리가 넘고, 독일은 안내견 사업에 국가가 적극적으로 개입한다. 우리도 기업이 아닌 비영리단체가 운영하고 국가가 지원하는 시스템이 절실하다. 사실 사고가 차고 넘치는 현대 사회에서 모든 사람은 예비 장애인이다. 제대로 된 장애인 시스템은 우리 모두를 위한 투자다.

인터뷰를 위해 만난 장애인들은 대부분 처음에 도우미견과 함께 사는 것을 주저했다. 개와 사는 게 힘들 것 같았다고. 도우미견과 대중교통을 이용하거나 건물에 들어가려다가 곤혹을 치른 사례가 차고 넘치니 당연한 일이다. 우리나라는 2011년에도 시각장애인과 함께 '신성한' 국회에 들어가려던 안내견이 출입을 거부당하기도 했다. 동물에 대한 부정적 인식이 강했던 나라라서 이런 상황이 좀처럼 쉽게 개선되지 않는다.

그렇다고 개에 대한 편견이 장애인에 대한 편견에 비할까. 인터뷰를 했던 시각장애인은 대낮에 대로 한복판에서 길을 걷다 비장애인과 살짝 스쳤을 뿐인데 상대방이 마구 소리를 질러대는 바람에 곤혹을 치렀다고 했다. 이 일을 겪은 후 주저하던 안내견을 분양받기로 결심했다고. 그리고 분양을 위한 교육을 받으면서 실명 후 처음으로 인격적인 대우를 받은 느낌이 들었다고도 했다.

"요즘은 안내견에 대한 정보가 많아서 안내견을 무작정 만지는 아이들은 많이 없어요. 그런데 어느 날 한 엄마가 '안내견은 저 불쌍한 아저씨를 도와주는 개야.'라고 아이에게 설명하더군요. 안내견에 대한 배려는 있는데 사람에 대한 배려는 없는 거죠."

우리는 아직 이런 세상에 살고 있다. 더 화가 나는 건 똑같은 사고가 2018년에도 여전히 이어지고 그들이 요구하는 것은 5년 전과 똑같은 24시간 활동보조 지원이라는 점이다. 2013년 화마로 떠난 그녀가 꿈꾼 장애인에 대한 편견과 차별이 없는 세상까지 갈 길이 얼마나 먼지 잘 보여 주고 있다. 그 먼 길에 도우미견이 장애인의 조력자가 되었으면 좋겠다.

길 위의 삶 　　　　　　　　　　　　　　　　　●

길고양이에게 밥을 챙기는 사람들은 늘 전쟁이다. 밥을 줘서 길고 양이가 꼬인다며 화를 내는 이웃의 삿대질을 받아야 하고, 사람도 먹 고 살기 힘든데 동물이나 챙기는 미친년, 미친놈 소리도 심심치 않게 들어야 한다. 그러다 보면 마음도 전쟁터가 된다.

밥을 준다고 해서 고양이가 더 많아지지 않고 오히려 쓰레기봉투를 뜯는 일이 없어진다고 말하려 해도 이미 마음을 닫고 서슬 퍼렇게 달 려드는데 해코지나 당하지 않을까 두려워 자리를 피한다. 몇 번 밥을 주다가 이런 번잡함이 싫어서 그만두고 나면 스치는 길고양이만 봐도 미안함에 한동안 마음이 무거워진다.

그럴 때면 생각한다.

나는 정말 동물에나 집착하는 미친년인가?

차 없는 뚜벅이로 걷기 좋아하는 나는 종종 힘든 상황과 맞닥뜨린 다. 고단한 길 위의 삶과 가깝게 만나게 되기 때문이다. 골목을 걷다가 폐지를 줍는 노인을 만나거나 겨울 한파에 길에서 과일을 파는 아주머니가 모포를 잔뜩 둘러쓰고 앉아 온기라고는 없어 보이는 도시락을 드시는 모습을 보면 그 삶의 무게가 너무 무거워 보인다.

아마 폭염 경보가 내려진 날이었을 것이다. 꽤 무게가 나가 보이는 커다란 박스를 서로 차지하려고 한 치의 양보도 없이 거칠게 몸싸움을 하는 두 노인의 모습을 보고는 아득해졌다. 힘든 이유는 그 상황에서 내가 할 수 있는 게 하나도 없다는 것이었다.

내가 길고양이에게 손을 내민 것은 이런 길 위의 삶에 대한 연민 때문이었을 것이다. 길 위에는 사람도 살고, 버려진 개도 살고, 배고픈 고양이도 사니까. 아무것도 할 수 없어서 힘들었던 마음에서 내가 할 수 있는 일을 찾아낸 것이다.

겨울은 어떤 생명에게나 힘든 계절이다. 어떤 사람들은 고양이는 물을 먹지 않고도 살 수 있다고 말한다. 세상에 그런 생명체가 어디 있는가? 추운 겨울, 밤새 어디선가 잔뜩 웅크리고 옹송그렸던 길고양이들이 아침에 주린 배를 채우기 위해 하나둘씩 나타나면 사료와 물을 신속하게 대령하는데 대부분의 아이들은 사료보다 물을 먼저 찾는다. 성질 급한 아이들은 기다리지 못하고 밤새 꽁꽁 언 물그릇에 혀를 대기도 하는데 그러다가 혀가 얼음에 덜컥 붙어 버려서 피가 나기도 한다. 밤새 언 몸을 녹이라고 따뜻한 물을 부어 주면 연신 손을 넣었다 뺐다 하며 물이 식기를 기다리는 고양이를 보며 나도 마음에 온기를 채운다. 살고자 하는 길 위의 생명에 손 내미는 일이 그리 욕먹을 일은 아니지 않은가.

동물은 인간과 관계를 맺고 삶의 터전과 삶의 방식을 빼앗겼다. 광우병, 구제역, 소 값 폭락 등 늘 논란의 중심에 있는 소는 현대 사회에서 생명이 아니라 고기다. 숲을 잃은 야생동물은 도시로 내려온다. 어쩌자고. 북극곰은 동물원에서 40도의 폭염을 견디고, 유독 한국에서만 임신, 출산으로 개와 고양이를 내쫓는다. 경쟁 스트레스에 찌든 아이들은 햄스터를 믹서기에 돌린다.

자기중심적인 사람과 만나고 나면 머리가 지끈거린다. 듣는 일에 꽤 재능이 있다는 나도 그들과의 대화에는 인내심이 폭발한다. 마찬가지로 지독히 인간중심적인 세상에서 동물은 신음한다. 소통하려면 상대방의 입장에서 생각하고, 대화할 수 있어야 하듯 공존하려면 동물의 입장에서 인간 세상을 바라보는 연습이 필요하다.

생명권은
진보의 가치다

　　　　　　한 보수 일간지가 〈개고기만 먹은 암환자, 놀랍게도…〉라는 자극적인 제목의 기사를 헤드라인으로 올렸다. 혀를 차고 있던 차에 《한겨레》에 개식용 기사가 2면에 걸쳐 실렸다. 개식용에 관한 의견을 다양하게 실었다. 1996년에 〈한겨레21〉이 문화상대주의의 시각으로 개식용을 옹호하는 특집 기사를 내자 법정 스님이 벼락같은 호통으로 장문의 글을 쓰셨던 게 생각나 피식 웃었다. 그때에 비해서 조금 더 생명의 문제로 접근했다고 할 수 있다. 생명권은 진보의 가치니까.

　개식용에 관해서는 주요 고객인 중년 남자를 설득하는 게 가장 힘들다. 그나마 가장 효과적인 방법이 건강을 이유로 드는 것이다. 나이 들면서 육식은 줄이는 게 좋고, 개도 다른 가축과 마찬가지로 기르는 과정에서 약물을 많이 사용하는데 규제도 없다고 말하면 귀를 기울인다. 게다가 개를 도살하고 남은 부산물을 다시 개에게 주는 곳도 있고,

광우병은 소에게 소의 부산물을 주어서 생긴 것이며, 인육 전통이 있는 곳에서 광우병과 유사한 질병이 인간에게 발견되었다고 덧붙이면 효과는 급상승한다. 개식용은 전통문화다, 문화사대주의라며 바락바락 대들던 지인들도 중년이 되더니 '건강을 위해서'라는 말에 제법 고개를 끄덕인다.

그런데 요즘은 이렇게 에둘러 말하지 않고 종종 직구를 던질 때가 있다. 애정이 있는 이들과는 현재 육식주의 시스템에 대해 함께 고민하고 성장하고 싶기 때문이다. 인간을 위해 도살되는 동물이 1년에 630억 마리다. '개만'이 아니라 '개부터' 시작해 육식을 줄이자는 말이고, 그 시작은 사람에 따라 닭도, 돼지도 될 수 있다.

개, 소, 돼지 모두 똑같은 생명이다. 등가다. 그래서 동물보호 활동가, 반려동물을 키우며 생명권에 관심을 갖게 된 이들은 육식을 줄인다. 복날 '개 먹지 말고 삼계탕 드세요.'라고 말하지 않는 이유다.

그런데 모든 생명이 등가인 것은 맞는데 또 약간 다르다. 생명의 가치가 다른 게 아니라 우리가 느끼는 감정이 다르다. 아기를 키우는 엄마가 아프리카 아이들에게 보낼 모자를 뜨고 결연을 맺는 것처럼, 함께 사는 반려동물과 똑같은 모습의 동물이 잔인하게 죽는 모습에 사람들은 더 상처 받는다. 공감 정도가 다르기 때문이다. 개는 4만 년 이상 인간과 공진화한 유일한 동물이다.

"그래서 우린 파는 건 안 먹고, 시골집에서 안전하게 키운 개만 먹어."

건강을 생각해 개를 먹지 말라는 내 이야기를 열심히 들어놓고는 기껏 이렇게 대답하는 지인이 있었다. 강적이다. 시골에서 자라 어릴 때부터 개를 먹고 자랐고, 매년 그해 여름에 잡아먹을 개를 키웠다고. 그런데 얼마 전 그가 시골집에 다녀온 이야기를 하면서 개식용 이야기를 꺼냈다. 오랜만에 친정집에 갔는데 올해 복날에 잡을 개가 자기를 보더니 뛰어와서는 꼬리를 치더란다. 그 모습을 보고 마음이 짠했다고. 나의 주입식 잔소리가 드디어 효과를 보는구나. 개와 마음을 나눈 것 같으니 그 개는 아마 올 여름을 무사히 날 것이다.

"예전엔 보신탕 좋아했는데 개 키우니까 못 먹겠더라고. 애완용, 식용이 어딨어. 다 같은 개지."

이런 간증을 종종 듣는다. 반려동물과 사는 인구가 늘면서 생긴 변화다. 동물과 가족으로 자란 사람이 늘고 세대가 바뀌면 개식용 문화는 자연스럽게 소수만의 문화가 될 것이다. 그때까지 사람들을 지속적으로 설득하는 과정이 필요하고, 논란이 적고 효과적인 건강 문제로 접근하는 것도 좋다. 하지만 나는 요즘 가능하면 육식주의의 문제로 접근한다. 물론, 피곤하다. 하지만 그게 정직한 방법이다. 폭력적인 문화가 서서히 사라지기를 바라는 것이 아니라 교육과 공론화를 통해 사회적 합의를 이뤄 이 세대에서 끝내는 것이 사회적 진보가 아닐까.

"나는 내 건강이 아니라 닭의 건강을 위해 채식을 한다."

이렇게 말했던 채식주의 작가 아이작 싱어처럼 "네 건강이 아니라 동물의 건강을 위해 육식을 줄여!"라고 사람들을 설득할 내공을 갖추고 싶다.

개를 버리는 사람은
사람도 버린다

2013년, 새 대통령이 청와대로 들어가던 날. 동네 주민들이 대통령에게 새끼 백구 두 마리를 선물했다. 함박웃음을 지으며 강아지를 주고받는 사람들. 나는 이 흐뭇한 장면을 보면서 발가락을 까딱거리며 삐딱한 생각을 지우지 못했다.

'유기동물 입양하겠다는 약속은 언제 지키는 거야?'

당시 대통령은 선거 직전 다른 후보들이 앞다투어 동물 관련 공약을 내놓자 뒤늦게 "대통령이 되면 유기동물을 입양해서 청와대에서 키우겠다."라고 공약했다. 안 그래도 진정성이 없어 보였는데 두 녀석이나 청와대로 데리고 들어가는 걸 보니 그 공약을 기억이나 하고 있을지 의심스러웠다.

한국에서 동물보호운동을 하는 사람들에게 백구는 좀 특별한 견종이다. 진돗개의 일종인 백구는 전통견이라고 대접받는 것 같지만 사실 반려견과 식용견의 경계에 있다. 건물 한쪽이나 농촌의 밭이나 마당에 묶인 채 살거나 또는 평생 땅 한 번 밟아 보지 못한 채 뜬장에 갇혀서 잡아먹히기 위해 키워진다. '큰 개(진돗개는 대형견도 아니다)는 마당 있는 집에서 키우는 것'이라는 암묵적인 사회적 합의라도 있는 건지, 공동주택 위주의 주거환경에서는 입양도 힘들다 보니 구조 또한 힘들다.

그런 개들에게 새로 등장한 삶의 선택지가 해외 입양이다. 국내에서 가족을 찾지 못하고 해외 입양을 떠나는 백구와 누렁이 이야기를 너무 많이 접해서 그런지 화면 가득 보이는 백구를 둘러싼 사람들의 환한 웃음이 기이했다. 백구는 많이 어려 보였다. 젖은 뗐을까? 미처 젖을 떼기도 전인 생후 한 달 전후의 강아지들을 문제의식 없이 사고 파는 것도 당연시하는 나라의 단면을 보는 것도 같았다. 무엇보다 생명은 선물로 주고받는 것이 아니다. 이 나라의 반려동물 문화의 온갖 문제점을 새 대통령이 청와대로 가면서 실감나게 보여 주고 있었다.

유기동물을 입양한다는 공약을 발표했을 때 사실 큰 기대는 없었다. 대통령의 부인을 퍼스트레이디라고 부르듯이 대통령의 반려동물을 퍼스트도그, 퍼스트캣이라고 하는데 반려동물 문화가 발달한 나라도 대통령의 반려견인 퍼스트도그는 대부분 순종이다. 보호소에서 버려진 개를 입양하겠다고 밝혔던 오바마 미국 대통령도 결국 지인에게 선물받은 순종을 데리고 백악관에 입성했다.

외국의 경우 퍼스트도그는 국민들의 관심을 받는 존재 중 하나며 역사의 중요한 순간에 대통령과 함께하기도 했다. 케네디 대통령은 퍼스트도그인 찰리와 백악관 수영장에서 함께 노는 것을 즐겼는데 중요한 결정을 내릴 때도 찰리의 도움을 받았다. 소련이 핵탄도 미사일을 쿠바에 배치하려고 하면서 미국과 소련이 대치해서 핵전쟁 발발 위험이 있었던 1962년 쿠바 미사일 위기 때, 케네디 대통령이 집무실 한가운데 앉아서 한참 동안 찰리를 쓰다듬다가 마침내 대응 방안을 결정한 일은 유명한 일화다. 찰리 덕분이었을까? 핵전쟁을 피한 평화적 결정이었다. 물론 개를 싫어하는 대통령도 있었다. 미국 트루먼 대통령은 퍼스트도그로 선물받은 개에게 관심이 없었는데 어느 날 주치의가 관심을 보이자 홀랑 넘겨줘 버렸다. 그랬다가 언론의 질타와 항의가 이어지자 급하게 백악관에 개 한 마리를 다시 들이기도 했다. 대통령의 침실에서 함께 잠들었다는 다른 나라 대통령의 반려견 이야기, 대관식을 마치고 집에 오자마자 반려견 대시를 목욕시켰다는 영국 빅토리아 여왕의 이야기는 우리에게는 아직 먼 이야기다.

새끼 백구 두 마리를 안고 청와대에 입성한 대통령은 2017년에 탄핵을 당했고 나는 불안한 눈빛을 했던 그 아이들이 걱정되었다. 역시 슬픈 예감은 틀리는 법이 없다. 백구가 청와대에 고스란히 남겨졌다는 소식을 들었다. 그런데 두 마리가 아니고 아홉 마리라고 했다. 둘이 들어갔는데 왜 아홉 마리? 게다가 청와대 입성하던 날 대통령에게 백구가 건네진 상황도 동네 주민의 자발적인 선물이 아니라 취임준비위원회가 짠 홍보 이벤트라고 했다. 생명을 이벤트 도구로 이용하다니.

동물단체는 키우던 개를 청와대에 두고 간 대통령을 동물 유기 혐의로 고발했다. 그런데 탄핵 정국에 예상치 못하게 튀어나온 동물 이슈에 미디어는 신나서 가십성으로 다뤘다. 인간 문제는 무겁고 중대하고, 동물 문제는 가볍고 사소한가. 동물을 버리고 간 사람이나 그걸 다루는 미디어나 생명의식 수준은 우열을 가리기 힘들었다.

사실 이 사건은 현재 한국의 반려동물 문제와 관련된 여러 이슈를 고스란히 담고 있다. 한 문장으로 정리하면 '선물로 받은 진돗개를 중성화수술도 시키지 않고 밖에서 키우다가 이사 가면서 버린 것'이다.

자세히 살펴보면 생명을 선물로 주고받는 문제, 중성화수술을 시키지 않아서 개를 양산한 문제(《음식혁명》의 저자 존 로빈스는 안락사당하는 유기동물에 대해 알게 된 후 중성화된 동물이 더 귀엽다고 말한다), 대통령이 선물받은 개가 한배 새끼였다면(비슷한 연령대였으니 그럴 가능성이 높다) 둘이 새끼를 낳아서 아홉 마리가 되었으니 근친교배의 문제, 반려동물을 밖에서 교감 없이 키운 문제, 동물을 홍보 도구로 이용한 문제, 이사를 핑계로 동물을 유기한 문제(2010년 동물자유연대의 설문 조사에 따르면 개를 버리는 이유는 1위 배변, 짖음 34퍼센트, 2위 이사 27퍼센트였다) 등이다.

동물단체에서는 아홉 마리 개를 단체가 맡아서 입양 보내기를 원했으나 진돗개혈통보존협회로 보내거나 일반 가정에 분양을 했다고 일방적으로 발표했다. 청와대에서 살았던 개라는 프리미엄이 붙었으니 번식견이 되었을 것이다. 번식견이 될 거라는 문제제기가 지나치다고 생각한다면 한국의 반려동물산업이 얼마나 잔인한지 모르는 속 편한 소리다.

동물 키우는 사람들이 하는 몇 가지 주장이 있다. 그중 '동물 좋아하는 사람치고 나쁜 사람 없다.'는 주장에는 동의할 수 없다. 감당할 수 없을 만큼의 개와 고양이를 최악의 환경에서 키우는 애니멀호더, 투견이나 사냥을 하는 사람도 대부분 동물을 좋아하고, 심지어 경외한다고 말한다. 좋아한다는 것이 책임지는 것임을 모르는 부류다. 600만

명의 유대인을 학살한 독재자 히틀러도 애견인이었고, 높은 수준의 동물보호법을 만들었다.

다만 '개를 버리는 사람은 사람도 버린다.'는 말에는 일정 부분 동의한다. 버린다는 것은 일방적인 관계의 단절이다. 관계의 소중함을 모르는 사람, 자신만 소중한 사람은 대상이 누구든 관계의 결말이 비슷하다. 백구를 버린 이가 대통령이었던 기간 동안 우리는 국민의 생명을 지키라는 의무를 저버린 대통령의 모습을 봤다.

미국의 저널리스트 킴 캐빈은 그의 책《72시간》에 "가족인 개를 포기하는 순간 부모형제도 포기하게 될 것 같다."고 썼다. 개를 버린다면 사람도 버릴 수 있음을, 스스로 인간이기를 포기할 수도 있다는 자각이다.

우리나라는 언제쯤 우리 시대의 반려동물과 반려인의 개념에 맞는 대통령과 퍼스트도그를 만날 수 있을까 하며 기다렸는데 2017년에 그 바람이 현실이 되었다. 이미 함께 살던 개, 고양이와 함께 살았던 후보가 청와대로 입성한 것이다. 이후 검은개여서 입양을 가지 못하던 유기견 토리도 대통령에게 입양되었다.

그런데 토리가 실외에서 묶여 살고 있다는 것에 대해서 실내에서 키워야 한다, 개는 원래 밖에서 개답게 키워야 한다 등 갑론을박이 이어지자 청와대가 해명하기도 했다. 유기동물은 한 번 버려져 마음의 상처를 입은 상태라 세심한 배려가 필요하다. 청와대에 들어갔으니 배곯을 리 없고, 아프면 병원에 데려가는 등 '관리' 잘 받으며 살겠지만 넓은 뜰 한쪽에 묶여서 외롭다면 개는 행복하지 않다. 그동안 청와대에 살았던 개들은 개집에 묶여 지내면서 종종 지나가는 사람들이 쓰다듬어 주기를 기다리는, 지난 세대의 개처럼 살았다. 하지만 개는 인간과 깊은 유대감을 필요로 하는, 관리가 아니라 교감이 필요한 존재다.

나도 지금은 집 안에서 개, 고양이와 살지만 어린 시절에는 개를 마당에 묶어서 키우던 집에서 자랐다. 태어날 때부터 동물을 좋아했던 나는 어른들이 집을 비워 텅 빈 날이면 책을 들고 나가 녀석의 옆에 앉아서 읽으며 무서움을 이기고는 했다. 그런데 어른이 되고 개, 고양이와 집 안에서 먹고 자고 함께 지내면서 마당에서 개를 키우던 시절과는 다르다는 것을 알게 되었다. 한 공간에서 일상을 나누면서 서로를 완전히 이해한다는 것이 무엇인지를.

이제 겨우 퍼스트도그다운 퍼스트도그가 청와대로 갔으니 어떤 변화가 있을지 지켜봐야겠다. 무엇보다 퍼스트도그로 인해서 유기견 입양, 개를 실외에서 키우거나 묶어서 키우는 것 등 여러 주제가 광범위하게 논의되는 것만으로도 나쁘지 않은 시작이다. 서로의 생각이 부딪히는 울퉁불퉁한 시작이 마음에 든다.

인간이 개를 사랑하는 것보다
개가 인간을 더 사랑하는 것이 명백하다

        가을 날, 함께 사는 개, 고양이와 함께 골목 산책을 나갔다. 슬렁슬렁 걷는데 바람이 휙 불었다. 바람을 피해 고개를 숙이려다가 두 녀석이 하늘을 올려다보기에 나도 따라서 올려다봤더니 색색의 나뭇잎이 춤을 추듯 흩날렸다.

'아, 행복하다.'

나도 모르게 튀어나왔다. 천국이 있다면 바로 이 순간이겠구나, 행복도 천국도 찰나구나. 두 녀석이 아니었다면 몸을 잔뜩 움츠린 채 눈을 꼭 감고 고개를 묻었을 것이다. 삶의 작은 즐거움에 두려움 없이 몸을 맡기는 존재들. 그래서 나처럼 삶이 서툰 사람들은 이들 곁에 꼭 붙어살아야 한다.

동물학자 콘라트 로렌츠는 《인간, 개를 만나다》에서 자신이 만난 여러 개의 이야기를 들려주며 어떤 경우든 개를 키우는 것이 개를 키우지 않는 것보다 훨씬 낫다고 말했다. 인간이 개를 사랑하는 것보다 개가 인간을 더 사랑하는 것이 명백하기 때문이다.

　인간은 윤리의식을 가진 이성적 존재이지만 다른 존재를 사랑하는 면에서는 다른 동물보다 그다지 나을 것이 없다. 개와의 관계는 분명 도덕적 의무를 동반한다. 콘라트 로렌츠는 스키 여행을 갔다가 자기를 유난히 따르는 유기견 행색의 사냥개를 만났는데 알고 보니 돌보지 않는 무책임한 주인이 있었다. 여행지를 떠나던 날 자기를 두고 갈까 봐 쩔쩔매는 개를 두고 떠날 수가 없어서 주인에게 개를 팔라고 하자 주인이 단숨에 10실링이라고 내뱉었다. 저자에게 그 말은 욕으로 들렸다. 자신을 버리고 여행자를 따라가려는 개에 대한 비난의 욕설. 아무 책임도 지지 않은 주인도 버림받는 것은 싫은 모양이다. 인간은 이렇게 끝까지 이기적이다.

반려동물에게 인간과의 우정은
삶의 모든 것이다

　　　　　우리나라는 덜하지만 외국의 경우 크리스마스는 특별한 날이다. 크리스마스 트리, 칠면조 요리, 빨간 양말과 더불어 빠질 수 없는 게 크리스마스 선물. 트리 하단에 가득 쌓인 선물 박스는 어린이나 어른이나 할 것 없이 크리스마스의 로망이다. 그래서 크리스마스를 앞둔 백화점은 최고의 호황을 누린다.

　이때 선물 1, 2위를 다투는 품목 중 하나가 바로 '애완동물pet'이다. 반려동물이 아니라 애완동물, 살아 움직이는 장난감으로서의 애완동물. 이런 크리스마스 선물용 강아지를 '크리스마스 퍼피'라고 부른다.

　아침에 부스스 깬 눈으로 크리스마스 트리로 다가가다가 아장아장 다가오는 귀여운 강아지의 모습에 환하게 웃는 아이들의 모습을 부모는 촬영하기 바쁘다. 하지만 그 웃음이 얼마나 갈까?

　크리스마스부터 새해로 이어지는 연휴가 끝나면 유기동물 보호소에는 그야말로 유기동물 폭탄이 떨어진다고 해도 과언이 아니다. 크리스마스 퍼피들의 폭탄이! 선물을 받고 웃고 떠드는 것은 잠시, 갑자기 자신들의 삶에 뛰어 들어온 귀여운 말썽꾸러기와 동거를 시도한 사람들은 금세 포기를 선언하고 버리거나 보호소로 보내 버린다.

겨우 1~2주 만에 포기를 선언하는 사람도 있지만 조금 더 노력해 보는 사람도 있다. 하지만 생각보다 쑥쑥 자라는 동물이 강아지 티를 완전히 벗는 1년 정도에 또 포기하는 사람이 폭증한다. 강아지가 사람보다 훨씬 빠른 속도로 성장한다는 정보조차 없는 상태에서 반려동물을 들인 사람들은 대부분 이런 과정을 거친다. 사람들은 인형보다 귀여운 강아지 상태로 밥도 조금 먹고 똥도 조금 싸면서 오래오래 살기를 바라겠지만 그러려면 강아지 인형이 정답이다.

우리나라도 크리스마스뿐 아니라 어린이날, 밸런타인 데이, 생일 등 특별한 날 자녀나 연인에게 강아지나 고양이를 선물하는 경우가 많다. 하지만 그 선물의 유효 기간은 그리 길지 않다. 강아지 한 마리를 입양하는 일은 장난감 강아지를 입양하는 것과는 다르다. 장난감 강아지는 갖고 놀다가 지겨워지면 버리면 되지만 살아 있는 강아지는 그럴 수 없다. 쑥쑥 크는 강아지 앞에서 후회해도 이미 때는 늦다.

문제는 첫날부터 시작된다. 엄마로부터 어린 나이에 떨어져 두려움에 낑낑거리는 소리에 가족들은 잠을 설치기 때문이다. 낑낑거리고, 슬리퍼를 물어뜯고, 집 안을 똥오줌으로 범벅을 만드는 등 그들이 벌일 수 있는 문제의 종류는 순식간에 늘어난다.

동물의 성장 속도는 너무도 빨라서 어느새 자녀보다 더 크게 자라 버리고, 들어가는 돈도 만만치 않다. 기초 예방접종부터 동물병원에 들어가는 진료비도 수월찮게 들어가고, 사료와 식기, 샴푸 등 생활비도 만만치 않다. 장난감 선물은 한 번 받으면 그만이지만 반려동물은 그 이후에 들어가는 '내 돈'이 훨씬 더 많다. 그러니 경제적 능력이 안 된다면 선물로 덥석 받으면 안 되는 것 중 하나가 바로 반려동물이다.

게다가 매일 밥 주기, 운동, 목욕, 미용 등의 일은 누가 할 것인가? 내 생활을 유지하기도 버거운 상태에서 끼니랑 배변을 스스로 해결하지 못하는 미숙한 동거인을 들이는 셈이다. 물론 교육만 잘 되면 배변 문제와 짖기, 물어뜯기 등은 곧 해결되지만 선물로 갑작스레 동물을 받은 사람들은 교육에 대한 인식조차 제대로 되어 있지 않다.

물론 진정으로 반려동물을 선물로 원하는 사람들도 있다. 그런 사람들에게는 어떻게 할까? 전문가들이 조언하는 방법은 그들에게 동물을 먼저 선물하지 말고 차라리 관련 용품을 선물하라고. 반려동물을 처음 키우기 시작할 때의 부담스러운 초기 비용을 줄여 줄 수 있는 고마운 선물이다.

그리고 반려동물 입양을 결정했다면 펫숍에서 사지 말고 보호소에서 한 생명을 구하는 방법을 추천한다. 강아지 공장 등에서 비윤리적으로 키워진 동물을 '사지 말고', 보호소에서 소중한 생명을 '입양하자'는 것이다. 그래야 생명이 처참하게 생산되는 강아지 공장이 줄어들 테니까.

물론 선물로 받은 반려동물과 행복한 동거를 시작해 새로운 삶을 맛보는 사람들도 있다. 하지만 선물로 받은 경우 동거에 실패할 확률이 높고 이렇게 한 번 버려진 생명은 그 이후 비참한 유기동물의 삶을 전전하게 될 가능성이 높다.

크리스마스를 비롯해서 많은 기념일은 선물이 오가는 즐겁고 행복한 날이다. 상대방을 최대한 기쁘게 해 줄 선물을 고를 요량으로 개나

고양이를 고민한다면 한 번만 더 생각해 보기를 권한다. 어떤 견종의 개, 어떤 묘종의 고양이가 우리 아이를, 그녀를 기쁘게 할까 고민하는 수준에서 이제는 선물을 받을 상대가 한 생명을 책임질 만한 책임감, 경제력, 시간적 여유가 있나를 고민하는 수준이 되어야 한다.

크리스마스와 반려동물에 관한 슬픈 이야기는 또 있다. 사람과 달리 반려동물은 안락사가 허용되는데 미국의 한 동물종합병원의 경우 크리스마스를 앞두고 1년 중 가장 많은 안락사가 이루어진다. 아프고 늙은 반려동물을 지극히 보살피던 책임감 있는 반려인도 기쁘고 행복한 크리스마스를 우울하게 보내고 싶지 않은 것이다. 그래서 언제 떠날지 모르는 아이를 두고 안락사 시점을 고민하던 사람들은 크리스마스를 앞두고 결단을 내리게 된다.

아프고 나이 든 아이들을 끝까지 보살피다가 안락사를 고민하는 그들을 비난하려는 것이 아니다. 나는 우리 개와 고양이가 어떤 기준에 다다르면 안락사를 하겠다는 기준을 갖고 있다. 고통스러운 삶의 연장은 의미 없다고 생각하니까. 다만 크리스마스 전에 이루어지는 많은 안락사는 반려동물에 대한 책임감, 긴 세월 함께해 준 가족 같은 친구에 대한 의리라는 것이 이토록 얄팍함을 우리 스스로 인정하는 것이다. 그러니 나의 삶조차 버겁다면 다른 생명을 겁 없이 덜컥 내 삶에 끌어들이지 않는 것, 그 또한 생명 사랑의 한 표현이다.

콘라트 로렌츠는 "충성스러운 개와의 우정은 결코 사라지지 않는다. 자신의 개를 다른 사람에게 주는 것은 그를 죽이는 것과 같다."고 말했다. 반려동물에게 인간과의 우정과 신뢰는 삶의 모든 것이다. 그런 동물들을 버리는 것은 그들의 모든 것을 빼앗는 것과 같다.

동물과 잘 맺은 관계 하나가
삶을 변화시키고 성장시킨다

"아빠, 밖에 애들 배고픈가 봐요. 그릇이 비었어요."

우리 집의 하루는 아이들 밥 먹이는 일로 시작된다. 내가 우리 집 할아버지 개와 집고양이의 밥을 챙기는 사이 아빠는 밥을 먹으러 우리 집 마당으로 오는 동네 길고양이들 밥을 챙긴다. 집의 아이들이야 이것저것 먹고 사니 조금 늦어도 괜찮지만 길고양이들은 조금만 늦어도 배고프다고 난리다. 현관 앞에서 야옹야옹 울거나 텅 빈 밥그릇을 힘차게 쳐서 저기 멀리로 던져 놓는다. 배고프다는, 아침은 늦지 않게 일찍 챙기라는 항의의 표시다.

우리 집의 아침이 이렇게 부산스러워진 것은 그리 오래되지 않았다. 2006년부터 길고양이에게 밥을 주기 시작했으니 고작 10년이 넘었을 뿐이다. 길고양이 밥을 챙기기 시작할 때에는 일이 이렇게까지 될 줄 몰랐다. 고양이라면 질색이라는 엄마가 길고양이 한 마리를 업둥이로 들이고, 우리 집 마당에서 밥을 먹는 길고양이가 예닐곱 마리가 되고, 동네 골목에도 대여섯 마리가 우리 밥을 기다리게 될 줄은.

그 시작은 우리 집의 막내아들 김찡이다. 부모님과 다섯 남매가 사는 집에 강아지 찡이가 막내아들로 입성하면서 진정한 대가족이 완성되었다. 엄마의 스파르타식 교육을 받은 막내아들은 말썽도 부릴 줄 모르는 '엄친아'로 자랐다. 그런데 이 막내아들이 가족의 삶을 살금살금 바꾸기 시작했다. 다른 형제들 시집장가 갈 때 딴청부리고 노처녀가 된 셋째 언니는 잘 다니던 잡지사를 나와 동물 책만 내는 출판사를 차렸고, 나이 든 부모님은 동네 길고양이 밥을 챙기는 캣맘, 캣대디가 되었다. 이렇게 동물들과 잘 맺은 관계는 누군가의 삶을 변화시키고 성장시킨다.

동물과 인연을 맺어 본 사람이라면 안다. 그 아이들이 삶의 스승이 되어준다는 것을. 나의 변화가 바로 그 견본이다. 찡이를 만나고 배우면서 세상을 보는 눈이 달라졌다. '우리 찡이만 예뻐. 우리 찡이만 소중해.'라는 수준에서 시야를 조금 더 확장하게 되었다. 버려진 유기동물이 보호소에서 안락사당하는 것이 보였고, 고양이에 관심을 가지게 되니 어둑한 귀갓길 내 앞을 휙 가로지르는 앙상한 길고양이가 보였다.

물론 그렇다고 '우리 고양이만, 우리 강아지만' 아끼고 사랑하는 게 잘못됐다는 것은 아니다. 요즘처럼 유기견과 유기묘가 넘치고 보호소에서 살처분되는 동물이 많은 상황에서 내 곁의 반려동물을 무지개다리 건널 때까지 책임진다는 것은 훌륭한 일이다. '이사를 하는 바람에, 새끼를 낳아서, 아이가 고3이 되어서….' 이런 말도 안 되는 이유로도 생명이 버려지고 죽어 가는 마당에 한 생명을 오롯이 책임진다는 것은 칭찬받아 마땅한 일이다. 자기 삶도 책임지기 힘겨운 세상이지 않은가.

한 번 시야가 넓어지면 그 확장은 끝이 없다. 동물원의 동물도 측은 하고, 동물실험에도 반대할 수밖에 없고, 공장식 축산도 반대하게 되고, 브라질의 사라지는 원시림에도 관심을 갖게 된다. 원시림이 없어진다는 것은 그 안의 생명이 살 곳을 잃는다는 의미니까. 이런 과정이 반려동물과 사는 사람에게는 물 흐르듯 자연스럽게 찾아온다. 우리 곁의 반려동물이 바로 자연이기 때문이고, 반려동물과 함께하면서 마음속에 자비심이 자라기 때문이다.

여름철 보양식으로 무수히 죽어 가는 개를 줄이자고 개식용 반대 캠페인을 복날에 할 때면 늘 "그러면 소도 돼지도 닭도 먹지 말아야 하는 거 아니야?"라고 딴죽을 거는 사람들이 있다. 그 말에는 반박할 논리가 있고, 토론보다는 반대를 위한 말이니 대화를 거부할 권리가 내게 있는 것을 알지만 그런 말을 들을 때마다 내가 가진 생각을 다시 돌아본다.

동물복지와 육식 문제에 대해 고민하기 시작하면서 《채식하는 사자 리틀타이크》를 기획했다. 책의 저자는 채식만 고집하는 리틀타이크에게 그래도 사자가 육식동물이니 육식을 시켜야 한다는 생각에 육식을 시키기 위해 노력한다. 그런데 고기를 보기만 해도 도망을 가니 우유에 피를 한 방울씩 섞어서 적응시키려고도 해보지만 그럴 때마다 리틀타이크는 우유를 다 토했다.

"사자가 육식동물인데 채식만 하는 건 돌연변이 아니야?"

아마도 그럴 것이다. 하지만 사자가 왜 채식을 하는지에 대한 물음은 리틀타이크에게 물을 수도 없고, 전문가에게 물은들 이미 떠난 아이라서 해답은 없을 것이다. 그보다는 채식을 하며 살았던 리틀타이크의 삶을 들여다보는 게 더 의미가 있지 않을까 싶다. 리틀타이크는 채식을 하면서 함께 사는 사람은 물론 개, 양, 고양이, 병아리와 들판에서 노닐며 평화롭게 살았다. 단지 한 입 거리 먹잇감과 친구가 되는 삶이 얼마나 경이로운가.

동물과 함께 사는 삶은 내 식탁 위의 음식에까지 윤리와 도덕을 고민하게 만들었고, 이런 불편함은 나를 조금씩 성장시켰다.

길고양이를
부탁해

    긴 여름해가 지고 골목에 사람들이 뜸해져서 밥 주는 길고양이들을 데리고 골목 산책을 나섰다. 그런데 몇 달 전에 윗집으로 이사를 왔다는 분이 알은체를 하며 다가온다. 순간 움찔. 길고양이와 관련해서는 험한 소리를 많이 듣다 보니 사람이 다가만 와도 방어 모드가 먼저 작동한다.

    "고양이랑 산책을 하세요? 신기하네요."

    "아, 네~에."

    상황을 파악하려면 말을 아끼는 게 상책이다. 내가 말을 아끼니 그쪽에서 먼저 이야기를 풀어놓는데 이사 오자마자 지붕에 길고양이가 새끼를 낳아 밥을 주고 있단다. 가뭄 중 단비처럼 만나기 어렵다는 캣맘 동지를 만났다!

    대체로 5, 6월은 동네마다 '아깽이(새끼 고양이) 대란'이다. 봄에 태어난 길고양이 새끼들이 자주 사람들의 눈에 띄기 시작하는 시기. 새끼들이 단체로 야옹거리는 소리에 사람들의 불평이 높아지고, 허약한 어미가 출산 후에 새끼만 남기고 죽거나, 어미를 따라 거처를 옮기다가 길을 잃은 새끼가 길 위에서 헤매는 일도 많다.

이 시기 길고양이에게 마음을 준 사람들의 고민은 눈덩이처럼 불어난다. 새끼를 구조해야 하는지, 포획은 어떻게 하는지, 새끼를 돌보는 어미는 언제쯤 중성화수술을 시키는지 등등 늘어나는 고민만큼 내게도 도움 요청이 쇄도한다. 물론 나도 정답을 갖고 있지는 않지만 경험과 자료를 바탕으로 최선을 다해 답을 한다.

가장 많은 질문은 '길고양이에게 밥을 주는 게 옳은가?'다. 사료를 챙겨 주는 게 그들의 야생성을 빼앗는 게 아닐지, 세 들어 사는 처지라 짧으면 1년, 길어야 3~4년 후면 이사를 가야 하는데 밥을 주는 게 무책임한 게 아닐지 고민한다. 도시 안에서 인간과 길고양이의 관계 설정에 대한 고민이고, 나도 길고양이에게 밥을 주기 전에 가장 먼저 맞닥뜨린 고민이었다.

내 경험상 길에서 사는 아이들은 어미 고양이의 영양 상태가 좋지 않기 때문에 어미가 낳은 서너 마리 새끼 중 한 마리 정도만 죽지 않고 그해 겨울을 넘긴다. 운 좋게 겨울을 넘기고 봄을 맞아 성묘가 되더라도 사고, 영역다툼, 전염병, 사람들의 해코지 등으로 10살 가까이까지 사는 아이는 많지 않다. 동물단체에서는 길고양이 수명을 3년 이하로 보는데 고양이의 평균 수명이 15년 정도니 길에서 사는 아이들은 자기 수명의 채 5분의 1도 살지 못하는 것이다.

그러니 이렇게 짧은 삶 중에 안정적으로 밥을 먹을 수 있는 시기가, 비록 사람들의 전세 기간인 2년이라도 그 아이들에게는 큰 축복이지 않을까. 그래서 떠나기까지 꾸준히 할 수만 있다면 밥을 챙겨 주는 게 어떻겠냐고 답한다. 또한 챙겨 주는 밥이 없으면 도시의 길고양이가 할 수 있는 일은 쓰레기봉투를 뒤지는 것뿐이니 야생성을 뺏는다는 죄책감 또한 갖지 말기를 부탁한다.

그리고 또 하나의 고민인 중성화수술. 유기적으로 연결된 신체 부위를 인위적으로 떼어내는 것이 합당한가에 대한 고민이다. 나도 같은 고민을 했는데 길고양이에게 밥을 주기 시작한 그 해 봄에 새끼를 낳은 길고양이가 가을에 또 배가 불러오는 것을 보니 내 고민은 사치였다는 걸 알았다. 바로 고양이를 안고 병원으로 달려갔다. 중성화수술이 안 된 여자 고양이의 경우 1년에 두세 번씩 임신, 출산을 반복하다가 죽어 가는 경우가 많다. 중성화수술이 되어 있지 않으면 여자 고양이는 임신, 출산만 반복하다가 죽고, 남자 고양이는 싸우다가 다쳐서 죽고, 새끼들은 대부분 태어나서 채 1년도 못 살고 죽는다. 이 또한 자연스러운 모습은 아니지 않느냐고 중성화수술을 고민하는 분들에게 답해 드린다.

내가 길고양이에게 밥을 주기 시작하면서 처음 시킨 암컷의 중성화수술을 해 주신 수의사 선생님은 이 고양이는 출산을 너무 많이 해서 자궁이 심하게 손상되어 있다고 했다. 또 다른 암컷을 수술했을 때는 영양상태가 너무 좋지 않아서 또 임신을 했더라면 출산하다가 죽었을 것이라고도 했다. 두 녀석은 수술 후 잘 회복해서 한 녀석은 우리 집으로 들어와 집고양이가 되었고, 한 녀석은 통통 살이 올라 건강하게 몇 년을 더 살았다.

그렇게 만난 이웃과 그 이후로 몇 년간 길고양이 새끼 입양, 중성화수술에 대해 정보를 나누며 동네 아이들을 함께 돌봤다. 그사이 구조한 새끼 고양이는 모두 좋은 곳으로 입양이 되어 지금까지 집고양이로 잘 살고 있다. 길고양이 밥을 주다가 욕먹는 일이 부지기수인 마당에 동네에서 동지를 만나다니 난 아무래도 전생에 은하계를 구했나보다 생각했다. 몇 년 후 아쉽게도 이사를 가셨지만 내가 돌보면 되니 그분도 마음 편하게 떠나셨다. 그분은 아마도 여전히 이사 간 동네에서 길고양이를 돌보고 계시겠지.

동물은 연민이 아니라
정의로 대해야 한다

　　　　　나는 3년 남짓 종로구 캣맘 모임의 대표로 일했
다. 그런 자리를 맡을 깜냥도 안 되고, 그런 자리에 나서는 것도 싫어
하는데 어찌하다 보니 그렇게 되었다. 어쩔 수 없는 상황이었다. 갓
태어나 몸무게가 550그램, 850그램으로 채 1킬로그램도 안 되는 새
끼 길고양이 두 마리가 중성화수술을 당한 채 삼청동 길에 버려진 사
건이 발생했다. 지자체가 실시하는 TNR(Trap(포획)-Neuter(중성화)-
Return(방사), 길고양이를 포획하여 중성화수술을 시킨 후 같은 자리에 방사하
는 길고양이 관리 방법. 길고양이나 거리에 사는 개의 개체수 조절에 가장 적
합한 방법으로 세계적으로 널리 이용되고 있다) 사업은 중성화수술이 가능
한 고양이의 체중과 연령을 엄격하게 제한한다. 민원에 의해, 돈을 목
적으로 어리고 아픈 고양이를 무차별적으로 수술대 위에 올리는 것을
방지하기 위해서다. 고양이마다 성장 속도가 다르고 외형적으로는 연
령을 정확히 알기 어렵기 때문에 몸무게를 중성화수술이 가능한 주요

한 기준으로 삼는데, 수술이 가능한 몸무게는 2킬로그램 이상이다. 그런데 길에서 발견한 고양이들은 1킬로그램도 되지 않았으니 생후 2개월도 채 되지 않은 새끼 고양이의 배를 가른 것이다. 지자체의 TNR 사업이 시작되면서 우려했던 일이 발생했다.

사건이 발생한 지역이 종로구라서 얼떨결에 내가 첫 회의에 참가하게 되었는데, 이후 지자체, TNR 업체와 협상 테이블에 앉기 위해서 캣맘 모임이 필요했다. 급하게 종로구캣맘모임을 꾸리고 임시로 대표가 되었는데 임시가 정식이 되고, 그렇게 3년 넘게 이어졌다. 나는 누군가를 설득할 만한 능력이나 에너지가 부족한 사람이어서 그만두려고 했는데 매년 실패해서 긴 시간을 그 자리에 있었다.

그러다 보니 종로구에서 벌어지는 길고양이 문제를 실시간으로 접하게 되었다. 어떤 날은 캣맘이 들려주는 이야기에 웃기도 했다. 추운 겨울철에 아이들에게 줄 밥과 물을 안고 동네를 다니는 캣맘의 일반적인 패션은 두꺼운 외투를 입고, 모자를 푹 눌러쓰고, 목도리를 칭칭 두르는 게 일반적이다. 장시간 밖에 있어야 하니 보온이 필수다. 그런데 어느 날 캣맘이 밥을 주고 있는데 경찰이 다가오더란다. 동네 사람이 신고를 했다고. 이상한 사람이 매일 자기 집 주변을 돌아다닌다고. 다들 같은 처지다 보니 다음에는 명품 옷에 뾰족 구두를 신고 다녀야겠다며 깔깔깔 웃었다.

하지만 길고양이 문제는 웃는 일보다는 마음 아픈 일이 훨씬 더 많다. 그래서 대표를 더 빨리 그만두고 싶었다. 그런 감정의 기복을 감당할 능력이 되지 않음을 내가 잘 아니까.

한때는 며칠간 계속 안타까운 소식만 전해져서 우울함에서 헤어 나오지 못하기도 했다. 봄에 태어난 아이들이 뛰어다닐 시기가 되니 새끼 고양이들이 사람들 눈에 띄고, 갈등이 불거지고, 캣맘이 급한 마음에 구조해서 임보(임시보호)를 하고, 수술을 진행하는 과정에서 지자체, TNR 업체와 손발이 맞지 않아서 삐걱대고…. 다들 화가 난 상태인데 그 화의 중심에 내가 있다는 게 괴로웠다. 마음이 힘든 것보다 모임의 대표로 갈등을 해결할 능력이 없는 내게 더 화가 났다.

종로구에는 소규모 원단 공장과 의류 제조업체가 몰려 있는 동네가 있는데 매년 갈등이 생긴다. 한 번은 원단 창고의 원단 위에 어미 고양이가 자리를 잡고 새끼를 낳았는데 으레 그렇듯 사람들은 빨리 치우지 않으면 가만히 두지 않겠다고 캣맘을 협박했다. 무엇보다 새끼들이 위험해지고 말았다. 갈등이 워낙 심해서 힘을 합쳐야 할 것 같아서 캣맘 모임의 회원들이 여럿 몰려가서 고양이들을 구조하고 중성화수술을 진행했다.

그 과정에서 캣맘의 마음고생이 심했지만 그래도 아이들을 안전하게 지킬 수 있어서 다행이었다. 어미는 수술 후 방사해서 캣맘의 돌봄을 받으며 공장 주변에서 잘 지내고 있고, 새끼 둘은 좋은 가정에 입양이 되었다. 힘없는 캣맘, 캣대디지만 모이면 힘이 되는구나 싶어서 뿌듯하기도 했다.

그런데 이런 갈등이 원단 공장 지역만이 아니라 고급 아파트 단지에서도, 상업 단지 주차장에서도, 10살 이상 길고양이 노묘가 모여 살던 아파트 주차장에서도 시간차도 주지 않고 툭툭 터져 나왔다. 이런 갈등에서 지자체는 원만히 해결하라는 말만 할 뿐 누구의 편도 들지 않는다. 누구의 편에 서기 힘들겠지만 예산을 들여 길고양이 TNR을 진행하고 있으니 분명한 입장이 있어야 한다. 편들기가 아니라 길고 양이나 캣맘을 위협하는 사람들을 설득해야 한다. 기계적 중립이라는 게 생명이 위협받는 상황에서 얼마나 무책임한 행정인가.

나도 실감할 정도로 길고양이에게 밥을 주는 사람들이 눈에 띄게 많아지면서 이런 갈등이 점점 더 심해지고 있다. 오래된 아파트 주차장에서 10살 가까이 되는 나이 든 길고양이 셋을 오랜 세월 보살피던 캣맘에게 아이들을 잡아서 다른 곳에 갔다 버리겠다고 협박하는 사람이 생겼다. 이런 걸 보면 확실히 일반인 눈에도 캣맘의 활동이 눈에 띄게 많아진 것이다. 10년이 되도록 별일이 없었는데 갑자기 주목을 받게 되었다.

숨어서 조용히 밥을 줄 때는 그래도 봐줬는데 점점 힘을 얻는 모습이 꼴같잖은 것이겠지. 이 사회가 여자를 장애인을 노인을 아동을 청소년을 성소수자를… 모든 약자를 대하는 방식과 꼭 닮았다. 말도 많이 하지 말고, 권리를 주장하지도, 나대지도 말라는.

회색 도시의 거리에서 무심한 듯 지나가는 길고양이조차 없다면 이 도시에서 어찌 숨을 쉬고 살 수 있을까. 영역동물인 길고양이들은 그 동네에서 몇 세대를 거치면서 살아왔을 것이다. 지금 살고 있는 사람들보다 훨씬 더 오래전부터.

길고양이들은 길 가운데로 당당히 걷지도 않는다. 그저 골목 가장자리로 조심조심 걸을 뿐인데도 사람들은 보기 싫다고 한다. 인간보다 앞서 가지 않고 먼저 가라고 길을 내주는데도.

철학자 쇼펜하우어는 동물은 연민이 아니라 정의로 대해야 한다고 말했다. 평등하게 태어난 모든 생명은 살고자 하는 의지에 있어서는 동등한 권리를 갖는 것, 나는 이것이 동물을 대하는 정의라고 생각한다. 부디 이런 생각이 조금씩 커지는 사회이기를 기대하지만 근거 없는 낙관일까.

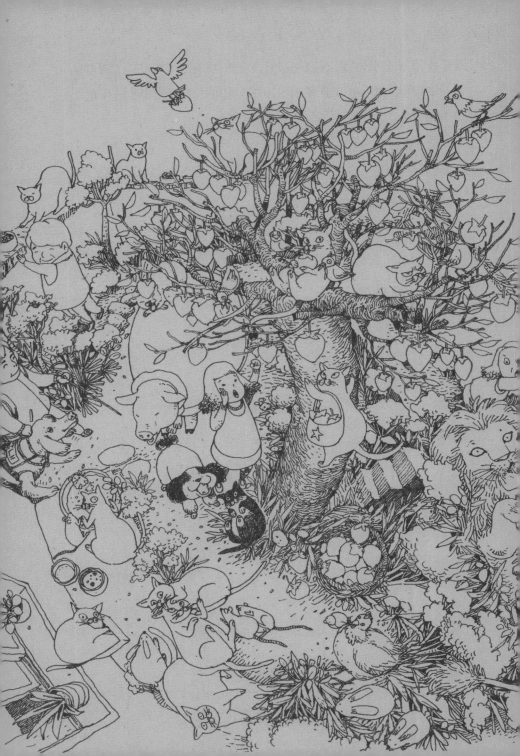

2장

노견, 외출고양이 그리고 길고양이

이별을 두려워만 하면
사랑이 있을 자리가 없어

그날이었다. 철야 근무를 마치고 아침에 퇴근해서 잠들었다 깼다를 반복하며 방바닥과 접신한 채 뒹굴고 있는 내 눈에 쩡이 다리가 보였다. 코앞에서 쩡이 다리가 왔다갔다하는데 '어, 뭔가 이상하다? 왜 무릎을 구부리지 않고 뻗정다리로 걷지?' 잠이 확 깼고 쩡이를 안고 병원으로 달려갔다. '퇴행성 관절염' 진단을 받았다. 퇴행성이라… 그날이 바로 쩡이가 노견에 접어들고 있음을 처음으로 통고받은 날이다. 쩡이는 매일 한두 시간씩 거르지 않고 산책을 해서 언젠가 종합병원 정형외과 수의사 선생님이 쩡이를 촉진하더니 정형외과 책에 나오는 이상적인 근골격을 가졌다고 칭찬해 주시기도 했었는데 말이다.

그때 쩡이 나이가 9살이었다. 사람으로 치면 슬슬 에너지 넘치는 청소년기로 들어설 때인데 삶의 황혼기에 들어섰음을 인정하라니 받아들이기가 쉽지 않았다. 다행히 처방받은 관절염 약이 효과가 좋았고, 다시 펄펄 날기 시작하는 쩡이를 보며 우리 가족은 쩡이가 노년에 들어서고 있음을 금세 잊어버렸다. 아마 거부하고 싶은 마음이었을 것이다. 그때부터 매년 정기검진을 시작했다. 쩡이가 아직 건강함을 매년 확인받고 싶은 마음이었다. 대견하게도 쩡이는 가족의 바람대로 남들이 개의 노령기라고 부르는 10대 초중반의 시간을 별문제 없이 건강하게 건너 줬다.

그랬던 쩡이에게 노견의 심각한 증상이 나타나기 시작한 건 17살 때였고, 일단 시작되자 새로운 이상이 나타나는 기간이 점점 짧아졌다. 한쪽 눈의 손상된 각막이 회복되지 않아 뿌옇게 되기 시작했고, 염증이 생기면 잘 낫지 않았으며, 급기야 5년 넘게 초기였던 백내장이 급속히 진행되었다. 그 속도가 얼마나 빠른지 따라가기조차 버거웠고 '아, 이게 사람과 다른 개의 삶의 속도구나.'라는 걸 뼈저리게 받아들여야 했다.

쩡이는 추운 겨울날 다섯 남매가 북적대는 대가족의 집으로 들어왔다. 작은 언니가 퇴근하며 뭔가를 모포로 둘둘 말아 안고 들어왔다. 모포를 펼쳤는데 그 안에서 털북숭이 한 마리가 툭 튀어나왔다. 가족들은 탄성을 질렀고 일곱 가족의 부담스러운 눈빛이 온통 자기를 향하자 강아지는 어리둥절해 두리번거리며 여기저기로 숨을 곳을 찾았다. 다리에 힘이 없는 강아지는 장판에 미끄러져 자꾸만 철퍼덕하고 네 다리를 사방으로 뻗친 채 뻗어 버렸다. 그 모습에 다섯 남매와 부모님은 깔깔 웃었다.

마침내 결정의 순간. 한옥 살 때 늘 마당에 개가 있었던 가족은 내내 개를 그리워했지만 언제나 엄마의 반대에 부딪혔다. 식구들이 직장과 학교에 가고 나면 뒤치다꺼리는 결국 자기 몫이라는 걸 아는 엄마는 '집 안에서 개 키우는 건 절대 안 돼.'를 외쳤다. 하지만 엄마도 강아지의 귀여운 모습에 이미 마음을 빼앗겼고 결국 강아지는 다섯 남매네 대식구의 막내아들이 되었다. 이렇게 찡이는 선물처럼, 운명처럼 우리 가족이 되었다.

김찡. 풀네임은 김칭기스칸. 찡이가 중국에서 온 시추 종이라 세상을 다 품으라고 지어 준 이름이다. 찡이는 문제 하나 없이 자연스럽게 가족의 일원이 되었다. 다섯 남매를 길러낸 엄마의 '스파르타식' 육아법 덕분인지 집에 온 지 3일 만에 화장실에서 대소변을 가리더니 마당에서 소변을 한 번 본 후에는 그 후 19년 동안 대소변이 급하면 스스로 마당으로 뛰어나가 볼일을 보고 흙으로 쓱쓱 덮은 후 집으로 돌아오는 똘똘함을 보여 줬다. 또한 나무 사랑이 각별하여 하루의 반 이상을 마당의 나무를 가꾸며 시간을 보내는 엄마의 곁을 항상 지키는 착한 막내아들 노릇도 했다. 그래서 우리 집 마당 이름은 '찡이마당'이다.

"엄마, 아빠한테는 미안한데 결혼하니까 엄마, 아빠보다 찡이가 더 보고 싶은 거 있지."

찡이는 다섯 남매 중 넷의 결혼을 지켜봤는데 출가한 자식들마다 부모님보다 찡이가 더 보고 싶다고 소곤소곤 이야기했다. 찡이는 형제들의 결혼을, 조카들의 탄생을 지켜봤다. 특히 첫 조카는 언니네가 맞벌이를 하느라 우리 집에서 자라면서 찡이와 각별한 사이가 되었다. 찡이는 조카가 잘 때면 곁에서 지켰고, 깨면 식구들에게 알렸으며, 조카 곁에 낯선 사람이 오는 것을 막았다. 조카의 수호천사 김찡. 두 천사가 서로를 아끼는 모습을 보는 건 가족들에게 큰 기쁨이었다.

영원히 우리 곁에 있을 것만 같았던 찡이가 늙어 가고 있다는 것을, 떠날 것이라는 것을 받아들이는 건 힘든 일이었다. 나이가 들면서 찡이는 하지 못하는 일이 많아졌다. 식탐이 많아 2층에서 자다가도 아래층에서 부스럭 소리만 나도 귀신같이 알고 계단을 구르듯 뛰어내려가던 찡이는 계단을 오르내리지 못하게 되었다. 혼자 드나들던 마당도 눈이 잘 보이지 않게 되자 가족의 도움을 받아야 했다. 식탐도 많이 줄어 식사 시간이면 지정석인 엄마 옆 '찡이 의자'에 앉아 가족과 함께 식사를 하던 모습도 사라졌다.

이런 변화에 가장 마음 시려한 분들은 역시 부모님. 다섯 남매를 키우며 한 번도 보여 주지 않았던 살가운 모습을 찡이에게만 보여 주었던 아빠가 찡이를 바라보는 시선은 애처롭다. 우리 세대 대부분의 가족이 그렇듯 집안에서 외로운 섬인 아빠에게 가장 따뜻한 품을 내어 준 찡이니까. 엄마는 찡이의 모습이 늙어 가는 당신 모습 같다며 늘 쓸쓸해하지만 언제나처럼 특유의 긍정성으로 "찡이나 엄마나 늙었으니 고치며 살아야지, 뭐. 그렇지, 찡아? 이거 오메가3 영양제 먹어." 하시며 찡이에게 영양제를 건넨다.

"찡이는 왜 벌써 할아버지야?"

이 상황을 쉽게 못 받아들이기는 조카도 마찬가지였다. 자기보다 세 살 많을 뿐인데 노화 증상을 보이는 찡이를 조카가 이해하기는 쉽지 않았다. 처음에는 나 또한 이 상황을 받아들이지 못했다. 개의 삶의 속도는 왜 이리 제멋대로 흐르는지 이해할 수 없었다. 찡이한테 배운 게 많아서 하던 일도 그만두고 동물 책을 만드는 출판사를 시작한 나로서는 찡이를 통해 가장 큰 삶의 변화를 겪었는데 코앞에 닥친 이별을 받아들이기가 쉽지 않았다. 특히 살면서 소중한 사람과 한 번도 죽음을 통해 이별을 겪어 본 적이 없어서인지 쩡이와의 준비된 이별은 두려움 그 자체였다.

죽음과 관련된 책, 반려동물의 죽음에 관한 외서들을 찾아 읽기 시작했다. 사람들과 죽음에 대해 이야기도 나누었다. 결론은 두려워하지 말자는 것이었다. 두려움에 떨다 보면 그 안에 사랑이 존재할 자리가 없어지는 걸 나 스스로 느끼고 있었다.

나이가 들었어도 할 수 있는 것은 많다. 못하게 된 것을 생각하며 아파하기보다 아직도 할 수 있는 걸 보며 행복한 마음으로 살기로 마음을 바꾸자 삶이 더 풍요로워졌다. 쩡이는 나이 들었어도 여전히 아침이면 함께 눈 떠 주고, 잘 먹어 주고, 마당을 어슬렁거리기를 좋아하고, 식구들이 귀가하면 고개를 돌려 맞아 주었다. 여전히 따스한 햇볕을 맞으며 하는 산책을 즐겼다.

"이 강아지 몇 살이에요? 17살이요? 우와, 오빠네. 오빠, 안녕."

산책길에서 만나는 노란색 병아리 옷을 입은 유치원 소녀들과의 대화도 즐겼다. 할아버지 개에게 오빠라니 이런 횡재가! 예전처럼 성큼 성큼 내딛지는 못하지만 종종 걷다가 잠시 멈춰 서서 힘을 준다 싶으면 어김없이 건강한 황금색 똥도 누면서!

나이 든 쩡이에게 가장 고마웠던 것은 나이가 들었다고 죽은 것처럼 살지 않고 살아 있는 것처럼 살았다는 것이다. 싫은 건 싫다고 표현하고, 눈에 약 넣는다고 귀찮게 하면 신경질도 부리고, 식구들이 바빠서 자기한테 신경을 좀 덜 쓴다 싶으면 발을 절룩거리거나 염증을 재발시켜 식구들 정신 번쩍 들게 심통도 부리고, 맛난 것 먹을 때면 코를 실룩거리며 그릇에 얼굴을 처박기도 하고…. 그런 씩씩한 찡이 덕분에 식구들은 '찡이를 곧 떠나보내야 하나.' 마음이 시리다가도 아직 함께 있음을 감사하며 웃었다.

가족은 언젠가 차례차례 떠날 테지만 이제는 별로 두렵지 않다. 다시 만날 것을 믿기 때문이다. 그게 비록 이승에서의 모습은 아닐지라도 우리가 맺은 인연은 이어질 것이다. 가족이 사람이든 개든 마찬가지로. 그렇지 않다면 이 생이 아무 의미가 없으니까.

펫로스,
같은 마음이 필요해

　　　　　　부산의 동물보호단체에서 연 펫로스 세미나에
참가하기 위해서 부산에 다녀왔다. 펫로스란 반려동물을 잃고 남은
자의 슬픔이다. 사람 가족이든 동물 가족이든 죽음으로 인해 이별했
다면 상실감이 얼마나 클지는 족히 예상되는 일이다. 그런데 반려동
물과 살았던 사람 중에는 제대로 이별하지 못해 상처를 껴안고 사는
사람이 많고, 그중에는 주변에서 이해받지 못해 고통이 커진 경우가
많다.

　세미나 며칠 전 함께 살던 개가 죽자 한 여성이 자살하는 일이 발생
했다. 부산에서 일어난 일이라 기자들이 세미나를 주최했던 단체 대
표에게 도움말을 부탁한 모양이다. 그런데 대표가 충분히 가능한 일
이라고 아무리 설명해도 기자들은 도저히 이해 못하겠다는 반응을 보
였다고 한다.

　지인들이 개에게 돈과 시간 그만 쏟고 자기 인생을 찾으라고 했는

데도 당사자에게는 들리지 않았던 모양이라는 담당 경찰의 인터뷰 등 관련 보도만 봐도 이 사건을 바라보는 사람들의 시선을 대략 알 수 있었다. 미디어에서 지금까지 다뤘던 대로 인간관계에서 실패하고 도피한 사람이 동물에 집착하다가 극단적인 선택을 한 경우로 다뤘다.

기사를 접하고 안타까웠다. 그에게 속 이야기를 터놓을 상대가 한 명이라도 있었다면 막을 수 있는 일이었는데. 개가 노환으로 떠났다면 얼마나 오랜 시간을 함께했을 것인가. 그 구구절절한 이야기를 들어줄 사람이 곁에 한 명만 있었어도. 안 그래도 세미나에서 떠난 반려동물 이야기를 진심으로 들어줄 사람을 딱 한 명이라도 만들어 두라고 얘기할 예정이었다.

가족을 잃은 것도 슬픈데 그들을 더 힘들게 하는 건 주변의 반응이기 때문이다.

"개 죽었다고 유난 그만 떨고⋯."

"빨리 잊고 다른 고양이 사."

이런 반응이 무서워 사람들에게 터놓지 못하고 슬픔을 억누르다 보면 제대로 이별할 시기를 놓치고 상처로 끌어안게 되는 사람이 많다.

속으로는 '개, 고양이 따위.'라고 생각하더라도 가족 같은 존재를 잃고 힘들어하는 사람에게 위로의 말 한 마디 건넬 수 있지 않을까? 이해하지 못하더라도 힘들어하는 사람을 위해 입을 다물어 줄 수 있지 않을까? 그렇지 못한 사회 분위기가 아쉽다.

아는 수의사가 병원에서 겪은 이야기를 들려주었다. 꽤 큰 동물병원인데 힘든 수술을 마친 개가 회복을 해서 퇴원을 했다가 문제가 생겨서 다시 재입원했는데 결국 사망했다고. 이런 경우 수술에 문제가 있었던 것은 아닌지 항의하는 보호자들이 많은데 다행히 이 보호자는 문제제기를 하지 않았다고. 그런데 며칠 후 배달 일을 하는 보호자가 헬멧을 쓴 채 병원 로비에 나타났고, 한참을 그 상태로 펑펑 울었다고 했다. 병원 관계자들은 병원에 따지러 온 게 아닌지 긴장했는데, 그렇게 한참을 운 보호자는 조용히 떠났다고. 반려견과 단둘이 살던 그에게 반려견의 부재가 얼마나 힘들었을까? 그 아픔을 드러낼 상대가, 장소가 없어서 그나마 사정을 아는 곳에 와서 눈물을 흘리는 그 마음이 어땠을지 알 수 있었다.

언젠가 내게 이메일이 왔다. 부부가 자식처럼 키우던 반려견이 떠났고, 휴가를 내고 둘이 슬픔을 함께했는데 휴가가 끝나고 자기가 회사에 나가면 혼자 집에 있을 부인이 얼마나 힘들지 걱정이라는 남편의 편지였다. 위로의 말과 함께 이렇게 같은 마음인 남편이 함께 있으니 부인도 잘 이겨낼 거라고, 걱정하지 마시라고 전했다. 그러며 나는 부인보다 회사에 나가서 아무렇지 않은 척 일해야 하는 남편이 더 걱정이 된다고 적었다. 사실 사회생활을 하면서 감정을 드러내기 힘든 건 여성보다 남성이 더 하다. 반려동물이 죽었다고 슬픈 감정을 드러내는 건 약한 사람으로 보이기 십상이니까. 그래서 오히려 아이들이 떠나고 남자가 더 힘들어하는 경우를 많이 봐온 터라 걱정이 되어 메일 끝에 한 줄 적어서 보냈을 뿐인데 바로 장문의 답장이 왔다. 안 그래도 너무 힘들다고, 부인이 너무 힘들어해서 부인 앞에서도 슬픔을 잘 드러내지 못했는데 회사에 나가야 하니 자신이 없다고. 그렇게 긴 긴 이야기를 내게 쏟아낸 남편은 말을 하니 이젠 좀 살겠다고, 덕분에 다시 잘 복귀할 수 있을 것 같다며 고맙다고 했다.

이렇게 우리는 떠난 반려동물에 대한 애도를 제대로 못하고 있다. 애도가 별거인가. 충분히 슬퍼하는 것. 충분히 슬퍼하면서 떠난 그들과의 끈을 계속 이어가고자 하는 열망이 애도다. 그런데 이걸 제대로 하지 못해서 반려동물과의 시간을 아픔으로만 간직하는 사람들이 많아서 안타깝다. 그들과 행복했던 긴 시간은 다 잊고 마지막 순간의 아픔으로만 기억하는 사람들이 많다. 슬픔을 제대로 표현하고 위로받지 못하면 그렇게 된다.

사람 가족이든 동물 가족이든 소중한 사람을 잃고 힘겨워하는 사람도 언젠가는 일상으로 돌아가야 한다. 그러려면 개인의 의지와 함께 사회의 지지가 필요하다. 아무리 이제 그만 힘들어하고 일상으로 돌아가야지 생각하고 출근을 해도 "아이고, 고작 개 죽었다고 휴가를 냈다며?"라는 한 마디면 바로 무너져 내린다. 반려동물을 잃은 슬픔도 사람 가족을 잃은 것과 똑같은 슬픔이라는 것을 사회가 인정해 주면 좋겠다.

미국의 게이지Gage, M. G. 연구팀은 반려동물을 잃은 부부를 대상으로 연구를 했다. 그 결과 여성의 약 50퍼센트, 남성의 약 25퍼센트가 반려동물의 죽음으로 '매우' 또는 '극심하게' 괴로웠다고 밝혔다. 반려동물이 떠난 것이, 남성은 가까운 친구를 잃었을 때와 같은 고통이었다고, 여성은 자녀를 잃었을 때와 같은 고통이었다고 답했다. 아직 우리는 이런 연구 결과가 없지만 반려동물을 잃는다는 게 가장 친한 친구나 자녀를 잃은 슬픔과 비슷함을 안다면 좀 조심스럽게 대하지 않을까. 유난히 우리 사회가 다른 사람의 감정에 공감하는 것이 많이 서툰데, 특히 동물 문제는 세대별, 개인별 인식차가 커서 더 갈등이 심한 것 같다.

동물 책을 만드는 일을 하다 보니 내게는 이런저런 메일이 많이 오는데 그중에는 함께 살던 반려동물을 떠나보낸 분이 많다. 알던 분도 있고, 생면부지의 분도 있다. 그런데 그중에 위태로워 보이는 분들이 있다. 이야기 나눌 사람이 아무도 없다고, 아이를 따라가고 싶다고 말하는 분들. 마지막으로 손을 내미는 것일지도 모른다는 생각에 진심을 담아 위로의 말을 건네고 글을 주고받다 보면 어느새 일상으로 돌아갈 기운을 얻었다는 소식을 듣는다.

그날 세미나에서 내가 한 얘기는 평범했다. 잘 이별하기 위해 충분히 슬퍼하고 애도할 것, 그래서 아이들과 보냈던 소중한 시간들을 상처가 아닌 행복으로 기억할 것. 많은 분들이 울었다. 왕복 네다섯 시간 이상 걸리는 멀리서 온 분도 있었다. 그들의 눈물은 내 이야기가 아니라 자기와 같은 마음인 사람이 이렇게 많다는 것을 확인한 안도감에서 나오는 눈물이었을 것이다. 반려동물을 떠나보내고 슬픈 것이 나 혼자가 아니어서 다행이라는 같은 마음.

배가 갈리고 귀가 잘리고, 무엇을 더 내주어야
인간은 함께 사는 것을 허락할까?

　　　삼청동에서 새끼 고양이가 죽은 채 길에서 발견된 사건은 예상 가능했던 일이다. 다만, 증거가 없었을 뿐. 2008년 서울시에서 길고양이 TNR 사업이 시작되었지만 온라인 고양이 카페에는 밥 주던 동네 길고양이들이 한꺼번에 사라졌다는 글이 심심찮게 올라왔다. 고양이 잡아가라는 민원에 대량 포획을 한 것일 텐데 사라진 고양이들은 어디로 갔을까? TNR이라는 이름으로 중성화수술을 한 후 엉뚱한 곳에 방사했거나 길고양이를 유기묘로 분류해서(현재는 길고양이를 유기동물로 분류해서 보호소에 입소시키지 못하지만 한때 그게 가능했다) 10일 동안 입양 공고한 후 안락사했을 가능성이 높았다.

　　수술한 길고양이를 살던 곳이 아닌 곳에 방사하면 살 가능성이 거의 없다. 고양이가 영역 동물이어서 낯선 곳에서 생존하기 어렵기도 하지만 수술한 고양이의 몸 상태를 살피면서 밥과 물을 안정적으로 공급할 캣맘이 없기 때문이다. TNR 사업 초기에는 서울시 전역에서 중성화수술 부위의 감염이 심각한 고양이가 자주 발견되었다. 길고양이를 살리는 게 아니라 민원 처리용이나 관련 업체 배불리는 일이 된다면 이전의 '길고양이 살처분'과 다를 바 없었다.

사실 종로구는 그동안 우리가 길고양이를 어떻게 대했는지에 대한 역사를 안고 있는 지역이다. 서울시에서 길고양이 TNR을 시작하기 전인 2007년까지 길고양이 살처분을 가장 심하게 하던 곳이 바로 종로구다. 고양이를 잡아서 없애 달라는 민원이 들끓었고, 지자체 차원에서 길에 있는 고양이를 잡아서 죽이는 믿지 못할 일이 벌어졌다. 하지만 결과는 사람들의 기대와 달랐다. 고양이가 사라진 곳에 쥐가 들끓기 시작한 것이다.

> 후진국에서나 볼 수 있는 정부 차원의 쥐잡기 운동이 서울 한복판에서 벌어지고 있다. 서울 종로구에 따르면 구는 지난 11일부터 종로구 돈의동과 창신동 일대 쪽방촌에서 '쥐 박멸작전'을 벌이고 있다. 정부 차원의 쥐잡기 운동이 종로에서 펼쳐진 것은 2000년 이후 9년 만에 처음이다. (중략) (《경향신문》 2009년 5월 27일자)

21세기에 도심 한복판에서 쥐잡기 운동이라니 웃지 못할 상황이 벌어진 것이다. 결국 길고양이 TNR 사업을 시작하자 종로구에서 쥐 문제는 해결되었다. TNR 사업은 동물단체와 캣맘에게 굴복해서 지자체가 쓸데없는 곳에 세금을 쓰는 사업이 아니라 전 세계적으로 도심 생태계에서 인간과 동물이 공존할 수 있는, 가장 적합하다고 증명된 과학적 방법이다. 그렇게 합의를 통해 시작된 사업인데도 여전히 현장에서는 살처분과 다름없는 일이 벌어지고 있었고, 또 종로구였다.

동물보호단체의 도움으로 캣맘과 동물보호단체, 종로구청 담당자와 TNR 담당업체가 모여 회의를 했다. 종로구는 빠른 시일 안에 문제를 일으킨 업체를 새로운 업체로 교체하고, 길고양이 TNR에 관한 새로운 기준을 서울시에 건의하겠다고 했다. 언제나 그렇듯 일이 터지고 열리는 회의에서 도출된 결과가 제대로 실행되기까지는 긴 시간이 필요하다. 특히 담당자가 어떤 사람이냐에 따라 달라진다. 당시 새롭게 바뀐 담당자가 반려인이어서 이 문제에 관심과 의지를 보이는 것이 유일한 희망이었다. 길고양이 문제를 담당하는 지자체 소속 공무원들은 여러 업무 중 하나인 동물 문제에 대체로 관심이 없다. 생소한 일이기도 하고 하찮아 보이는 일이기도 하기 때문이다. 게다가 민원은 다른 업무에 비해서 몇 배로 쏟아지니 더더욱 그렇다.

2008년 서울시에서 시작된 길고양이 TNR 사업은 원죄를 안고 있다. 인간과 길고양이의 공존을 위해 만들어진 것이 아니라 넘치는 길고양이 민원에 떠밀려서 시행된 사업이기 때문이다. 고양이 잡아가라는 민원은 넘치고 그렇다고 무작정 잡아 죽일 수도 없어서 도입한 사업이다. 여전히 캣맘의 중성화수술만큼 고양이 잡아가라는 민원이 많은 상황이다.

시민들은 자기가 낸 세금이 생명을 죽이는 데 쓰이기를 원치 않는다. 길고양이 TNR에 대한 올바른 지침서가 필요하고, 공무원과 담당업체는 물론 일반인에 대한 교육도 필요하다. 길고양이는 이미 도심 생태계의 일원이고, TNR 사업을 통해 평화로운 공존이 가능하다는 교육이.

삼청동에서 첫 번째 발견된 850그램짜리 새끼 고양이에 이어서 두 번째 발견된 550그램짜리 새끼 고양이는 발견 당시 다행히 숨이 붙어 있었는데 병원에 데려갔지만 손쓸 틈도 없이 죽고 말았다. 태어나자마자 영문도 모른 채 인간 손에 잡혀 수술을 당하고 차가운 거리에 버려진 생명. 배가 갈리고 귀가 잘리고, 무엇을 더 내주어야 인간은 함께 사는 것을 허락할까.

70대 캣맘
80대 캣대디

       노부부에 노처녀, 나이 든 개와 고양이가 사는 오래된 집의 아침이면 고요해야 하는 거 아닌가? 그런데 우리 집은 늘 분주하다.

"아빠, 애들 다 왔어요."

"오늘은 다들 일찍 왔네."

동네 길고양이들이 마당에 하나둘 모여들자 아빠가 부지런히 아침밥을 먹일 채비를 하고 엄마도 아이들을 하나하나 챙긴다. 70대의 캣맘과 80대의 캣대디. 아마도 길고양이 돌봐 주는 이로는 최고령이 아닐까.

그렇다고 두 분이 처음부터 고양이에게 쉽게 마음을 연 것은 아니다. 그 연령대의 분들이 그렇듯 '도둑고양이는 지저분하고, 고양이는 주인도 못 알아보고, 복수를 하는 요물이다.'식의 근거 없는 편견을 갖고 있었다. 그러다가 내가 길고양이에게 밥을 주기 시작하면서 그들의 삶에 대해 자주 전했더니 마음의 문을 조금씩 열기 시작했다. 밥을 줬더니 집 앞에 새나 쥐를 잡아서 가져다 놓는 길고양이가 많은데 그게 인간에게 보내는 감사의 표시다. 이런 이야기에 엄마 아빠는 감동했다. 사실 그 이유는 아무도 모른다. 고맙다는 표시인지, 밥과 바꾸자는 것인지, 자신의 사냥 솜씨를 자랑하는 것인지. 그 이유는 고양이만 안다.

특히 우리 집 노견에게 살갑게 굴며 다가온 검은 길고양이는 편견을 깨는 매개체가 되었다. 길에서 먹고, 임신하고, 출산하고, 죽어 가는 길고양이의 삶에 대해 알게 되고 연민을 느끼게 된 듯했다.

때로는 부모 세대가 매정한 듯 보여도 그들 마음속에는 힘든 시절을 견디며 자식들을 먹여 키워 온 헌신성과 온정이 감춰져 있고, 동물은 그 감정을 끄집어 내는 데 선수다. 옛날에 가끔 마당에 나타나는 '도둑'고양이에게 뭐라도 주려고 다가갔다가 이를 드러내며 '하악'거리는 통에 정이 떨어졌다는 엄마는 당신이 고양이를 챙기며 살 거라고는 생각도 못했다고 한다.

사실 우리 부모님처럼 나이 든 분들이 길고양이를 챙기거나 반려동물과 깊은 사랑을 나누는 경우는 많다. 엄마와 함께 그림을 배우는 친구도 동네 사람들에게 욕을 먹으면서도 남편과 함께 수십 마리의 동네 고양이를 챙기는 열혈 캣맘이다. 얼마 전에는 막내 자식이었던 노견을 떠나보내고 막내를 잃은 마음을 절절하게 써내려간 노부부의 편지를 받았는데 읽으면서 그 마음이 전해져 내내 눈물을 흘렸다. 그분들의 변화가 나는 참 고맙다. 긴 세월 한 가지 생각만 고집하지 않고 새로운 세상에 문을 여는 그 열린 마음이. 마음을 여는 만큼 삶도 달라질 테니까.

동물에게 쉽게 마음을 열지 못하는 건 대부분 남자 쪽이다. 그래서 반려동물을 입양하고 싶지만 남편, 아빠의 반대에 부딪혀 포기하는 사람들이 많은데, 사실 마음을 열면 가장 좋은 친구가 될 수 있는 관계 또한 바로 아빠와 반려동물이다. 택배가 오면 온 가족이 '빠름빠름 빠름' 속도로 달려가지만, 아빠가 귀가했을 때 달려가는 건 강아지뿐인 것을!

2009년의 아픈 사건이었던 용산 참사 때 희생된 양회성 씨도 대개의 한국 중년 남자였다. 개를 끼고 사는 부인이 한심했고, 짐승과 한 집에 사는 게 싫어서 슬리퍼를 던져 겁을 주기도 했다. 그랬던 그가 천천히 강아지 방실이를 가족으로 받아들이고 '개 바보', '딸 바보'가 되어 갔다. 운영하는 식당이 지역 재개발사업에 포함되면서 가족들이 힘들어할 때 방실이는 아빠의 위로였고 위안이었다. 방실이가 중년의 남자가 50년이 넘도록 지켜온 편견을 깨는 매개체가 되어 준 것이다. 방실이는 용산 참사로 아빠가 떠나자 24일간 먹는 걸 거부하다가 결국 아빠를 따라갔다. 방실이가 먹는 걸 거부한 것이 죽으려는 의도였는지는 알 수 없으나, 아빠의 부재가 음식을 넘길 수 없을 정도의 극도의 고통이었음은 짐작할 수 있다.

우리나라는 반려동물과 사는 인구가 늘 비슷하다. 물론 전수 조사가 이루어지지 않아서 정확하게는 알 수 없으나 몇 기관의 조사에 따르면 약 20퍼센트의 가구가 반려동물과 사는 것으로 나온다. 미국, 일본, 유럽 선진국이 50~80퍼센트인 것에 비해서 낮은 수치다. 반려인의 증가는 생명의식의 향상 등 긍정적인 효과로 이어질 수 있는데 정체되어 있는 것이 안타깝다. 공동주택이 많은 환경도 이유가 되겠지만 지독히 긴 노동 시간도 주요 원인 중 하나일 것이라 생각한다. 아침 일찍 출근해서 밤늦게 퇴근하는 사람들에게 반려동물을 챙기고 책임지는 일은 엄청난 부담이다. 동물과 교감하고 공감하기에 시간도, 마음의 여유도 턱없이 부족한 노동 환경이 늘 안타깝다.

그런데도 언제라도 그들이 내민 손을 잡을 수 있도록 늘 마음의 문을 조금 열어두면 좋겠다. 그 손을 잡는 순간 지금까지와는 다른 세상을 알게 될 테니까. 아빠는 나이 여든에 길고양이 밥을 챙기는 캣대디가 되었다. 그 나이에 길고양이 '함바집' 사장이 될 줄 누가 알았겠는가. 편견을 깨기에 늦은 나이란 없다.

내가 개보다 오래 살아서
다행이다

　　　　　　　　　　　　　　"퇴행성 관절염입니다."

　퇴행성? 관절염? 찡이가 9살 때 찾은 병원에서 들은 예상치 못한 답
변에 눈만 껌벅거렸던 게 떠오른다. 개의 입양을 고민하는 지인들에게
개의 수명이 15년 정도 되니 그 시간 동안 책임질 자신이 없으면 입양
하지 말라고 조언했던 내가 우리 개의 노화 앞에서 머뭇거렸다.

　개의 '나이 듦'이라는 상황이 낯설었다. 아니 의식적으로 피했다는
것이 맞는 말일 것이다. 노화를 받아들이면 뒤이어 오는 죽음도 인정
해야 하니까. 게다가 개의 삶의 속도는 인간보다 빨라서 노화와 죽음
의 거리가 가깝다는 것을 너무나 잘 아니까.

　1993년생인 찡이처럼 1990년 전후에 태어난 개들이 이른바 우리나
라 반려동물 1세대로 불린다. 마당에 묶여 남긴 밥을 먹으며 집을 지
키던 개들이 당당히 집 안에 입성했으니 실로 엄청난 신분 상승이었
다. 그 후 TV에서 몇몇 동물 프로그램이 인기를 끌던 2002년 전후로

반려동물 인구가 또 한 번 폭발적으로 늘었다. 그러니 현재는 1세대 반려동물은 떠났고, 2000년대 초반에 대거 입양된 반려동물도 떠났거나 노령동물이 되었다. 반려동물 사회도 고령사회로 접어든 것이다.

퇴행성 관절염 진단을 받은 찡이는 규칙적인 운동을 시작하면서 살을 빼고 관절염 약을 몇 달 먹으니 금세 회복되었다. 하지만 나는 그 일을 노화의 시작으로 받아들이고 노견에 관한 정보를 찾기 시작했다. 개가 늙도록 함께 사는 사람이 많지 않던 시절이라 관련 정보는 외국 책에서 얻었다. 그리고 나이 든 반려동물과 사는 사람들을 위한 온라인 카페를 열었다. 우리끼리 정보도 나누고 서로 격려하자는 의미였다.

카페는 노화와 질병에 관한 정보도 얻을 수 있었지만 마음을 나눌 수 있는 공간의 의미가 더 컸다. 사실 우리나라에서 노견과 살아가기는 녹록지 않다. 나만 해도 사람들이 찡이 나이를 물어서 대답했다가 "질기게 오래 사네.", "그 나이면 어디 갖다 버려야 하는 거 아니에요?"라는 말을 면전에서 들은 적이 있다. '사람 살기도 어려운데.' 늙은 개 뒤치다꺼리까지 하는 걸 이해할 마음이 없는 것 같았다. 그러니 같은 마음인 사람끼리 모이는 공간이 필요했다.

노견 카페는 10살짜리 개를 아기 취급하는 평균 연령 15살 이상인 곳이다. 그러다 보니 변비에 고생하던 녀석이 시원하게 볼일을 봤다는 이야기, 식욕이 없던 녀석이 밥을 잘 먹었다는 이야기에 수십 개의 축하와 응원 댓글이 쏟아진다.

늘 조용하고 차분한 카페인데 어느 날 노견 카페의 열혈 회원인 흰둥이의 13살 생일 파티로 카페가 들썩였다. 아픈 아이들이 많아 카페

문을 연 지 10년이 넘는데도 정식 모임을 한 번도 하지 않았는데 흰둥이네 가족이 암 투병 중인 흰둥이의 생일 파티에 카페 회원들을 초대한 것이다.

"흰둥아, 생일 축하해. 내년에도 꼭 생일 파티에 초대해 줘."

마감 중이던 나도 부족한 잠을 쫓으며 2시간을 달려가 흰둥이의 생일을 진심으로 축하하고 암을 이겨내기를 응원했다. 노견과 함께 사는 사람들이 다 그렇듯 내년 생일상도 차려주고 싶은 가족의 마음이 그대로 전해지는 가슴 뭉클한 자리였다.

개도 나이 들면서 각종 병에 시달리는데 병의 종류는 사람과 비슷하다. 심장과 신장에 이상이 생기고, 암도 많이 생기고, 관절염도 생기고, 안과 질환도 많이 생긴다. 찡이의 경우 17살까지 온 동네를 휘젓던 건강 체질이었는데 18살 때 백내장으로 시력을 잃으면서 건강이 급격히 나빠졌다. 보이지 않으니 가구나 벽에 쿵쿵 부딪치는 모습을 보며 가족들은 찡이가 18년 동안 행복했던 공간에서 좌절감을 느끼지 않기만을 바랐다.

예상치 못한 변화는 연민도 없이 성큼성큼 다가왔다. 19살에는 허리디스크가 와서 뒷다리에 힘을 못 주고 주저앉기도 했다. 허리디스크는 직립보행을 하는 인간에게만 있는 줄 알았는데 아니었다. 나 또한 허리가 안 좋아서 "개나 사람이나 나이 드니 아픈 게 똑같네." 하며 동병상련을 나눴다.

개는 삶의 진행 속도가 인간보다 빨라서 노화도 어지러울 정도로 빠르게 진행된다. 얼마 전 지인을 만났는데 아버님이 갑자기 아프셔서 바쁘다고 부모님이 함께 가자던 여행을 미룬 것이 후회된다고 했다. 나는 그걸 찡이와 살면서 이미 알았다. 20년짜리 짧은 삶에서 빠른 속도로 생로병사를 보여 주는 아이들 덕분에 매일 반복되는 일상에 감사하고, 소중한 이들과의 시간은 미루지 말자는 것을 배웠다. 내일은 더 나빠지지 말고 오늘과 똑같기를 얼마나 바라는지. 그래서 반려동물을 네 발 달린 인생의 스승이라고 하나 보다.

찡이가 17살 때 장가 간 동생이 휴가를 내어 찡이, 부모님과 함께 바다를 보러 가자고 해서 떠났던 무의도 여행. 마감 중이라 바빴지만 벌떡 일어나 채비를 했다. 찡이가 나이 들고는 '미루지 말자'가 내 생활 신조가 되었다.

가끔 노견과 사는 법에 대해 강연을 할 때면 노화를 남은 시간을 건강하게 보내기 위한 시작으로 긍정적으로 받아들이라고 말하면서도 쉽지 않음을 안다. 다만 습관처럼 그동안 해왔던 일들을 돌아보는 계기는 되었으면 좋겠다고 덧붙였다. 사료를 계속 먹일지, 직접 만들어 먹일지, 예방접종은 매년 할 것인지, 산책 횟수나 시간에 어떤 변화를 줄지 등을 고민하고, 개의 식욕과 체중, 행동습관의 변화를 매의 눈으로 관찰해야 한다.

인간의 마음으로는 나이 든 아이에게 뭐라도 해 주고 싶어서 함께 여행을 떠나기도 하지만 여행이 노견의 체력으로는 무리일 수 있고 (무엇보다 개가 여행을 좋아할까 모르겠다), 새로 들인 가구는 백내장으로 시력을 잃어 기억을 더듬어 걷는 개에게 부담일 수 있음도 알아야 한다. 찡이는 백내장으로 시력을 잃은 후에도 정확하게 물그릇을 찾아갔다. 18년 동안 살았던 집 구조를 기억하기에 안방 문을 나서면 바로 왼쪽에 물그릇이 있다는 것을 알기 때문이다.

개도 나이가 들면 마음이 약해진다. 분리불안 증상이 있는 개들과 달리 찡이는 가족이 안는 것도 지독히 싫어하던 독립적인 개였다. 그런데 15살 때 내가 한 달 간 집을 비웠다가 돌아왔더니 온몸에 마비 증상이 나타났다. 자다가도 먹다가도 온몸에 마비가 와서 쓰러졌고, 신나게 산책을 하다가도 갑자기 몸이 뻣뻣하게 굳으면서 쓰러졌다. 다행히 이 증상은 6개월 후에 사라졌는데 찡이의 주치의 선생님은 나의 부재로 인한 심인성 질환이라는 판정을 내렸다.

몸에 이상이 올 때마다 나를 쳐다보던 찡이의 눈을 잊을 수 없다. 자기 몸의 증상을 이해할 수 없었던 찡이는 두려움이 가득 찬 눈으로 나를 올려다봤다. 눈에 그렁그렁 눈물을 담고서. 마비 증상을 보일 때는 예전에 떠난 반려견 해리가 발작할 때처럼 눈빛도 초점을 잃어 영혼을 잃은 모습이었다.

찡이의 이상 증상은 산책하다가 마비가 와서 몸을 못 가누며 쓰러진 것을 끝으로 모두 끝이 났다. 나의 부재와 함께 시작된 마비 증상은 내가 나타나고 일상으로 돌아오자 천천히 사라졌다. 나이 많은 반려동물과 사는 가족들은 심인성 질환을 쉽게 생각해서는 안 된다. 세상을 다 가진 것처럼 당당하고 활기차던 아이들이 나이 들면서 소심하고 마음이 여려지니 훨씬 더 세심하게 돌봐야 한다.

이 사건 이후로 나는 여행을 포기했다. 내가 곁에 없다고 마비 증상까지 보이는 이 소중한 존재를 두고 어디를 다닌단 말인가? 공짜로 세계 일주를 시켜 준다고 해도 사양이다. 세상을 여행하며 얻는 경험보다 찡이 곁에서 얻는 마음의 평화가 더 좋다. 그런데 도대체 찡이는 내가 없어진 한 달 사이 무슨 생각을 했던 걸까? 언니가 캐나다 곰에게 잡아먹혀서 못 돌아온다고 생각했던 걸까?

"여행은 포기했어요. 여행보다 아이랑 집에 있는 게 더 좋아요."

노령동물을 키우는 분들로부터 자주 듣는 말이다.

여행뿐 아니라 포기하는 것이 많아진다. 친구와의 약속은 물론 회식 자리에서도 빠져나오기 바쁘다. 노견을 돌보느라 집에 일찍 들어가야 함을 사람들에게 이해시키기 힘들다 보니 자꾸 거짓말이 늘었다. 당당하게 말하지 못하는 것에 대한 자괴감도 들었다.

언젠가 사람들이 기다린다며 모임에 나오라고 조르는 지인에게 버럭 화를 내고 전화를 끊은 적이 있다.

"가족이 아프다는데 나와서 술 먹으라는 네가 미친놈이지."

내게 노견은 나이 들어 아픈 가족, 남에게는 그저 개다.

쩡이가 나이 들면서 나는 개의 수명이 짧은 이유를 알게 되었다. 전적으로 사람에게 의지하고 사는 개의 수명이 길다면 반려인이 떠난 후의 삶을 예측하기가 어렵다. 나이 들고 병든 개를 중간에 떠맡아서 정성껏 돌봐줄 사람이 있을까? 사람도 늙고 병들면 가족도 사회도 책임을 떠넘기기 급급한 현실에.

그래서 개 수명이 짧아서 다행이다. 이 말은 개가 인간보다 수명이 짧아서 다행이라는 말이 아니라 인간이 개보다 수명이 길어서 다행이라는 의미임을 누군가 소중한 이를 돌보는 사람이라면 알 것이다.

우리 사회에는 늙은 동물을 바라보는 다양한 시선이 공존한다. 반려동물 문화도 성숙했고, 예전 같으면 포기했을 노령동물을 발달된 의술로 치료해서 건강한 노년을 선사하는 사람도 있지만, 나이 들었다고 버리고 노령동물을 돌보는 것을 한심하게 바라보는 시선은 여전히 존재한다.

젊을 때처럼 생기 넘치지 않지만 노령동물 또한 자신의 삶을 절실하게 살아가는 존재로, 그런 노령동물을 돌보는 반려인을 한 생명을 끝까지 책임지는 보통 이웃으로 봐 주면 얼마나 좋을까. 늙고 약한 존재에 대한 시선이 조금 더 너그러워지기를 바란다. 누구나 다 늙을 테니.

가족은 만들어 가고
변화하는 것이다

　　　　　　마감이라 교정지에 코를 박고 일을 하고 있는데
전화기에 모르는 번호가 떴다. 통화 버튼을 누르자 터지듯 밀려오는
울음소리. 가만히 듣고 있었다. 누군지는 모르지만 무슨 일인지는 알
것 같으니까. 긴 울음이 끝나자 18살 노견을 떠나보냈노라 했다. 내가
할 수 있는 일은 함께 울어 주는 것뿐이다. 호흡곤란으로 고통스러워
하는 아이를 안락사로 보냈다고 했다.

　잘한 결정이라고 말했지만 죄책감을 홀로 감당하기 어려울 것 같아
걱정이 되었다. 노견 뒷바라지를 이해하지 못하는 가족과 살고 있었기
때문이다. 그런데 다행히 온라인 반려동물 카페 회원들이 힘든 치료와
안락사 결정, 장례 과정까지 내내 곁에 있어 주었다고 했다. 혼자였으
면 감당하기 힘들었을 텐데 가족처럼 곁을 지켜준 분들이 고마웠다.

　19년을 함께한 반려견 찡이가 떠났을 때 우리 가족은 가족의 예를
다했다. 부모님과 회사에 월차를 낸 형제들이 검은 옷을 입고 화장터

로 향했다. 장례식장에서 이승에서의 마지막 인사를 나누고 한 줌도 되지 않는 유골을 받아서 돌아왔다. 화장 비용은 몸무게로 책정된다. 평생 8킬로그램을 유지하며 뚱뚱이 시추계의 강자였던 녀석이었는데 떠나기 전쯤 살이 빠지더니 5킬로그램도 되지 않았다. 녀석이 평생 갖고 살던 정겨운 살까지 다 털고 진짜 훨훨 가 버린 것 같아서 또 평평 울었다. 돌아오는 길에 하루 종일 아무것도 먹지 못한 가족들이 식당에 들러 밥을 먹었다. 찡이 유골함을 식탁 가운에 딱 올려놓고서 찡이 덕분에 오랜만에 식구가 다 모여서 외식을 한다며 헛헛하게 웃었다.

내게 찡이는 가족이라는 것을 아는 주변인들도 그에 맞는 예를 갖춰졌다. 선배는 '좋은 세상에 다시 태어나 지금 가족처럼 좋은 가족 만나길'이라는 글귀가 쓰인 조의금 봉투를 건넸다. 고맙게 받았다.

가족은 주어진 숙명이 아니라 만들어 가는 것이고, 고정된 것이 아니라 진화해 가는 것이다.

어릴 적에 엄마가 "때로는 친척이 친한 이웃만도 못할 때가 있어."라는 말을 할 때 이해 못했었는데 나이 들어 보니 알겠다. 핏줄 중심의 전통적인 가족이라는 개념이 과연 지금 우리가 맺고 사는 다양한 관계를 설명할 수 있을까?

매년 명절이면 어김없이 "결혼은 정말 안 하냐?"는 친척들의 고민 없는 질문에 부글부글 끓는다. 그보다는 전 부치고 있을 때 옆에서 참견하는 우리 집 개와 고양이가 내게는 가족의 개념에 더 부합한다.

얼마 전 외할아버지가 돌아가셨다. 나이 들고서는 잘 찾아뵙지 못했던 터라 영정을 뵈니 죄송했지만 크게 아프지 않으셨고 백수를 앞두고 돌아가셨으니 무겁지 않은 마음으로 마지막 인사를 드렸다.

오랜만에 한참 못 봤던 사촌들까지 다 모여서 반갑게 이야기를 나눴다. 특히 반려동물과 사는 이들끼리 모였다. 그즈음 다들 오래 함께 산 반려견을 잃은 터라 아픈 마음을 나누며 눈물을 글썽였다. 그러다가 새로 입양한 반려견 이야기를 할 때에는 휴대전화 속 사진을 돌려보며 떠들썩해졌다. 할아버지 장례식장에 온 손주들이 모여앉아 동물 이야기나 하며 시시덕거린다고 불편해하는 어르신들의 눈길이 느껴졌다. 하지만 어쩌랴, 우린 반려동물이 가족인 세대인 것을.

반려동물 덕분에 서먹한 아버지와 한결 친해졌다는 집도 많다. 반려동물이 효도도 하고, 가족관계를 더 돈독하게도 하니 동물을 가족이라 부르는 것이 못마땅한 분들도 마음을 열어 주시기를.

내 가족의 범위는 점점 넓어지고 있다. 돈만 보내 주는 기러기 엄마인데도 잘 커 주는 방글라데시의 딸은 어린이에서 숙녀가 되었고, 대모로 있는 보호소 아이는 노년에도 잘 지내고 있다. 어느 날은 길고양이 밥을 주는 곳에 가보니 다른 캣맘이 놓고 간 사료가 가득했다. 얼굴 한 번 본 적 없지만 그분과 나는 같은 길고양이를 돌보는 두 엄마인가? 기왕이면 잘생긴 아빠이길 바라고 있다.

함께 밥 먹고 잠자는 일상을 나누고, 이해와 사랑의 관계가 가족이라면 털북숭이라서 안 될 이유는 없다. 한 공간에서 일상을 나누고 산다면, 인터넷으로 만났더라도 아플 때 함께 울어 준다면, 바다 건너 피부 색깔이 달라도 서로의 안녕을 빌어 준다면 그게 가족이 아니고 무엇이겠는가.

길고양이
심야 식당

엄마는 겨울 문턱에 들어설 때면 늘 "없는 사람들이 살기 힘든 계절이 왔네." 한다. 김장을 하고 나면 "겨울 준비를 하고 나니 든든하다."고도 한다. 옛날에는 연탄 들여놓고 김장을 해야 겨울 준비를 마치는 거였는데, 요즘은 김장만 하면 된다며 좋은 세상이라고 한다. 그런데 길고양이를 알게 된 후로는 겨울나기가 애면글면이다. 눈 오고 추우면 길에서 사는 아이들은 생사를 걸어야 하기 때문이다.

길고양이를 알기 전에는 눈 오는 겨울을 좋아했는데, 그런 적이 있었나 싶게 요즘은 눈만 오면 창밖을 내다보며 근심이 한가득이다. 눈이 오면 아이들은 일단 꼼짝도 하지 않다가 배가 너무 고프면 밥을 찾아 나서는데 영하의 날에 발이 젖으면 얼마나 시릴까. 그나마 찾아간 곳에 밥이 있으면 다행이다. 눈 오고 추우면 캣맘이 챙기는 밥자리라도 밥이며 물이며 꽁꽁 얼기 일쑤니까.

그날도 새벽부터 눈이 많이 내렸다. 다행히 해가 뜨고는 눈이 그쳐서 낮 동안에는 아이들 밥을 제대로 챙길 수 있었다. 밤이 오고 창고와 마당에 마련한 고양이집에서 자는 아이들에게 가져다주려고 뜨거운 물을 담은 물주머니와 핫팩을 들고 현관을 나서는데 세상에, 또 눈이 온다. 그리고 쌓인 눈 위로 난 고양이 발자국.

'얼마나 배가 고팠으면 눈 오는 이 밤에 밥을 찾아왔을까.'

빗자루를 들고 마당의 눈을 쓸기 시작했다. 밤늦게 찾아온 고양이 손님들 발이라도 시리지 말라고. 물주머니 들고 나갔던 내가 한참 만에 눈을 탁탁 털며 들어오니 엄마가 오밤중에 왜 눈을 쓸고 난리냐며 묻는다. 추운데 눈 맞으면서 밥 먹으러 오는 길고양이가 마음 아프다고 했더니 엄마는 추운데 언제라도 가면 밥을 먹을 수 있는 곳이 있으니 얼마나 다행이냐며, 그렇게 생각하란다.

아, 역시 엄마는 인생의 고수다. 그래서 길고양이들이 배가 고플 때 '언제라도' 밥을 먹을 수 있는 길고양이 심야식당이 되자는 포부를 다졌다.

길고양이를 챙기는 분들이 점점 많아져서 최근 길고양이 식당이 꽤 많이 문을 열었다. 심야식당, 24시간 식당, 이동식 식당 등등. "저도 길냥이들 밥 챙겨요."라는 고백이 넘친다. 확실히 캣맘이 늘어난 걸 체감한다.

물론 여전히 캣맘의 속은 안절부절이다. 기껏 챙긴 길고양이 밥을 날마다 길에다 쏟아붓는 사람들 때문에 속을 썩고, 밥 주던 길고양이가 아픈 것 같더니 끝내 떠나버려 눈물바람에, 밥이 안 줄어도 걱정이고 밥이 모자라도 걱정이다. 사서 하는 마음고생이라 하소연할 데도 없다.

그러다 보니 비슷한 마음끼리 자꾸 뭉친다. 언젠가는 몇몇 사람이 뭉쳤다. 다친 길고양이의 치료비를 위해 아는 사람들끼리 매달 돈을 걷어서 모아 두자는 것이다. 일종의 '길고양이 치료비 두레'인 셈. 이것을 최초로 제안한 분은 수중에 돈이 정말 없던 어느 날 길고양이가 다쳐서 길에 쓰러져 있는 모습을 봤는데 순간 고민했단다. 구조할지 말지. 생명이 꺼져 가는 순간에 돈 때문에 망설였던 그 마음이 미안해서 제안하게 되었다고 했다. 다친 길고양이를 보며 다들 한번쯤은 해 봤을 고민에 선뜻 뭉쳤다.

몇 년 전 우리 동네 캣맘들도 뭉쳤다. 아이들 밥을 주다가 문제가 생겨서 도움이 필요할 때 근처에 캣맘이 있다는 것만큼 마음 든든한 일은 없다. 동네 캣맘들은 포획이 힘든 고양이를 합동 작전으로 구조하고, 이웃과 갈등이 있는 곳에는 함께 가서 중재도 해보고, 치료비도 보태고 하면서 지낸다. 《모리와 함께 한 화요일》의 주인공 모리 선생님은 좋은 삶의 기준 중 하나가 '지역사회를 위해 무엇을 했는가?'라고 했다. 우리 동네 캣맘들은 모여서 '지역사회 길고양이를 위해 무엇을 할 것인가?'를 고민한다.

요즘은 길고양이와 관련된 훈훈한 기사가 SNS를 달구는 일이 많다. 추운 겨울에 길고양이가 따뜻한 곳에서 쉬라고 문을 열어 주는 카페, 버스에 탄 길고양이를 내치지 않고 함께 탑승한 승객과 기사님, 출근하려고 보니 길고양이가 차 엔진룸에서 몸을 녹이면서 자고 있어서 대중교통을 이용해서 출근했다는 회사원의 이야기 등등. 길고양이에게 마음을 내어 준 미담의 주인공들과 이런 이야기를 따뜻하게 바라보는 사람들의 반응을 보니 우리 사회의 길고양이에 대한 배려 온도가 좀 높아졌나 싶기도 하다.

　언젠가 매일 아침 같은 버스를 타고 생선가게로 출근하는 런던의 길고양이 기사를 보고 부러웠는데 우리에게도 이런 날이 왔구나 싶다. 날씨는 춥지만 따뜻한 이야기들로 마음을 녹인다. 이런 분위기가 쭉 이어져 앞으로 길고양이의 살림살이가 좀 나아지기를! 전국의 길고양이 식당도 대박나기를!

우주를 돌고 도는
사랑

　　　　　　늦은 저녁 휴대전화가 울렸다. 아랫동네에서 길고양이에게 밥을 주시는 캣맘 이웃이었다.

"급하게 집을 구해야 하는 길냥이가 있어요. 도와주세요."

이웃이 들려주는 길고양이의 사연은 구구절절 길고 놀라웠는데 무엇보다 놀라운 것은 현재 고양이를 돌보는 이가 9살짜리 꼬마라는 것이었다. 9살이라니. 마치 평생 가족이 될 것처럼 수선을 떨며 반려동물을 입양했다가도 한두 해 지나서 장난감 버리듯 버리는 어른들이 수두룩한 세상이 아닌가. 게다가 아이는 그저 길에 있는 고양이에게 밥을 주는 게 아니라 구조한 후 6개월 동안이나 가족의 눈을 피해 집과 친구네 집 등을 오가며 고양이를 돌보고 있었다. 그런데 방금 어른에게 들켜서 고양이가 쫓겨나게 생겼다는 것이었다.

동물 문제에 관심이 많은 사람들이 많은 우리 출판사 블로그에 글을 올리면 입양 가족을 찾을 확률이 높으니 일단 고양이 사진을 보내 달

라고 했다. 그런데 도착한 사진을 보고 혼자 목이 메어 쩔쩔맸다. 이제
겨우 새끼 고양이 티를 벗은 삼색이 고양이 옆의 사진 속 꼬마는 어려
도 너무 어렸다. 전화를 통해서 길고양이를 돌보는 아이가 9살이라는
말에 무심하게 "어리네요."라고 했는데 사진 속 아이를 보고 9살은 누
구를 보살필 나이가 아니라 보살핌을 받을 나이라는 걸 실감했다.

6개월 전 아이는 구조가 필요한 길고양이에게 손을 내밀었다. 하지
만 부모도 다른 어른도 집에서 길고양이를 키우는 것을 허락하지 않
았다. 이런 경우 아이들은 대부분 구조한 고양이를 다시 길에 내놓는
다. 가장 쉬운 해결법이고, 어른들도 아무런 죄책감 없이 그렇게 한다.
그런데 이 아이는 어른 몰래 고양이를 품에 안고 이집 저집 다니며 먹
이고 재우며 지켰다. 낮에는 어른들이 없는 집에서, 밤에는 친구들의
방에서 또는 옥상에서(다행히 아이가 삼색이를 돌보던 기간이 봄에서 가을
까지, 춥지 않은 계절이었다). 이동장이 뭔지도 모르고, 안다고 해도 살
수 있는 돈이 없으니 그저 품에 안고 이리저리 다녔다는데, 그런 아이
도 아이의 품에 안겨 얌전히 있었던 삼색이도 대단하다 싶었다.

거의 반 년 동안 꼬마가 친구와 노는 것도 미룬 채 지킨 생명을 그
냥 버려지게 둘 수는 없었다. 게다가 아이가 고양이를 얼마나 잘 돌
봤는지 사진 속 고양이는 걱정 하나 없는 얼굴로 반짝반짝 빛나고 있
었다.

급하게 블로그에 글을 올렸더니 순식간에 수많은 블로거가 글을 사
방으로 날랐다. 한겨울 길 위에 버려질 생명을 하나라도 살려보자는
절실한 마음들이었다. 그리고 다음 날 아침, 기도하는 마음으로 컴퓨
터를 켜니 몇 통의 편지가 와 있었다. 심호흡을 하고 클릭한 편지에는

고양이를 가족으로 입양하고 싶다는 소중한 마음들이 가득했다. 한 생명을 가족으로 들이는 일은 쉬운 결정이 아니다. 그 마음을 알기에 메일 구석구석 밤새 고심하면서 써내려간 흔적이 내 눈에는 읽혔다. 그중 남매를 키우며 고양이 한 마리와 사는 젊은 부부를 최종 가족으로 낙점했다.

며칠 후 고양이가 새로운 집으로 들어가는 날, 젊은 여자 4명이 우르르 몰려갔다. 고양이가 꼬마 집에서 갑자기 쫓겨나 새로운 집에 가기까지 급박했던 며칠 동안 고양이를 돌보며 짧은 인연을 맺었던 사람들이었다. 짧지만 진심으로 고양이를 돌봤던 사람들은 새 집이 어린 생명을 믿고 맡길 만한 곳인지 매의 눈으로 꼼꼼하게 살피기 시작했다. 그들의 모습을 보며 나는 피식 웃었다. 심각하게 진지해서 아름다웠다.

인간들은 이렇게 진지한데 정작 당사자인 삼색이 고양이는 겁도 없이 새 집을 제 집처럼 돌아다녔다. 9살 꼬마가 삼색이를 얼마나 잘 키웠는지 어디서도 주눅 들지 않고 당당한 모습이었다. 삼색이는 집 안을 이리저리 살피더니 이 집의 터줏대감 고양이인 레오 오빠에게 다가갔다. 소심하고 낯가림이 심한 고양이 오빠 레오가 삼색이를 슬슬 피하는 모습에 우리는 마음을 놓고 웃었다.

그 후 고양이는 새로 간 집에서 '마리'라는 예쁜 이름을 얻었고, 입양 가고 얼마 지나지 않아 사람 가족, 고양이 가족과 즐겁게 잘 지내고 있다는 소식을 전해 왔다. 입양을 간 곳에서 마리는 마음 여린 소년, 소녀 같은 사람 엄마 아빠, 사랑스러운 사람 언니 오빠, 겁 많은 고양이 오빠 레오와 벌써 하나가 된 듯한 모습이었다. 사진 속에서 마리는 편안하고 행복해 보였다.

마리를 지키는 데 참 많은 사람의 도움을 받았다. 기적 같은 도움을 받아서 마리를 좋은 집에 보낼 수 있었는데 그들에게 미안해하지 않기로 했다. 어차피 도움과 애정, 연민은 우주를 돌고 도는 것. 언젠가 생명을 구하는 일에 누군가 손을 내밀면 그때는 내가 그 손을 잡아 주면 되니까.

마리 입양 후 마리를 보살피던 9살 꼬마의 근황을 궁금해하는 분들이 많았다. 나도 궁금해서 꼬마를 도왔던 캣맘에게 물으니 꼬마에게 종종 마리 소식을 전해 줘도 반응은 뜨뜻미지근하다고 했다. 그 이야기에 피식 웃었다. 보통의 9살 꼬마의 시간을 보내고 있구나 했다. 게임하고, 축구하고, 그렇게 보내고 있을 것이다. 떠나보낸 삼색이를 그리워하며 마음 아파하고 있을 거라는 상상은 드라마 많이 본 아줌마들의 과한 걱정이었다. 하지만 삼색이를 돌봤던 그 시간이 꼬마의 삶에 어떤 식으로든 영향을 끼치기는 할 것이다. 한 생명을 지키기 위해 안절부절못했던 연민과 책임감의 시간이 꼬마의 삶에 밝은 빛으로 보답하리라 믿는다.

반복되는 지루한 일상이
제일 그리웠다

쩡이가 퇴행성 관절염 진단을 받은 날, '개도 늙는구나. 쩡이도 늙는구나.' 머리를 한 대 얻어맞은 것 같았다. 인터뷰나 강연을 할 때면 반려동물은 장난감이 아니고 살아 있는 생명체이니 입양할 때 15년 이상을 책임질 수 있는지 고민하고 결정해야 한다고 잘난 척하며 말하더니 역시 남한테 이야기하기는 쉬운 거다.

정작 나는 쩡이가 생로병사가 있는 생명체라는 걸 잠시 잊고 있었다. 언젠가 나이 든 동물에 관한 다큐멘터리를 찍고 있는 피디가 그랬다. 사람들이 작업 중인 작품의 주제가 뭐냐고 물어서 노견이라고 했더니 사람들이 이러더란다.

"개도 늙어요?"

그 얘기를 처음 들었을 때에는 분노했는데 나도 그들과 별반 차이가 없었다. 개도 늙는다는 걸 머리로만 알고 있었으니까. 하긴 나도 늙어 가는 개를 눈앞에서 본 건 쩡이가 처음이었다.

찡이는 퇴행성 관절염을 시작으로 전립선비대, 백내장, 허리디스크
까지 차근차근 인간과 똑같은 노화의 길을 밟았다.

그런데 인간과 달리 찡이는 씩씩하게 나이 듦을 받아들였다. 갑작
스럽게 눈이 안 보이니 힘들지 않을까 전전긍긍하는 내 옆에서 찡이
는 후각과 18년 동안의 경험으로 마치 눈이 보이듯 밥그릇과 물그릇
을 정확하게 찾아갔다. 하루에도 수없이 오르내렸던 계단 앞에 당당
히 서서 컹컹 짖으며 "나 이제 혼자서 못 내려가니 안아서 내려줘." 하
고 명령했다.

언제나 자기에게 주어진 것을 숙명처럼 담담히 받아들이는 아이들.
자기 연민이 없는 아이들. 찡이를 보면서 나는 행복이란 찰나임을, 시
간은 기다려 주지 않음을 배웠다.

찡이처럼 매일 먹는 밥을 처음 먹는 성찬처럼, 매일 나가는 산책을
마지막 산책처럼, 그렇게 매순간을 살려고 노력한다. 마감이라 바쁘고
귀찮아도 부모님이 뭐든 함께하자면 벌떡 일어선다.

노견노묘 카페를 운영하면서 나이 든 개, 고양이와 사는 반려인들
에게 도움이 되고자 노령동물 돌보기에 관한 세미나를 진행하기도 한
다. 그런데 나이 든 아이들의 세미나에서는 늘 예상하지 못한 일이 생
긴다. 당일날 아이가 갑자기 아파서 못 오시는 분이 생기고, 병원에 입
원해 있는 아이의 상태가 갑자기 나빠졌다며 세미나 도중에 자리를
뜨시는 분도 있다. 나이 든 동물과 산다는 것은 그런 것이다.

나이 든 반려동물과 사는 일은 아슬아슬하다. 늘 예기치 못한 일이
터지고, 어제와 같은 오늘은 없다. 아이들은 인간과 다른 속도로 빠르
게 나이 들어가니까. 찡이가 나이 들면서 나는 매일 똑같이 반복되는

지루한 일상이 제일 그리웠다.

그래도 질병이나 사고로 일찍 헤어지는 것에 비하면 나이 든 반려동물과 함께할 수 있는 것이 얼마나 고마운 일인가. 잘 이별할 수 있는 시간을 허락받은 것이니까. 사고나 질환 등 예기치 못한 일로 아이들과 일찍 이별해서 "안녕, 미안하고, 고마웠고, 사랑한다. 꼭 다시 만나자."는 인사도 못한 사람들은 이 말이 무슨 뜻인지 알 것이다.

게다가 아이들은 떠나는 순간까지 남은 사람들을 배려한다. 분명 나이 들고 힘들 텐데, 스스로 이번 삶이 끝나 가고 있음을 알 텐데, 그래서 이제 그만 떠나고 싶은데도 아이들은 온힘을 다해 최대한 오래 반려인의 곁에 머물러 준다. 떠난 후에 남겨진 가족들이 후회하지 않도록 최선을 다할 수 있는 시간을 주는 것이리라. 아이들은 언제나 그토록 친절하니까.

해리도 그랬다. 예방접종 후 갑자기 발작을 일으키고 쓰러져서 의식을 잃었다. 국내에서 제일 실력이 좋다는 종합병원에서도 더 이상 손쓸 수 없다며 항복했던 아이. 의식 없이 중환자실에 오래 있었는데 가족들에게 인사할 시간을 주려고 했는지 어느 날 갑자기 기적처럼 의식을 찾았다. 가끔 짧게 발작을 했지만 그 시간을 제외하고는 예전처럼 잘 먹고 함께 웃고 뛰놀고 책을 읽는 내 품에 안겨 코를 골며 잠이 들었다. 하지만 주어진 시간은 많지 않았고 몇 달 후 해리는 이제는 떠나겠다는 듯 먹기를 거부했다. 곡기를 끊었다는 표현이 맞을 것이다. 그래도 붙잡고 싶었던 엄마는 뭐라도 먹여 보겠다는 마음으로 해리가 평생 가장 좋아했던 간식인 바닐라 아이스크림을 숟가락에 올리고 "해리야, 조금만 먹자. 응, 응?" 하고 애원했다. 우리는 소용없다고 그만두라고 했지만 그런 엄마를 하염없이 쳐다보던 해리는 입을 조금 벌려 아이스크림을 핥았다. 그 순간 우리는 해리가 다시 좋아질 수 있을까 생각했었던 것 같다. 하지만 그건 애달프게 잡는 엄마에 대한 해리의 마지막 배려였다. 그래야 자기가 떠나고 엄마가 덜 아플 테니까. 그날 해리는 떠났고 우리는 기적처럼 한여름의 시간을 선물받았던 영화 〈사랑의 기적〉에서처럼 선물받은 시간 동안 어떤 의심도 없이, 조금의 소홀함도 없이, 서로에게 후회 없이 충실한 후 해리와 너무 아프지 않게, 너무 갑작스럽지 않게 이별할 수 있었다.

지금도 마지막까지 힘을 내서 우리 곁에 머물러 주는 나이 든 반려동물들에게 고마움을 전한다.

징징대지 말고 씩씩하게!
봄은 또 올 거다

　　"꺅, 도둑고양이다!"

　한겨울 추위가 매서웠다. 일 때문에 들른 동네를 빠른 걸음으로 걷고 있는데 여자 아이들의 비명에 가까운 소리가 들렸다. 길고양이가 아니라 도둑고양이라고 부르는 걸 들으니 걱정이 되어서 낯선 동네지만 그냥 지나칠 수 없었다. 잠시 갈등하다가 소리가 난 쪽으로 향했다.

　골목으로 들어서니 여러 명의 아이와 어른의 시선이 한 곳에 몰려 있었다. 사람들의 시선을 쫓아가 보니 길고양이 한 녀석이 시뻘건 국물이 가득 찬 음식물 쓰레기봉투를 뜯고 있었다. 아이들은 여전히 호기심 가득한 눈으로 보고 있었지만 딱히 고양이를 해칠 마음은 없는 것 같았고, 근처에서 잠시 고개를 돌려 쳐다보던 어른들은 곧 관심을 끊고 자기들끼리 수다 삼매경에 빠졌다.

　　"야옹아, 이거 먹자. 이리로 와."

뭐라도 먹여야겠다 싶어서 가방에 넣어 다니는 고양이 사료와 간식 봉투를 흔들며 녀석을 불렀다. 쓰레기봉투를 뜯던 고양이가 동작을 멈추고는 나를 향해 고개를 돌렸다. 차가 많이 다니는 큰 골목이라 위험해 보여 사료 봉투를 흔들면서 작은 골목으로 유인했다. 본능적으로 나쁜 인간은 아니라는 생각이 드는지 사료 봉투를 보자 천천히 따라오는 녀석. 뭐라도 먹이고 싶은 마음에 사료 봉투를 들고 다가가도 도망가는 길고양이가 많은데 이 녀석은 다행히 사람을 무서워하지 않았다. 길고양이에게 그리 인심 나쁜 동네는 아닌가 보다. 혹시 지나가는 사람이 해코지할 수도 있어서 다 먹을 때까지 밥 먹는 고양이 앞에 쭈그리고 앉아서 수다를 떨었다.

"괜찮아. 천천히 먹어. 다 먹을 때까지 여기 앉아 있을게. 마음 놓고 먹어."

그새 고양이를 보고 소리를 지르던 아이들이 내 옆에서 고양이가 밥 먹는 모습을 신기한 듯 바라보았다. 하지만 아이들은 곧 어른들의 손에 이끌려 하나둘 사라졌고 결국 나만 남았다.

오랜만에 먹은 제대로 된 밥에 기분이 좋은지 온몸으로 표현하면서 먹었다. 실룩실룩. 그런데 가만히 보니 잘생긴 녀석의 한쪽 뺨이 발갛게 얼룩이 져 있었다. 아마도 아까 뜯던 음식물 쓰레기봉투에서 김칫국물이 묻었나 보다. 갑자기 가슴이 싸해졌다. 내가 입을 삐죽거리는 것을 아는지 모르는지 녀석은 기대치 않았던 소박한 식사를 즐겼다. 그리고 밥을 다 먹더니 기분 좋게 기지개를 켜고는 미련 없이 천천히 사라져 갔다.

"야옹아, 겨울 잘 나자. 다음에 만나면 또 밥 줄게."

여유롭게 걸어가던 고양이가 힐긋 돌아본다. 언제 또 만날지 몰라 애달파하는 내게 유난 떨지 말라고 인사를 건네는 것 같았다. 그래, 징징대지 말고 씩씩하게! 봄은 또 올 거다.

개와 고양이의
우정

　　　　　　　"바쁘니? 잠깐 내려와 봐."

엄마가 부른다.

"저것 봐라. 예쁘지?"

엄마가 가리키는 곳에 블랙시추 반려견 찡이와 턱시도 고양이 대장, 무늬가 비슷한 젖소 두 마리가 누워서 자고 있다. 서로에게 기댄 채. 기댈 누군가가 있다는 것보다 더 좋은 일이 있을까? 하지만 이 모습이 예쁘고 흐뭇하지만 처음부터 둘의 사이가 좋았던 것은 아니다.

털북숭이 강아지 찡이가 혜화동 감나무집에 막내아들로 온 그날부터 모든 개들이 그렇듯 찡이는 집 지키는 일을 타고난 사명으로 알고 살았다. 가족 이외의 사람이 집에 오면 천둥 같은 목소리로 컹컹 짖어 쫓는 덕분에 생각 없이 집에 들어서던 손님이나 채소 가게 청년, 택배 아저씨는 기겁을 해야 했다. 물론 안면을 트고 나면 꼬리를 살랑살랑 흔들어 주는 착한 아이였지만.

그런 상황이니 찡이 눈에 우리 집 마당을 자유로이 오가는 길고양이들이 못마땅했으리라. 저 멀리 남의 집 담벼락에 길고양이가 앉아서 쉬고 있는 모습만 봐도 신경을 곤두세웠고, 마당으로 길고양이가 지나갈라치면 쏜살같이 뛰어나가 쫓기 바빴다. 방 안에 누워 뒹굴거리다가도 마당에서 "야옹." 소리만 들려도 귀를 쫑긋 세우고 커다란 눈을 이리저리 돌리며 FBI 요원처럼 고양이의 위치를 추적하기에 바빴다.

이 시기에 찡이가 딱히 고양이들을 미워한 것은 아닐 것이다. 그저 가족이 사는 영역을 지키겠다는 일념으로 자신의 맡은 바를 다한 것일 뿐. 심지어 찡이는 베란다 난간에 앉아 잠시 쉬고 있는 까치도 쫓는 열혈 집 지킴이였다. 사람이건 고양이건 새건 차별하지 않고 짖고 쫓았으니 불편부당하지도 않았다. '도둑'고양이여서 쫓은 게 아니니까.

그렇게 13년 동안 찡이와 혜화동 길고양이들은 지키는 자와 지나가는 자로 무심히 지냈다. 그러던 2006년, 내 눈에 길고양이들이 눈에 띄기 시작했다. 찡이와 살게 되고, 사랑이 깊어지면서 다른 동물이 눈에 들어오기 시작했고, 유기동물에 관해 관심이 생기면서 '길고양이'라는 존재에 대해 알게 되었다.

'대체 저 아이들은 이 팍팍한 도시에서 뭘 먹고 어떻게 사는 거야?'

마당에 나가면 늘 후다닥 사라져 버려 제대로 본 적도 없던 아이들이 처음으로 눈에 들어오기 시작했다. 그래서 마당에 밥과 물을 놓아주기 시작했고, 그때 밥을 먹기 위해 나타난 길고양이 여러 마리 중 하나가 대장이다. 그런데 내가 고양이에게 관심을 보이자 이 변화에 혼란을 겪은 건 고양이들이 아니라 오히려 찡이였다. 13년 동안 신나게 쫓던 고양이에게 언니가 밥과 물을 주며 관심을 보이는 것을 어떻게 이해해야 할지 퍽 난감한 모양이었다.

'우리 집에 오는 고양이를 그냥 둬? 말아?'

마치 오래전부터 이 집에서 밥을 먹었던 것처럼 놔둔 사료를 천연덕스럽게 먹는 고양이들을 쫓지도 못하고 옆에서 힐끔거리며 우물쭈물하는 찡이의 모습에 웃음 지었던 시절이었다. 천성이 착한 찡이는 주린 배를 허겁지겁 채우는 고양이들을 쫓지 못했고, 오히려 호기심에 가까이 갔다가 고양이들의 '하악질'에 깜짝 놀라 뒷걸음치기 일쑤였다. 전세 역전!

특히 당시 이 구역 길고양이 무리의 우두머리였던 '대장'은 넉살이 좋아도 너무 좋았다. 다른 고양이들이 잘 차려진 밥이랑 물이랑 먹고 담을 넘어가거나 마당에서 잠시 쉬다가 가는 것과는 달리 밥을 먹고 나서도 도통 갈 기미를 보이지 않았다. 하루 종일 마당에 머물면서 지나가는 찡이를 슬쩍 붙잡는 것은 물론 심지어 찡이 앞에서 뒹굴거리며 함께 놀자고 꾀었다.

갑자기 변한 상황에 잠시 놀랐지만 찡이는 금방 마음을 열었다. 사회성이 좋아 동물병원에 가서도 생전 처음 보는 강아지 환자들과 사교하느라 바빠서 아파서 병원에 온 것도 잊는 녀석이니 고양이 친구들이라고 싫을 리 없었다. 단지 그동안은 집 지키느라 까칠하게 굴었던 것인데 가족들이 용인했으니 찡이도 집을 지키는 책무에서 해방되어 고양이에게 마음을 열 수 있었다.

대장을 통해 일단 고양이에게 마음의 문을 연 찡이는 다른 길고양이들하고도 좋은 관계를 유지했다. 아마도 찡이에게 대장은 고양이에 대한 편견을 깨는 매개체였던 것 같다. 덕분에 이때부터 우리 집 마당은 동네 길고양이의 놀이터가 되었다. 특히 찡이와 대장은 금세 둘도 없는 친구가 되어 함께 나란히 앉아 있기도 하고, 밤에 은밀히 만나 밀회를 즐기기도 했다.

찡이라는 든든한 지원군을 얻자 대장은 슬슬 찡이네 집 입성을 시도했다.

"나, 이 집이 좋아. 가족이 돼도 될까?"

대장의 입성에 가장 먼저 마음의 문을 연 가족은 당연히 찡이였다. 찡이는 13년 동안 자기 자리였던 현관 앞 매트를 대장에게 나누어 주며 대장의 입성을 환영했다. 엄마가 못 보는 사이 대장이 집 안에 들어와서 놀면 종종 망도 봐 주며 그렇게 찡이는 대장을 이미 가족으로 받아들였다.

찡이 오라방이라는 든든한 지원군 덕분에 대장은 우리 집에 나타난 지 1년 만에 찡이네 집 업둥이가 되었고, 찡이와 대장은 그렇게 가족이 되었다. 찡이가 밥을 먹을 때면 뒤에서 기다릴 줄도 아는 장유유서를 아는 고양이 대장. 늘 찡이의 차지였던 찡이 의자에 함께 앉는 영광도 누렸다. 그 작은 의자를 내주고 나눈 찡이의 배려심도 예쁘고, 무뚝뚝한 찡이의 마음이 열리기를 기다려준 대장의 인내심도 칭찬받을 만하다.

이렇게 가족이 된 두 녀석은 흰색과 검은색 털이 섞인 똑같은 모습의 젖소 남매가 되어 늘 붙어서 잠을 잔다. 싱크로율이 좋아 마치 짜맞춘 듯 같은 모습으로 자기도 하고, 머리를 맞대고 자기도 하고, 따뜻한 가을볕을 나누며 자기도 한다.

그 후 쩡이가 나이가 들어 백내장으로 눈이 안 보이게 되었을 때에는 쩡이가 종종 자고 있는 대장을 자근자근 밟고 지나가는 아슬아슬한 사태가 발생하기도 했지만 대장은 놀란 듯 눈만 크게 뜰 뿐 발톱을 세우지는 않았다. 가족이니까, 이해하니까. 이렇게 나이 든 개 쩡이와 길고양이 출신 업둥이 대장은 친구가 되었고, 가족이 되었다. 좋은 인연을 나누는 쩡이와 대장을 보며 생각한다. 사랑과 우정이 사람만의 것이란 생각이 얼마나 오만하고 우스운 것인지.

살아왔던 대로
살게 놔두지 않는다

　　　　　그래, 이게 다 쩡이 탓이다. 20년 전 나의 삶에 다
리 짧은 개 쩡이가 뛰어들지만 않았어도 겪지 않았을 마음고생. 쩡이
를 만나고 고요하던 나의 삶은 흔들렸다. 모르고 살아도 그만이라고
생각했던 불편한 진실과 직면하게 되었기 때문이다. "쩡아, 사랑해!"
를 외치던 시간이 무르익자 쩡이와 같은 모습을 한 네 발 달린 털북
숭이 친구들이 보였다. 보호소에 갇힌 아이들, 농장의 가축들, 실험실
의 실험동물에게도 관심이 갔다. 그렇지만 이들은 여전히 내 삶을 흔
들어 놓을 정도는 아니었다. 그런데 길고양이. 이 녀석들은 달랐다. 이
녀석들을 만나고 나의 애면글면은 시작되었다.

　길고양이와 인연을 맺는다는 건 마음고생의 시작이다. 매번 나타나
밥을 잘 먹어 줘도 그 모습이 애잔하고, 혹여 나타나지 않으면 좌불
안석이고, 그러다 나타나면 이산가족 상봉이 따로 없고, 끝내 나타나
지 않으면 아프게 마음에 묻게 되기 때문이다. 그래도 내가 밥을 주지

않으면 이 작은 생명이 어디서 배를 채울까 싶어서 사료 셔틀을 하고, 겨울이면 집도 뚝딱뚝딱 만든다.

물론 길고양이와 인연을 맺기까지 고민이 많았다. 가장 먼저 든 생각이 '길고양이에게 밥을 주는 게 옳은가?'였다. 사료를 챙겨 주는 게 그들의 야생성을 빼앗는 게 아닐까란 고민이었는데, 챙겨 주는 밥이 없으면 도시의 길고양이가 할 수 있는 일은 쓰레기봉투를 뒤지는 것뿐이니 야생성을 뺏는다는 죄책감은 배부른 인간이 사서 하는 고민일 뿐이었다. 게다가 길고양이의 수명은 너무 짧다. 대부분 새끼 때 죽고, 운좋게 성묘가 된 뒤에도 사고, 영역다툼, 전염병, 사람들의 해코지 등으로 짧은 삶을 산다. 그러니 이렇게 짧은 삶 중에 안정적으로 밥을 먹을 수 있는 시기는 그들에게 큰 축복이다.

그리고 또 다른 고민인 중성화수술. 찡이와 살면서 처음 '중성화수술'이라는 단어를 들었을 때의 거부감이 생생하다. 2000년대 초반 국내 동물보호단체들이 태동했고, 그들을 통해서 중성화수술이라는 단어를 처음 들었는데 다른 걸 다 떠나서 이미 찡이는 마취가 무서워서 스케일링도 미루는 10살이 넘은 노견이었다. 윤리성을 따지기 전에 이미 너무 높은 벽이 있었던 것이다. 게다가 유기적으로 연결된 신체 부위를 인위적으로 떼어내는 것이 합당한가에 대한 고민이 생겼고, 무엇보다 '자연스럽지 않다.'는 생각이 컸다. 하지만 유기동물에 대해 알게 되고, 그 참상을 알게 되면서 '멀쩡한 생명이 안락사라는 이름으로 살처분되는데 또 다른 곳에서는 새 생명이 태어나는 게 자연스러운 일인가?'라는 생각으로 중성화에 대한 고민을 마무리했다.

그런데 길고양이의 중성화는 또 다른 영역이었다. 반려동물이 아닌

길 위의 아이들을 내가 무슨 권리로 수술대에 올리나 하는 고민이 들었지만 어느 해, 봄에 새끼를 낳은 길고양이가 가을에 또 배가 불러오는 것을 보니 내 고민은 사치였다. 어미는 임신, 출산만 반복하다가 죽고, 새끼들은 태어나 채 1년도 못 살고 죽는 것 또한 자연적인 모습은 아닐 것이다.

생각 없이 '멍'하니 사는 삶을 추구하는 내게 길고양이는 이렇게 하루에도 몇 번씩 고민을 툭툭 던진다. 그런데 그게 고맙다. 살아왔던 대로 살게 놔두지 않아서.

"엄마, 뽀삐가 왜 그냥 개야? 뽀삐는 뽀삐야. 엄마는 엄마 죽었을 때 그냥 사람 죽었다고 하면 좋아?"

독립영화 〈뽀삐〉의 한 장면. 함께 살던 개 뽀삐가 죽고 정신을 못 차리는 아들을 보며 그깟 개 죽은 걸 갖고 언제까지 이럴 거냐며 타박하는 엄마에게 아들이 던진 말이다. 썰렁한 독립영화관에서 이 장면을 보며 무릎을 탁 쳤다. 맞아, '그깟 개 하나 죽었다고…, 고작 고양이 한 마리 때문에…'라고 '싸가지' 없이 말하는 인간들한테 저렇게 말해 주면 통쾌하겠구나. 근데 저 멀리 떨어진 곳에 있는 나 말고 꼭 한 명 있던 관객은 "놀고 있네."라며 혀를 끌끌 찼다. 어째 뒤통수가 서늘하다.

노견과 살았을 때 오랜만에 사람을 만나면 "와, 찡이 아직 살아 있어?"라는 말을 지겹게 들었다. 아예 "응, 우리 찡이 18살 됐는데 아직 안 죽고 살아 있어."라고 먼저 말하고픈 심정이었다. 물론 그들이 동물의 생명을 쉬이 여겨서 하는 말이 아니라는 걸 알면서도 상처받는 건 어쩔 수 없다.

개 나이가 15살을 넘으면 초고령견이다. 많은 나이다. 찡이가 16살 때쯤, 식욕을 잃고 체중이 많이 빠져서 병원을 찾았을 때 "이제 마음의 준비를 하셔야겠습니다."라는 말을 들었다. 믿기지 않아 눈물도 나오지 않았다. 각종 검진 후 "찡이 스무 살까지 살도록 함께 애써 보죠."라는 선생님의 '건강 이상무' 판정을 받을 때까지 진료실 밖에서 지옥을 경험했다.

개와 고양이의 시간은 인간의 그것과 다르게 제멋대로 흐른다. 찡이보다 3년이나 늦게 태어난 조카는 최고로 에너지 넘치는 청소년 시절을 보내고 있는데 찡이는 할아버지 개가 되어 죽음을 곁에 두고 살았다. 동물의 시간은 인간에 비해서 빠르게 흐르는데 나이 든 아이들의 시간은 더 빠르다. 하루에도 몇 번씩 오르내리던 소파를 뛰어오르지 못해 가족들 마음을 아프게 하더니 어느 순간이 되니 낮은 현관 문턱도 넘지 못하고 그 앞에서 쩔쩔맨다.

찡이가 어렸을 때 건강검진차 갔던 병원에서 나이 든 개를 안고 나오는 노부부를 만났었다. 주치의 선생님은 노부부가 나이 든 아이를 정성으로 돌보고 계신다고 말했다. 아이가 문턱을 넘지 못하자 문턱도 다 잘라냈다고. 팔팔한 찡이와 살았던 그때의 나는 그 말이 무슨 의미인지 몰랐다. 그러다가 채 1센티미터나 될까 싶은 문턱 앞에서 주저하는 나이 든 찡이를 보면서 그때 그 말이 무슨 뜻인지 아프게 깨달았다. 그렇게 나이 든 아이들의 노화는 멀미가 날 정도로 가속도가 붙는다.

찡이가 없었다면 아마 나도 다른 이들처럼 평생 죽음을 의도적으로 외면하고 살았을 거다. 죽음은 공포고, 두려움이며, 사랑하는 이들과 이별해야 하는 서러움이니까. 하지만 죽음을 두려움으로 받아들이면 그 안에 사랑이 있을 자리가 없어진다. 슬프지만, 서럽지만, 인정하기 싫지만, 죽음도 자연의 이치라고 받아들이고 나니 그 안에 다시 사랑이 있을 자리가 생겼다. 오지 않은 미래 때문에 두려워하지 말고 '지금 행복하고 사랑하라.'고 옆의 털북숭이 친구가 내게 가르쳐 준다.

그래서 그냥 이 순간을 그들과 즐기며 살기로 한다. 그러다가 그들이 떠날 때가 되면 평화롭고 품위 있게 놓아주리라. 잘 사는 것만큼 잘 죽는 것에 대한 관심이 많아진 요즘 반려동물과 사는 사람은 잘 보내 주는 법도 배워야 한다. 내려놓지 못하고 버리지 못해 쩔쩔매는 것은 항상 떠나는 동물이 아니라 보내는 사람이니까.

물론 이렇게 쿨한 척 이야기하지만 언젠가 옆의 아이가 떠날 때면 그들의 꼬리를 붙잡고 가지 말라고 애원할지도 모른다. 그러지 않으려면 잘 보내기 위한 마음공부를 열심히 하는 수밖에.

나이 들었다고 늘 죽음을 염두에 두고 살아야 하는 것은 아니다. 봄과 여름 사이의 찬란한 햇살을 즐기러 산책을 나선 길에 병아리 색 옷을 입을 유치원생들을 만났다.

"아줌마, 이 강아지 몇 살이에요?"

"응, 16살."

"어? 우리 언니랑 같은 나이다. 그럼, 중학생이에요?"

"어, 뭐, 그냥······."

'무학력자' 쩡이의 학력이 들통날까 봐 어정쩡한 대답을 뒤로 하고 그 자리를 피했다. 이렇게 나와 쩡이는 제법 노년의 나이를 즐길 줄도 알게 되었다.

나는 나이 많은 동물과 살 팔자인가. 동네 길고양이들에게 밥과 물을 챙겨 주다가 뭉그적대며 집 안으로 엉덩이를 들이민 녀석을 업둥이로 받아들였는데 병원을 찾아 나이를 물었더니 "최소 8살은 되었어요!"란다. 헉! 낡은 집에 노처녀가 나이 든 부모님 모시고 늙은 개랑 산다고 사람들이 "너희 집은 어째 죄다 늙거나 낡았냐."라고 농 삼아 한 마디씩 했는데 이젠 늙은 고양이까지!

나이 든 동물과 사는 내게 쩡이 아직 살아 있냐고 호들갑 떠는 조금 얄미운 사람들에게 가장 통쾌한 대답은 뭘까? 아마도 "응, 울 쩡이 16살인데도 아직 별일 없이 잘 살아."라는 무심한 한 마디가 아닐까? 잘 먹고, 잘 싸면서 별일 없이 잘 산다고!

개, 고양이가 없다면
죽어서도 천국에 가지 않으리

　　　　　　　　　우리 집은 추석 명절 앞에 챙겨야 할 날이 또 있
다. 19년을 함께 살고 떠난 반려견 찡이의 기일이 추석 전에 있다. 이
날은 찡이가 좋아하던 음식으로 상을 차리고 결혼한 형제들도 와서
부모님과 함께 찡이 이야기를 두런두런 나눈다. 남은 자들이 떠난 가
족을 그리워하고 추억하는 제사의 의미에 딱 부합하는 자리. 남의 눈
에는 유난해 보이기 십상이지만 형제에게는 막내동생이고, 부모님에
게는 막내아들이라서 우리 집에서는 당연한 일이다. 내가 잘 다니던
회사를 그만두고 동물 책만 내는 출판사를 창업한다고 했을 때도 사
람들은 유별나다며 고개를 저었다. 조언차 만난 출판인은 "짐승 좋아
하는 사람들은 책 안 읽어. 바로 망해."라고 했다. 부모님 친구들에게
나는 망하기 딱 좋은 일을 하는 유별난 자식이었다.

　　그런데 이런 시선이 최근 많이 바뀌었다. 곧 망할 것 같은 출판사
는 끈질기게 생존을 이어가고 있고, 심지어 최근 출판계에는 고양이

책 붐이 일고 있다. 우리 집처럼 떠난 반려동물의 기일을 챙기는 사람도 많아지고, 휴가철이면 반려견과 함께 여행을 떠나는 사람도 흔하다. 동물과 인간의 상호작용을 연구하는 미국의 수의학자 제임스 서펠은 《동물, 인간의 동반자》 개정판 서문에서 10년 전인 1980년대 초판을 냈을 때에 비하면 미국의 반려동물에 대한 인식 변화가 굉장히 크다고 적었다. 1980~1990년대 미국이 겪었던 반려동물에 대한 급격한 인식 변화를 한국도 최근 10년 동안에 보이고 있는 것 같다.

내가 어릴 적에는 다른 집이 그랬듯 마당 한 구석에 항상 개가 있었다. 그리고 동물을 좋아하던 나는 개를 특히 더 아꼈다. 쫑, 나나 등으로 불리던 개들. 개가 집을 나가서 사라진 날에는 얼마나 울었는지… 항상 씩씩하던 아이가 눈이 퉁퉁 부어서 학교에 나타나자 선생님이 나를 붙들고 집에 무슨 일이 있었는지 걱정스럽게 물을 정도였다. 하지만 그때 개는 집 안이 아닌 마당에서 따로 살았고, 묶여 있는 게 불쌍하다고 느끼지도 못했던 시절이었다.

비로소 함께 사는 개를 삶을 나누는 동반자로 인식하게 된 건 집 안에서 함께 살면서였다. 같은 공간에서 함께 먹고, 자고, 뒹구니 끼니를 같이한다는 진정한 의미의 식구食口였다. 쩡이는 다섯 남매가 학창 시절을 보내고, 연애를 하고, 결혼을 하고, 자식을 낳는 가족의 모든 역사와 함께했다. 다섯 남매의 비밀 연애사도 가장 많이 알고 있었다. 동생이 취업 준비를 하는 동안 쩡이의 산책은 늘 동생 몫이었다. 하루 종일 책상 앞에 앉아 있던 동생에게 유일하게 평화로운 시간이 쩡이와의 산책이었다.

부모님에게도 속 깊은 늦둥이 아들 몫을 톡톡히 했다. 다섯 자식이 몰랐던 엄마의 눈물을 혀로 핥아 닦아준 것도 찡이였고, 대개의 집에서 그렇듯 가족 사이 외로운 섬인 아빠의 든든한 후원자도 찡이였다. 나이 들어가면서 여러 면에서 힘을 잃어가는 아빠에게 찡이는 변함없는 애정과 신뢰를 보냈다. 다 큰 자식들이 아빠를 데면데면 대할 때 찡이는 아빠에게 달려가 몸을 흔들고 비비면서 온기를 나눴다. 그럴 때면 아빠도 평생 자식에게 한 번도 하지 않던 닭살 멘트를 날리며 화답하곤 했다.

찡이가 9살 때 집을 나가서 이틀간 들어오지 않은 적이 있다. 온 식구가 학교와 생업을 접고 찡이를 찾아나섰다. 사방에 전단지를 붙이고 신문에 전단지를 끼워넣으며 찾았는데 찾지 못하자 가족들은 거의 제정신이 아니었다. 특히 아빠는 식사도 거르고 찡이를 찾아다녔다.

"이러다가 찡이 찾기도 전에 저 양반이 먼저 쓰러지겠다."

한여름에 식사도 거르고 동네를 헤매는 아빠를 보면서 엄마가 걱정스럽게 한 말이다.

찡이는 그 자체로 우리에게 생애 최고의 선물이었지만 찡이의 존재 말고도 우리는 찡이에게 많은 선물을 받았다. 그중에서도 나는 특히 '받아들임'이라는 선물을 가장 값지게 생각한다. 찡이는 19년의 짧은 시간 안에 생로병사를 보여 주면서 삶의 과정을 자연스럽게 받아들이라고 알려 줬다. 나이 들어 병이 생기고 거동이 불편해져도 찡이는 자기 연민이 없었다. 자신에게 닥친 일을 숙명처럼 묵묵히 받아들였다. 찡이는 평생 동안 매 순간 최선을 다하는 삶을 살더니 나이 듦을 받아들이는 태도도 지혜로웠다.

반려동물과 산다는 건 그들과 인간이 다르지 않다는 걸 배우는 과정이다. 그들도 우리처럼 기쁨, 슬픔, 연민, 두려움 등의 감정을 지니고 있고, 놀이를 즐기고, 싫은 것과 좋은 것이 뚜렷하고, 신뢰와 우정을 알고, 어려운 일에는 협동하고 도움을 요청할 줄도 안다. 찡이는 공정하지 못할 때면 화를 내기도 했다. 내가 찡이, 조카와 함께 아이스크림을 먹으면서 차례대로 한 숟가락씩 먹다가 슬쩍 찡이를 건너뛰려고 하면 찡이는 눈을 희번득 치켜뜨면서 화를 냈다.

이렇게 개는 각각이 고유한 개성을 갖고 있는 개체라는 걸 알게 되었다. 그러다 보니 길에서 만나는 길고양이도, 동물원의 동물도, 농장동물도 우리와 다르지 않다는 인식의 확장을 겪으면서 출판사를 시작할 때는 계획에 없었던 동물권에 관련된 책을 내게 되었다. 찡이 덕분에 나도 성장하고, 출판사와 독자도 함께 성장하는 길을 걷고 있다.

그중 공장식 축산으로 고통받는 농장동물에 대해서 알게 되면서 내 생활에 변화가 생겼다. 알량한 채식 생활이 시작된 것이다. 같은 동물이고 같은 생명인데 개는 사랑하고, 소, 닭, 돼지는 먹는 윤리적 딜레마를 끊고 싶었다. 식습관이라는 게 무서워서 덩어리 고기만 피하는 비겁한 채식 생활이지만 그래도 하지 않는 것보다는 낫다는 생각으로 노력한다. 우리나라 음식이 육수가 들어간 게 많고, 칼국수를 좋아하다 보니 제대로 된 채식은 하지 못하지만 덩어리 고기를 끊는 것은 어렵지 않았다. 회식을 하거나 외식을 할 때도 고깃집에서 나오는 김치, 파 무침 같은 반찬만으로도 충분히 맛있게 먹을 수 있었다. 고기를 구울 때 함께 나오는 버섯, 양파 등의 채소는 언제나 내 차지였다. 알아서 잘 먹으니 사람들도 별 신경을 쓰지 않았다.

나름 노력을 하지만 고기를 먹게 되는 경우가 있다. 회사를 퇴사한 선배가 고깃집을 차렸고 사람들과 오픈을 축하하러 간 날. 왁자지껄한 분위기 속에서 나는 조용히 고기를 피해서 밥을 먹고 있었다. 그런데 선배가 내 밥 위에 잘 구운 고기를 얹고는 먹으라고 눈짓을 한다. 책 만드는 일을 하고 싶어 하는 선배가 차린 고깃집. 새로운 출발을 축하하는 마음으로 고기를 입으로 쏙 넣었다. 고기가 들어간 줄 모르고 음식을 시켰거나 기내식을 채식으로 미처 신청하지 못했을 때도 먹는다. 고기를 먹는 것보다 음식을 남기는 것을 더 싫어한다. 밥을 먹을 때면 내가 이 음식을 먹을 자격이 있는가 생각하는데, 음식을 버릴 자격은 더더구나 없다고 생각한다. 음식이 내게 오기까지의 수많은 노고를 저버리고, 환경을 해칠 자격이 내겐 없으니까.

이렇듯 찡이를 통해서 알게 된 세상 덕분에 나는 조금 불편해졌지만 더 좋은 사람이 되는 것 같다. 반려동물은 덕분에 생긴 불편함도 기쁘게 감수하게 만드는 대단한 힘이 있다.

최근 부모님이 노화로 인한 질병으로 병원 출입이 잦다. 평생 건강하게 우리 곁을 지켜주실 줄 알며 살다가 당황했지만 그게 얼마나 어리석은 생각인지 알게 되었다. 찡이가 알려 준 대로 당황하지 않고 노화의 수순을 자연스럽게 받아들이면서 부모님께 최선을 다하려고 노력하고 있다.

늘 죽음일랑 모르는 듯 살았는데 상대적으로 짧은 삶을 사는 아이들 덕분에 자연스럽게 죽음을 곁에 두고 산다. 그러며 생각한다. 천국에 개와 고양이가 없다면 죽어서도 천국에 가지 않으리. 나는 개와 고양이가 있는 곳으로 가련다. 그곳이 내게는 천국이니까.

네 발 스승을 만나
돌이킬 수 없게 되었다

　　　　19년을 함께 산 반려견 찡이를 만나지 못했다면 어떻게 살았을까. 잡지 기자로 글 좀 쓴다며 살았으니 글쟁이로 살다가 어느 순간 재능 없음을 알고 좌절감에 허우적댔겠지. 그런데 찡이를 만나 인생이 생각지도 못한 방향으로 흘러 여기까지 왔다. 얼굴 크고 다리 짧은 털북숭이의 어디에 한 인생을 뒤흔드는 에너지가 숨어 있는 걸까.

　찡이와의 산책길에서 새끼에게 먹일 마음이었는지 빈 비닐 봉지를 물고 가는 수유묘를 만나 길고양이의 분투하는 삶을 알게 되었고, 어릴 적 좋아하던 동물원이 동물들에게는 감옥과 다름없음을 알게 되었다. 몰랐던 동물들의 삶을 알게 되었고, 알고 나니 예전의 삶으로 돌아갈 수 없었다.

　네 발 스승의 가르침에는 특별한 게 있다. 다시 그들을 만나기 전의 나로 돌아갈 수 없다는 것이다. 캣맘을 하면서 사람들 눈치 보고 욕먹는 것은 괜찮은데 아무리 챙긴다고 해도 손쓸 틈도 없이 아이들이 떠나고, 사라져 버릴 때면 길고양이를 만나기 전으로 돌아가고 싶고, 좋아하는 순댓국 앞에서 갈등할 때면 농장동물에 대해서 알기 전으로 돌아가고 싶고, 동물을 좋아해서 동물원 가기를 즐겼던 내가 우리에 갇힌 동물의 눈빛에서 고통을 볼 때면 정말 아무것도 모르던 예전으로 돌아가고 싶다. 하지만 앎은 실천으로 완성되고, 나는 알기 전의 세상으로는 절대 돌아갈 수 없게 되었다. 몸이, 마음이 벌써 움직여 버려서.

돌이킬 수 없다. 무섭지만 받아들일 수밖에. 감내할 수밖에. 어떤 존재가, 어떤 시간이 나를 이리로 데리고 왔다면. 지금 이 순간, 어떤 털북숭이 네 발 스승을 만나 돌이킬 수 없는 지점에 와서 머리를 쥐어뜯는 모든 이들에게 축복을.

나를 더
사랑하게 되었다

내가 사랑하는 사람이 나에게 말했다.

"당신이 필요해요"

그래서 나는 정신을 차리고 길을 걷는다.

빗방울까지도 두려워하면서

그것에 맞아 살해되어서는 안 되겠기에.

브레히트의 시 〈아침 저녁으로 읽기 위하여〉다. 시에서 사랑의 대상이 무엇인지는 모르겠지만 사랑하고 있는 사람의 마음을 잘 전하는 시다. 사랑받는 사람은 자신을 더 소중히 여기게 되고, 사랑은 결국 지독한 자기애니까.

평생 먹보로 살아온 찡이가 나이가 들면서 식욕이 줄어서 걱정이었다. 귀갓길에 전화를 거니 착하게도 찡이가 저녁을 뚝딱 먹었단다. 찡이가 잘 먹는 것만큼 가족의 기쁨도 없다. 버스에서 내려 걸음이 점점 빨라지다가 골목 어귀부터 총총 뛰기 시작했다. 집에서 목을 빼고 나를 기다리고 있는 할아버지 개 쩡이가 빨리 보고 싶어졌기 때문이다.

막 뛰다가 골목에서 차가 나와서 얼른 걸음을 멈추고 길 옆으로 비켜섰다. 조심조심. 쩡이가 기쁘게 맞아 주는 모습을 보기 위해서는 조심조심해야 한다. 빗방울도 조심해야 하는데 쇳덩어리 차는 백만 배 더 조심해야지.

그렇게 마음은 단거리 달리기 선수처럼 잽싸게, 몸은 버선발 새색시처럼 살포시 달려 마침내 집에 골인. 현관에서 나를 반기는 쩡이를 만나고 말았다.

"언니, 무사히 왔어? 다행히 오늘도 곰한테 잡아먹히지 않았구나!"

비록 여섯 시간 만의 해후지만 그래도 우리, 무사히 다시 만나서 참 다행이다. 쩡이한테 사랑받아서 나는 더 나를 소중히 여기게 되었다.

지금 여기, 우리 곁의 동물

실험견
쿵쿵따

1년에 몇 번 동물단체가 추천한 동물실험윤리위원 자격으로 몇 곳의 동물실험윤리위원회에 참석한다. 그런데 거기만 다녀오면 늘 마음이 좋지 않다. 나의 승인 서명과 함께 실험계획서 속 동물들의 생사가 갈리기 때문이다. 승인하게 되는 실험에 사용될 생명을 생각하면 내가 이걸 왜 한다고 했나 매번 후회한다.

현재 한국에서 동물실험을 하는 모든 기관은 동물실험윤리위원회를 두어야 하고, 위원회에는 동물단체가 추천한 사람이 포함되어야 한다. 나는 교육을 이수하고 동물단체가 추천한 윤리위원 자격으로 몇 곳의 학교와 기업체의 회의에 참여한다.

지금도 첫 회의 때의 기운을 생생히 기억한다. 한 대학교에서 한 학기 동안 실행될 실험계획서를 놓고 연구자와 나 같은 외부 윤리위원들이 함께한 회의였는데 회의장은 팽팽한 긴장감이 돌았다. 회의장은 참석자들의 거부감으로 꽉 차 있었다. 그동안 자기들 마음대로 자유롭게 하던 일인데 동물단체까지 긴 새로운 절차가 생겨서 번거로워진 게 귀찮기는 할 것이다. 하지만 그보다는 불쾌함이 역력했다. '너희가 뭔데 내가 하는 연구에 참견을 해, 감히!' 대체로 이런 느낌이었다.

첫 회의이니 앞으로 진행될 동물실험의 과정과 원칙에 대한 이야기를 나누었다. 실험동물이 지내는 곳의 환경 관리도 중요하다고 하니까 별걸 다 관여한다는 식의 반응이 돌아왔다. 하지만 나는 실험동물의 관리는 좋은 실험 결과를 얻기 위해서도 중요하다고 덧붙였다.

"쳇!"

한 교수가 기가 막히다는 듯 몸을 뒤로 젖히며 내뱉었다. 그동안 동물실험이 얼마나 연구자들 마음대로, 제약 없이 이뤄져 왔는지 보여주는 태도였다. 개를 실험동물로 이용한다면 동물복지 문제 때문이 아니더라도 아침저녁으로 산책도 시켜 주고 함께 놀아 주기도 해야 제대로 된 연구 결과를 얻을 거라는 동물실험윤리위원회 담당자의 말을 귀담아듣는 사람도 거의 없었다.

법과 제도가 바뀌면 역시 세상도 서서히 바뀐다. 첫 회의 기억이 이랬던 그 학교는 시간이 지나면서 동물실험 횟수와 실험동물 수가 줄어들었고, 실험이 컴퓨터 시뮬레이션 등으로 대체되었다. 그게 연구자의 생명윤리 의식이 높아져서인지 계획서를 제출하고 승인받는 절차가 귀찮아서인지는 정확히 알 수 없지만 어떤 이유로든 바람직한 변화다.

그동안 연구자 마음대로 하던 실험이었고, 실험동물 수도 마음대로 정하던 실험이었다. 그런데 실험계획서를 제출하면 '이 실험은 이미 다른 곳에서 해서 결과가 나온 것이니 또 할 이유가 없습니다, 실험동물 수가 많은데 이만큼 필요한 이유를 구체적인 근거를 써서 다시 제출하세요.' 등등의 갖가지 이유를 들어서 돌려보내니 자기들도 지치긴 했을 것이다. 이렇게 자꾸 승인을 거절하면 다음 학기에는 시뮬레이션으로 대체된다거나 실험동물 수가 줄어든 계획서가 다시 제출된다. 처음부터 그렇게 할 수 있었는데 그렇게 하지 않은 것이다. 하던 대로 하는 게 편하니까. 아무도 이게 잘못된 거라고 지적하지 않았으니까.

우리나라에서 한 해 동물실험으로 희생되는 동물의 수는 2017년 기준으로 300만 마리가 넘는다. 비공식적인 것을 합하면 몇 배가 될지 아무도 모른다. 비공식적인 실험에 쓰였던 실험견 쿵쿵따를 알고 있다. 쿵쿵따는 동물병원에서 각종 수술의 실습견으로 쓰였다. 어려운 수술의 실험견으로 또는 값비싼 품종의 수술을 앞두고 실습용으로 잡종견 쿵쿵따가 먼저 수술대에 올랐다. 그렇게 한 달에 한두 번씩 수술대와 케이지를 오가며 7년을 보냈다. 옆 케이지의 실험견들이 견디지 못하고 죽어 가도 끈질기게 살아남은 쿵쿵따는 마침내 평생을 함께할 가족을 찾아 입양되었다.

쿵쿵따 가족을 처음 만났을 때 어머니는 아이가 얼마나 고생했으면 같이 살기 시작한 지 2년이 지나서야 사람에게 마음을 열었다며 눈물을 흘리셨다. 쿵쿵따는 구조되어 사랑 많은 부모님과 누나를 만났고, 평생 케이지와 수술대만 오갔는데 처음으로 넓은 마당에서 맘껏 뛰놀 수 있었다. 그렇게 쿵쿵따는 오래 행복했다. 지난 고통을 다 잊을 정도로. 그러기를 몇 년, 구조될 때 이미 나이가 있었던 쿵쿵따에게 백내장이 찾아왔다. 수술을 해보는 게 어떠냐는 나의 의견에 가족은 쿵쿵따를 다시 수술대에 올리지 못하겠다고 했다. 내 생각이 짧았다.

쿵쿵따네는 마당이 아주 넓다. 그런데 쿵쿵따는 일정 공간 밖으로 는 절대 나가지 않는다. 그 경계를 넘는 순간 다시 병원으로 가게 될 지도 모른다는 공포 때문이었을까. 그런 쿵쿵따를 다시 수술대에 올 리는 것은 너무 잔인한 일이었다. 수술은 하지 않았지만 개는 경이로 운 후각과 청각 능력을 갖고 있어서 쿵쿵따는 병원에서 기적처럼 살 아남았던 것처럼 시력을 잃고도 가족들과 멋지게 살아가고 있다.

또 다른 병원 실습견을 안다. 쿵쿵따와 마찬가지로 수술 실습견이 었던 그 아이는 성대 수술 실습용이어서 목소리를 잃었다. 그 아이를 만난 날은 따뜻한 봄날이었다. 아이는 새로운 곳에서의 산책에 흥분 해서 짖었지만 천식 환자 같은 쇳소리만 날 뿐이었다. 이 아이는 성대 수술 외에 또 얼마나 많은 수술을 위해서 수술대에 올랐을까? 봄바람 에 흩날리는 꽃잎 때문에 아이의 신나서 내는 쇳소리가 더 처연하게 들렸다.

동물실험 문제는 개식용 문제만큼이나 사람들을 설득하기 어려운 주제 중 하나다. 개식용 문제에 "그럼 소는? 돼지는?"이라고 반응하는 것처럼 "네 가족이 암에 걸려도 그런 말이 나오나 보자."라는 식이다. 논의도 하기 전에 논점을 벗어나 버린다. 사람들은 모른다. 많은 동물 실험이 의료 분야가 아닌 화장품이나 샴푸 등 생활용품 제조 분야에 서 이루어진다는 것을. 의료 분야 실험도 사람들이 생각하는 것만큼 누군가의 병을 치료하고 생명을 구하는 것과는 동떨어진 실험도 많 다는 것을 말이다. 심지어 동물실험을 통과했지만 인간에게 부작용을 일으키는 의료 분야의 동물실험도 많다.

그러니 동물실험은 아주 엄격하게 접근해야 하는데도 한국은 동물실험 천국이 되었다. 심지어 2018년에는 영장류자원지원센터가 문을 열었다. 선진국의 경우는 영장류를 동물실험에 사용할 경우 더 엄격하게 규제하고, 영장류를 사용하는 동물실험을 줄이거나 대체 방법을 찾는 추세인데 우리는 역행하고 있는 것이다.

답답한 상황이지만 당장 내가 내 자리에서 할 수 있는 일은 담당하는 기업과 학교의 동물실험 계획을 엄격하게 검사해서 승인하는 것이니 그걸 묵묵히 할 수밖에. 또 다른 쿵쿵따를 만들지 않기 위해서!

개, 고양이 선물은,
이제 그만!

　　　5월은 사랑과 감사의 마음을 전하는 날이 많은 달이다. 특히 어린이날은 부모와 '조카 바보'인 이모, 삼촌들이 선물을 사기 위해 지갑을 여는 날. 지갑을 여는 이유는 오로지 하나. 선물을 보고 환하게 웃는 아이들의 얼굴을 보기 위해서다. 그래서 매년 뭐가 좋을까 머리를 싸맨다. 사람들은 매년 어떤 선물을 주는지 궁금하다. 성공하셨는지?

　어린이날 즈음엔 늘 아이들이 받고 싶어하는 선물 순위가 공개된다. 그중 매년 빠지지 않고 상위권을 차지하는 것 중 하나가 '애완동물'이다. 최근에는 스마트폰, 게임기 등 디지털기기에 밀리고 있지만 여전히 각종 설문조사에서 상위권을 차지하면서 선전한다. 껴안고 얼굴을 부비고 싶은 털북숭이 친구를 갖고 싶은 마음부터 동화 속 주인공처럼 속 이야기를 터놓을 동물 친구를 가족으로 맞고 싶은 마음까지 아이들이 동물을 선물로 받고 싶은 이유는 다양하다.

외로이 노년을 보내고 계시는 부모님에게 반려동물을 선물하는 경우도 많다. 하지만 동물은 충동구매와 주고받기 선물이 되기에는 너무나 소중한 생명이다. 사람에게는 깜짝 선물, 짧은 기쁨의 순간이지만 동물에게는 전 생애가 걸렸기 때문이다. 반려동물 문제는 언제나 자비와 연민의 마음으로 고민해야 한다.

살아 있는 생명이 선물로 합당할까? 서양에서 아이들에게 선물이 쏟아지는 날은 크리스마스다. 그곳도 역시 애완동물은 인기 선물 품목으로 크리스마스 선물용 강아지를 '크리스마스 퍼피'라고 부른다. 꽤 많은 조회수를 기록한 영상이 있다. 어떻게 저런 표정을 지을 수 있을까 싶을 정도로 감격한 사람들(애도 있고 어른도 있다)이 눈물콧물 막 쏟는 영상. 그 발화점은 선물 박스에서 나온 귀여운 강아지였다. 강아지 선물을 받고 생애 최고의 행복한 표정으로 눈물까지 쏟는 사람들. 난 그 영상을 보면서 '1년 후' 상황이 궁금했다. 과연 그들 곁에 여전히 강아지가 있을까, 처음과 같은 마음으로 잘 먹이고 산책시키면서 행복하게 살고 있을까 궁금했다. 아, 내가 너무 비관적인가? 많이 안다는 건 순수한 눈으로 세상을 볼 수 없다는 뜻일지도 모른다.

선물을 받고 행복한 것도 잠시, 한 생명을 가족으로 받아들일 준비가 되지 않은 사람들이 우왕좌왕하다가 보호소로 보내 버리는 일이 흔하다. 내 주변에도 누군가의 선물이 되었다가 버려진 개, 고양이를 키우는 분들이 많다. 버리는 사람과 책임지는 사람이 따로 있다. 남자가 여자 친구에게 깜짝 선물로 강아지를 선물했는데 여자는 싫다고 하고 남자도 키울 형편이 안 되어 버려질 처지가 된 강아지를 데리고 와서 키우는 분도 있다. 강아지 때 모습이 인형보다 예쁘기로 소문

난 견종이다. 깜짝 선물로 최고라고 생각했겠지만 여자가 동물을 무서워하리라고는 예상치 못한 것이다. 여자가 동물을 무서워하는 것도 모르면서 선물을 하는 것도 한심하지만 그것도 모르면서 연애를 하는 것도 용하다.

아이가 사달라고 해서 선물했는데 시간이 지나니 시들해지고 부모는 뒤치다꺼리에 지쳐 내쳐지는 개, 고양이도 부지기수다.《개가 행복해지는 긍정 교육》의 저자 잰 페널은 개 행동심리 전문가다. 그가 영국에서 브리더(개를 키우고 분양하는 일을 하는 사람) 일을 할 때 크리스마스 이브에 한 가족이 강아지를 입양하기 위해 찾아오자 거절한다.

그는 크리스마스 선물로 강아지를 원할 경우 절대로 강아지를 내주지 않는다. 화를 내고 돌아가는 사람도 있지만 그해 겨울에 찾아온 가족은 그렇지 않았다. 저자의 설명을 듣고는 충분히 이해하고 돌아갔다. 서양에서 크리스마스 시즌은 1년 중 가장 번잡하고 흥분되는 날이기 때문에 강아지를 입양하기에 좋은 때가 아니니 연말 연휴가 끝나고 모두가 평온한 일상으로 돌아간 후에 강아지를 데리러 오라고 말했던 것이다. 그들의 태도에서 젖을 주던 어미, 어울려 놀던 형제들과 갑자기 떨어져 홀로 낯선 곳으로 가게 되는 작은 생명에 대한 예의가 느껴졌다.

반려동물은 20여 년을 함께 살 가족이다. 가족은 선물로 주고받는 것이 아니다. 그러니 반려동물을 입양할 준비가 되었는지 입양 전에 오래 고민하고, 결정했다면 선물이 아니라 보호소나 동물단체 등을 통해 직접 보고 운명처럼 만나는 것이 좋지 않을까. 이제 선물목록에서 동물은 빼자. 생명은 반품, 교환, 환불의 대상이 아니다.

TV 동물 프로그램
유감

●

       TV 채널을 돌리다가 '동물 프로그램 많아졌네.' 하고 중얼댔다. 연예인이 등장하는 프로그램부터 아이들 대상 프로그램, 동물판 인간극장, 펫 버라이어티 등 주제와 구성이 다양하고, 각종 오락, 교양 프로그램에도 동물이 등장하는 꼭지가 늘었다. 한때 공중 파에서 동물 프로그램이 경쟁적으로 생겨나다가 비슷한 구성에 결국 한 프로그램만 살아남았는데 종편이 생기면서 다시 동물 프로그램의 전성기가 도래하고 있다. 그런데 노파심이 많은 나는 이런 현상이 달 갑지 않다.

  동물 프로그램이 흥하는 이유는 방송사에 안정적인 시청률을 제공 하기 때문일 것이다. 케이블 TV가 주야장천 동물 프로그램 재방송을 내보내는 것만 봐도 알 수 있다. 동물 프로그램은 남녀노소 함께 즐길 수 있는 몇 안 되는 프로그램이기는 하다.

  언젠가 지방 출장을 마치고 역에서 기차를 기다리고 있는데 대기실

TV 앞에서 작은 신경전이 벌어지고 있어서 지켜보았다. 어르신들이 고향 관련 프로그램을 보고 있었는데 젊은이가 우르르 들어오더니 음악 프로그램으로 채널을 휙 돌려 버린 것이다. 그러자 어르신이 벌떡 일어나셔서 싫은 내색을 하시며 다시 채널을 돌리셨다. 상황이 점점 흥미진진하게 흘러가고 있었는데 지혜로운 한 분의 선택이 그 상황을 종료시켜 버렸다. 그 분은 채널을 〈동물의 왕국〉으로 돌렸고 순간 대기실은 평화를 되찾았다.

남녀노소 누구나 백퍼센트 만족은 못해도 '절대 못 봐.'를 외칠 일이 없는 동물 프로그램이지만 소재가 생명이니만큼 책임감이 따른다. 한때 동물 예능 프로그램에서 여러 마리 시추가 사는 가정의 행복한 모습이 오랜 기간 전파를 탔고, 그 여파로 시추를 입양하는 집이 늘었지만 그만큼 버려지는 시추도 많았다. 그즈음 유기동물 보호소에는 시추가 넘쳐났다. TV 속 귀엽고 예쁜 모습만 보고 덜컥 입양했다가 동물과 사는 일이 생각보다 쉬운 일이 아니어서 버린 것이다. 동물 프로그램의 지나친 예능화, 의인화의 결과다. 동물 프로그램이 늘어나면서 심해지는 경쟁만큼 부작용도 심해지지 않을까 우려되었다.

제작 과정도 문제다. 동물은 제작자의 의도대로 움직이는 출연진이 아니다. 원하는 영상을 쉽게 얻을 수 없다는 얘기다. 묵묵히 기다려도 원하는 장면을 건질까 말까다. 함께 사는 개, 고양이의 사진이나 영상을 찍어 본 반려인이라면 안다. 수십 장을 찍어야 마음에 드는 사진을 한 장 건질까 말까 하다는 것을. 정신없이 움직여서 초점은 다 나가고, 방금 모습이 예뻐서 카메라를 들이대면 마치 약 올리는 듯 절대 같은 모습을 두 번 보여 주지 않는다. 고양이들은 영상을 찍으려고 하면 어찌 알고 꼼짝도 하지 않는다. 오죽하면 영상에 '정지화면 아님'이라는 자막을 넣을까. 그러니 이런 동물들을 무작정 기다려 줄 수 있을까? 급박하게 돌아가는 미디어 환경에서 시간이 돈일 텐데.

우리 집 건너편 이웃집 마당에 닭이 살았다. 이름은 알. 동물사랑이 깊은 이웃 가족은 마당에 사는 닭 알이와 토끼를 알뜰살뜰 보살폈다. 알이는 이웃에게 반려동물이고 가족이었다. 명절에 며칠간 이웃이 집을 비울 때면 내가 가서 알이의 밥을 챙겼다. 처음 내가 밥을 주러 갔을 때 알이는 나를 본 체도 하지 않았다. 밥을 흔들어도 현관 앞에 앉아서 꼼짝도 하지 않았다. 가족이 갑자기 사라졌는데 어찌된 영문인지 몰라서 두려워하는 것 같았다.

하지만 하루에도 몇 번씩 찾아가 먹을 것을 챙기며 말을 붙이니 알이도 차차 마음을 열었다. 그리고 얼마 후 나는 알이와 친구가 되었다. 알이가 나를 친구로 받아 준 것이다. 밥을 가지고 문을 열고 들어가면서 "알이야!" 부르면 알이는 두 날개를 펼치고 신나서 달려왔다. 둘이 나란히 앉아서 볕을 쬐면서 게으름을 피우기도 했는데 그때 알이를 처음 만져 보았다. 태어나 처음 닭을 만져 본 것이다. 나는 닭도 우리 집 개나 고양이처럼 몸이 말랑말랑할 거라고 생각했는데 의외로 뻣뻣해서 놀랐다. 그렇게 친해진 우리는 내가 우리 집 창문에 매달려 골목 너머 알이가 있는 마당을 향해 "알이야." 부르면 알이는 내 목소리를 알아듣고 두리번거렸다.

그러기를 2년, 어느 날 슬픈 소식을 들었다. 알이가 죽었다는 것이다. 특이한 반려동물과 사는 집을 소개하는 방송 프로그램에 참여했는데 촬영 후 시름시름 앓다가 죽었다고 했다. 그 소식을 전하는 식구들은 담담한데 오히려 나는 주저앉았다. 들어보니 촬영 과정에 문제가 있었다. 제작진은 알이의 목욕하는 모습 등 실내에서 지내는 모습을 촬영하겠다고 했다고 한다. 알이는 마당에서 자유롭게 살던 닭이다. 목욕을 하거나 실내생활을 하면서 살지 않았다. 마당에 사는 평범한 닭의 모습이 방송거리가 안 되고, 방송 분량이 안 나온다면 접었어야지 억지로 분량을 만든다고 닭을 목욕시켰다가 결국 죽이고 말았다.

분통이 터졌다. 동물은 '촬영이 힘들다. 쉬고 싶다.' 등의 의사표현을 하지 못한다. 사람이 대변해 줘야 하는데 일단 촬영이 시작된 상태에서 일반인은 제작진에게 의견을 피력하기가 쉽지 않다. TV 출연은 좋은 추억이니 조금 참자는 마음도 생기고, 무엇보다 여러 명의 제작진이 고생하는데 제지하기가 미안했을 것이다. 이런 사람들의 마음을 제작진이 먼저 배려하지 못하면 연출된 장면은 점점 더 전파를 탈 것이고, 단지 흥밋거리로 소비되는 동물은 고통받을 수밖에 없다. 동물 프로그램을 보다 보면 '저 어색한 장면은 뭐냐. 제작진이 연출한 거네.' 싶은 장면이 얼마나 많은지. 이게 동물 프로그램의 홍수를 우려하는 이유다.

요즘 TV 화면에 동물이 넘친다. 현란한 편집과 성우들의 명랑한 목소리 뒤에서 어떤 일이 일어나는지 시청자들은 짐작하기 어렵다. 방송국은 동물을 그저 시청률을 보장하는 도구로, 대상으로 생각하고 있지 않은지 묻고 싶다. 우리나라의 경우 반려동물이 사는 환경은 거의 비슷하다. 대부분 공동주택에서 살고 실내 생활이 많은 편이다 보니, 이런 상황에서 동물 프로그램이 난립하면 색다른 화면을 잡으려고 자연스럽지 않은 의도된 화면이 넘쳐날 수 있다.

사실 알이를 방송국에 소개해 준 것은 나였다. 우리 집 고양이들을 촬영하고 싶다고 연락이 왔는데 우리 고양이들은 사람만 보면 도망가서 촬영할 수 없다고 거절했다. 추천을 부탁하길래 알이네를 소개해 줬는데 결과가 이렇게 되고 말았다. 알이를 알게 된 후 닭고기도 끊고 내게 큰 변화를 가져다준 친구에게 내가 못할 짓을 했다. 알이 소식을 듣고 한동안 너무 힘들어하는 내게 알이네 가족은 햇볕 좋은 곳에 묻어 주었다고 미안해하지 말라지만 그게 말처럼 되지 않는다. 알이에 대한 이 미안함을 어떻게 갚아야 할까.

마당에 주저앉은
암탉

알이와의 추억은 또 있다. 알이는 마당에서 토끼와 함께 살았는데 "얘들아, 밥 먹자." 하며 마당에 들어서면 쪼르르 달려오는 모습이 신기해서 즐거운 마음으로 '밥 셔틀'을 했다.

"개랑 똑같지. 어릴 때 마당에서 닭을 길렀는데 학교 갔다 오면 졸졸 따라다녔어."

엄마의 말에 내가 도시에서만 살아서 직접 만나본 동물이 많지 않다는 것을 깨달았다.

그런데 알이를 알고 1년 정도 되었을 때 알이가 갑자기 다리를 못 쓰고 주저앉았고, 알이 보호자들은 원인을 찾지 못했다고 한다. 무슨 병인지 모르지만 저렇게 주저앉았으니 오래 살지 못할 거라는 사람들의 예상과 달리 알이는 잘 지냈다. 마음대로 움직이지 않는 다리와 날개를 이용해서 힘겹게 움직이면서도 밥도 잘 먹고 햇볕을 좇아 볕도 쬐고는 했다. 나는 이때까지도 알이가 잘 먹으면 다시 벌떡 일어설 거라고 생각했다. 그러던 알이가 촬영 후에 갑자기 떠났고 나는 안타까운 마음으로 알이를 추억하다가 이내 알이가 주저앉은 원인을 알게 되었다.

'바보야, 알이가 주저앉은 이유는 공장식 축산 때문이잖아.'

공장식 축산에 대한 책을 만들고 입으로 떠들고 다녔으면서도 정작 눈앞에서 벌어진 일과는 연결시키지 못했다. 공장식 축산 시스템에서 닭은 생후 30~60일 사이에 도살되어 사람들의 식탁에 오를 수 있게 최적화되어 태어난다. 도살될 시기에 맞춰 아주 빨리 비대해지도록 세팅되는데 알이는 그 시기를 훌쩍 넘겨 살고 있으니 비대해진 몸뚱이를 연약한 다리가 이기지 못하고 주저앉은 것이다. 다시 일어나길 바란 것이 얼마나 순진한 생각인가. 눈앞에 주저앉은 알이를 보면서도 그 원인을 알지 못하다가 떠나고 나서야 안 것은 어쩌면 너무 참담한 일이라 인정하고 싶지 않아서인지도 모르겠다.

동물보호 활동이 발달한 외국에는 동물보호단체가 분야별로 있다. 모든 동물 문제를 다루는 거대 동물단체도 있지만 분야별 전문 단체는 농장동물, 실험동물, 쇼 동물, 동물원 동물 등 한 분야의 동물 문제만 전문적으로 다룬다. 미국에는 농장동물만 구조해서 돌보는 단체인 팜생추어리가 있다. 팜생추어리에서 운영하는 보호소에는 알이와 같이 주저앉은 닭, 소, 돼지가 많다. 기껏 농장에서 구조해 왔는데 비정상적으로 비대해진 몸을 다리가 감당하지 못해 주저앉아 버리는 동물들. 특히 미국의 닭은 사람들이 좋아하는 가슴살이 커지도록 유전자가 조작되어 있다. 미국의 경우 생후 7주가 되기 전에 도살되는데 그때까지 가슴살을 최대한으로 찌우기 위해서 태어나서 급성장하도록 세팅되어 있다. 《인간과 동물, 유대와 배신의 탄생》에서 축산전문대학의 한 연구자는 이렇게 비유했다.

"만일 사람이 닭처럼 빠르게 성장한다면 사람은 2살에 158킬로그램이 될 것이다."

이런 상황에서 정해진 도살 시기를 넘겨서 사는 닭들은 점점 커지는 가슴살과 체중을 주체하지 못하고 주저앉게 된다. 우리나라도 별반 다르지 않다. 차고 넘치는 몸매 가꾸기 TV 프로그램에서 근육 만드는 데는 닭 가슴살이 최고라고 선동하고 있지 않은가.

주저앉은 이유를 알고 나니 떠난 알이가 더 애틋해졌다. 언젠가 알이가 낳은 귀한 '알'을 선물받기도 했다. 공장식 농장에서 산란계는 A4 용지 3분의 2의 면적에 갇혀 날갯짓도 못하고 거의 매일 달걀을 생산하지만 자연환경에서는 흔하지 않은 귀한 것이었다. 동네 길고양이랑 붙어도 늘 이기던 여장부 암탉 알이. 곁을 주지 않던 녀석이 어느 날 옆으로 다가와서 쓰다듬을 수 있게 가만히 있던 순간을 기억한다. 여름이면 열린 창문 너머로 들리던 '꼬꼬댁 꼬꼬꼬' 하는 낮은 울음소리가 그립다.

알이 가족은 농장에서 살았으면 한 달 만에 잡아먹히거나 알만 낳다가 죽었을 텐데 그래도 흙 밟으며 2년여 살다가 양지 바른 곳에 묻혔으니 괜찮다고 하는데 나만 아직도 떠나보내지 못하고 있다.

언젠가 TV에 방목 양계장이 소개되었는데 다른 곳도 이렇게 바뀌면 좋겠다는 리포터의 말에 농장주는 "이렇게 키워서 요즘 사람들이 먹는 걸 충족시키려면 우리나라 땅을 다 양계장으로 해도 모자랄 것." 이라고 했다.

결국 문제는 소비라는 얘기다. 요즘처럼 '1인 1닭, 1일 1닭'이 정상처럼 느껴지는 사회에서는 절대 불가능하다.

애니메이션 〈마당을 나온 암탉〉의 인기 덕분에 아이를 둔 친구들이 이 책을 많이 읽은 모양이다. 그런데 하나같이 결말이 잔인하고 이해하기 어렵단다. 나는 주인공 잎싹이 기꺼이 족제비 새끼의 먹이가 되면서 생명의 선순환 속으로 들어가는 결말이 가장 아름답던데…. 아마도 사람들은 현실에서는 핫윙과 통큰치킨을 먹으면서도 시골 어딘가에는 평화롭게 모래목욕을 하면서 제 명대로 살아가는 닭이 있기를 바라는 모양이다.

어느 날 주저앉은 알이는 갑자기 움직이지 않는 자신의 몸이 이해하기 힘들었을 것이다. 다리를 못 쓰게 된 후에도 밥을 주면 발로 그릇 한쪽을 눌러 밥이 한쪽으로 몰리게 한 다음 먹을 정도로 똑똑했던 아이. 그 순간 나는 순진해져서 아는 지식을 다 잊고, 잘 먹으니 어느 날 벌떡 일어설 줄 알았다. 알이가 다음 생에는 무엇으로 태어나든 타고난 습성대로, 수명대로 자유롭게 살았으면 좋겠다.

야생동물
사유화의 시대

　　"애완동물이 본래의 모습을 빼앗기고 살아가는
모습이 학대 수준이다. 진정한 동물권이란 동물이 인간으로부터 자유
로워지는 것이 아닌가?"

　언젠가 인터뷰를 온 기자가 던진 질문이다. 마당에서 남은 밥을 먹
던 동물이 어느 날 집 안으로 들어와 '가족' 대접을 받는 것이 받아들
이기 어려웠던 모양이다. 힘없고 돈 없으면 사람도 대접받지 못하는
세상이니 반려동물 문화라는 것이 한가한 노릇처럼 보일 수도 있다.
그래도 반려동물이 인간과 함께 사는 걸 학대라고 바라보다니.

　꽤 오래전에도 어떤 칼럼에서 같은 맥락으로 "애완동물을 모두 자
주화시켜야 한다."는 주장을 읽은 적이 있다. 반려동물을 인간에게 종
속된 관계로 보고 모두 풀어 줘서 야생에서 자유롭게 살게 해야 한다
는 주장이었다. 반려동물을 모두 자연으로 돌려보내자니, 개, 고양이
가 인간과 맺어 온 1만~4만 년에 가까운 긴 역사를 무시하자는 것인

가. 사람도 살기 힘든데 동물을 끼고 살면서 권리니 학대니 거론하는 것이 탐탁지 않은 사람들이 여전히 많다는 것을, 그런 말을 들을 때마다 확인한다. 이건 생각이 다른 게 아니라 생명권의 범위를 어디까지 둘 것인가의 문제여서 아마도 앞으로도 내내 논쟁이 필요할 문제다. 그러나 야생동물이 사람 집으로 들어와 '학대받는 애완동물'로 살고 있다면 그들은 인간의 영역에서 자유로워져야 마땅하다.

우리나라에도 수입된 야생동물, 희귀동물을 키우는 사람들이 늘고 있고, 또 그런 모습이 TV 예능 프로그램에 버젓이 자주 소개되고 있다. 애완동물(인간과 함께 사는 야생동물은 반려동물이라고 할 수 없다)화 된 야생동물을 보며 과연 저 동물이 합법적인 방법으로 포획, 반입, 검역, 판매된 것인가 의심한다. 성우는 야생동물을 의인화한 대본을 맛깔스럽게 소화해 내고 있지만 장판에 미끄러지는 사막여우, 쇠줄에 묶인 채 집안 살림을 어지르는 원숭이, 좁은 수조에 갇힌 대형 뱀을 보며 나는 웃기가 힘들다. 도대체 왜 저 야생동물들이 한국의 아파트에 갇혀 살아야 하나? 과거 유럽에서 개인이 부나 권력을 과시하려고 이국적인 야생동물을 가두어 만든 개인 동물원 미네저리menagerie의 모방인가.

사실 외래종 야생, 희귀동물과 살려면 많은 주의가 필요하다. 미국의 경우 2008년 발생한 대량 살모넬라균 감염 사태의 주범은 판매 금지된 애완용 거북이었고, 원숭이 천연두를 사람에게 옮긴 프레리도그도 판매를 금지했다. 과학저널 《바이올로지스트》에도 외래종 애완동물 수입으로 인한 생태계 파괴와 질병 확산을 우려하는 논문이 실렸는데 우리나라에는 관련 규제가 없다.

동물의 습성을 잘 모르고 키웠다가 버리는 경우도 많다. 우리 출판사에서 매년 열었던 유기동물을 입양한 사람들을 위한 작은 행사에 페릿이 참가한 적이 있다. 그 페릿은 버려져 거리를 헤매다 길고양이와 함께 밥을 먹는 모습을 본 캣맘에 의해 구조되었다. 그때 구조되지 않았다면 낯선 도시에서 떠도는 페릿이 맞을 결말은 뻔하다.

실제로 희귀동물의 습성을 잘 모르고 입양했다가 버리는 일이 많다. 인간과 수만 년을 살아온 개, 고양이의 습성도 제대로 몰라서 갈등을 겪고 버리는 일이 많은 상황에서 인간과 살기 시작한 지 얼마되지 않은 희귀동물, 야생동물을 키우는 것이 무난할 리가 없다. 게다가 그들과 제대로 살고 싶어도 검증된 관련 정보와 지식을 찾기가 어렵다. 우리 출판사에서 출간한 책 중에 햄스터와 토끼를 제대로 기르는 정보를 전달하는 책이 있는데, 햄스터와 토끼 반려인들은 제대로 된 책을 만들어 줘서 고맙다고 했다. 그동안은 아이들이 아프거나 이해할 수 없는 행동을 할 때 정확한 정보와 지식이 필요한데 믿을 만한 책 한 권이 없어서 인터넷을 뒤져 근근이 돌보고 있었다는 것이다. 그나마 햄스터와 토끼는 반려동물이 된 지 몇 십 년이 되었고, 반려 인구가 꽤 되는데도 이 수준인데 희귀동물을 제대로 키우는 법을 어디서 구할 수 있을까.

희귀동물, 야생동물의 애완화는 서비스 산업으로까지 확산되고 있다. 최근 야생동물을 전시하는 카페가 급속히 늘고 있다. 개, 고양이 카페에 이어서 라쿤, 미어캣, 왈라비, 친칠라 등을 전시하는 카페도 인기를 끌고 있다. 사람들은 그곳에서 체험이라는 이름으로 야생동물을 아무런 제재 없이 만지고 접촉하고, 음식물을 섭취한다. 제대로 된 시설을 갖추지 않은 곳에서 동물의 습성을 모르는 사람들이 야생동물을 전시하는 것은 동물복지 문제를 떠나서 인간의 건강에 위협이 되는 일인데도 법의 사각지대에 놓여 있다. 다행히 이와 관련해서 야생동물 카페를 규제하는 몇 건의 법안이 발의되어 있다. 하지만 통과되어 실효성을 갖추기까지는 시간이 걸릴 것이다.

물론 이런 현상이 우리나라만의 문제는 아니다. 북미에서는 집에서 키우는 애완 호랑이 수만 무려 1만 5,000여마리나 되다 보니 종종 집에서 키우던 사자, 호랑이가 탈출해 사람을 물어 죽이는 일이 발생한다. 2009년에는 친구 집에서 키우던 침팬지에게 공격당한 여성이 얼굴이 다 허물어지고 시력을 잃은 사건도 있었다. 인간과 함께 살기 어려운 야생동물을 사유화한 끔찍한 결과다.

야생동물, 희귀동물을 애완동물로 키우는 사람들의 마음을 다 가늠하기는 어렵다. 희귀한 동물과 교감하려는 사람, 부를 과시하고픈 부자, 특정 동물에 애정을 가진 사람, 동물과 자신을 동일시해서 특별함을 느끼고 싶은 사람 등 다양하다. 다만 동물이 살 환경이 그 동물의 생태와 동떨어져 고통을 주는 것이라면 포기할 줄 알아야 한다. 야생동물 보호의 중요한 한 걸음은 그들을 소유하지 않는 것이다.

마트 한 구석의
동물 판매 코너

　　요즘 우리 동네를 걷다 보면 대포만 한 렌즈가 달린 카메라를 든 사람들을 종종 만난다. 개발이 안 된 옛날 동네의 모습을 담으려는 것이다. 이런 동네에 살고 있으니 근처에 대형 마트가 있을 턱이 없어서 가본 적도 거의 없는 내게 마트 관련 불평을 하는 사람들이 늘었다. 웬만한 큰 마트에서는 다 동물을 판매한다는 것이다.

　　유기동물 문제는 여러 가지 해법이 있지만 동물의 생산, 판매에 대한 강력한 규제가 먼저다. 그렇지 않으면 유기견 한 마리가 어렵게 입양될 때 잠재적 유기견이 수없이 태어나는 일이 반복되기 때문이다. 언젠가 봉사를 갔던 유기동물 보호소 옆에는 개 농장이 있었다. 봉사자들이 똥을 치우며 땀을 흘리는 사이 옆에서는 개들이 계속 태어나고 팔려 나가는 식이다.

　　동물 판매 관련 법 개정과 동물단체의 노력으로 사정은 나아지고 있다. 물론 음성적으로 판매가 되는 곳은 여전히 있지만 공식적으로 갓 태어난 강아지를 박스에 넣어 길거리에서 파는 사람들이 사라졌고, 온라인 쇼핑몰도 동물 판매를 금지했다. 이렇게 조금씩 나아지겠지 싶었는데 대형 마트에서 동물을 판매한다니.

특히 이마트는 20곳이 넘는 곳에서 몰리스 펫숍을 운영하고 있다. 외국에 나갈 때면 펫숍에 들르는데 다양한 제품을 비교하고 구매할 수 있는 대형매장이 부러웠다. 먹을거리와 소품 구입, 교육 공간과 동물 책이 가득 꽂힌 독서 공간은 반려인이자 동물 책을 만드는 내게는 천국이었다. 그래서 국내에 대형 펫숍이 생겼다고 했을 때 반가웠는데 동물을 판매한다니. 배신감을 느꼈다.

생명을 사고파는 것이 온당한가라는 근본적인 질문은 건너뛰더라도 동물 판매는 판매 공간 자체가 동물학대다. 동물들은 하루 종일 불빛과 소음에 시달리다가 밤에는 좁은 공간에 홀로 버려지고, 판매율을 높이려면 점점 어리고 귀여운 새끼들이 판매될 것이다. 무엇보다 사람들의 출입이 잦은 생활 공간인 마트에서의 판매는 충동 구매를 부추기고, 충동 구매는 유기동물로 이어진다.

이런 지적이 잇따르자 이마트는 몰리스 펫숍 내 분양과 관리에 대한 자체 기준을 내놓았지만 매년 실시하는 동물단체의 조사에서 똑같은 지적을 당하고 있다. 동물에 대한 정보를 표시하지 않고, 개체 관리 카드도 배치되어 있지 않으며, 무엇보다 매장 직원들이 판매하는 동물들에 대한 관리를 제대로 하지 못하고 있었다. 조사 당시 햄스터가 죽은 햄스터의 사체를 먹는 광경이 포착되기도 했다니 그곳 직원들은 햄스터의 습성에 대한 기초 지식조차 없었던 것이다. 햄스터는 케이지 하나에 한 마리씩 키워야 하며 그렇지 않으면 개체수가 엄청나게 불어나는 설치류라서 카니발리즘cannibalism(동족끼리 잡아먹는 행위)이 발생할 수 있다는 것도 몰랐다.

내가 찾은 몰리스 펫숍도 개를 판매하는 곳이었다. 잠들어 있는 개 앞에 붙어 있는 가격표. 그곳에서 생명은 상품일 뿐이며, 이곳에서 제대로 돌봄을 받지 못하는 이유를 가격표가 말해 주고 있었다. 몰리스 펫숍만의 문제도 아니다. 요즘은 웬만한 대형 마트에는 애완동물 코너가 다 있어서 대형 마트에 갈 일이 있을 때면 둘러본다. 마트의 한 구석 애완동물 코너에는 햄스터, 기니피그, 토끼 등 소동물이 주로 판매되는데 대부분 담당 직원도 없고, 관리도 제대로 되지 않아서 케이지 속 동물이 살았는지 죽었는지조차 알 수 없었다. 마트의 햄스터가 케이지 안에서 죽어서 바닥에 떡처럼 들러붙어 있는 것을 보았다는 지인도 있었다.

마트에서 초콜릿을 사듯 충동적으로 동물을 살 수 있는 현재의 생산·판매 시스템은 유기동물을 양산한다. 유기동물 문제가 심각한 이유는 매년 100억 원에 달하는 유기동물 관리, 처리 비용이 아니라 10년도 넘게 더 살 수 있는 팔팔한 동물이 강제로 죽임을 당하기 때문이다. 유기동물 안락사가 없는 독일은 생산, 판매 규제가 강력하기로 유명하다. 반려동물과 살고 싶어도 동물을 판매하는 곳이 없기 때문에 반려동물을 입양하려면 유기동물 보호소로 갈 수밖에 없다. 생산, 판매 규제가 유기동물 안락사를 없애고 입양 활성화로도 자연스럽게 이어짐을 보여 준다.

반면 우리는 너무 쉽게 동물을 사고판다. 여전히 인터넷에는 가정견이라는 속임수로 10만 원짜리 개가 거래되고, 불법이라지만 여전히 택배로 배달도 가능하며, 동물을 살린다는 병원에서 동물을 판매하는 곳이 여전히 있다. 아는 수의사는 대형 마트에서 동물병원을 개원하려고 했는데 마트에서 제시한 계약 조건에 병원에서 동물을 판매해야 한다는 조항이 있었다고 했다. 동물을 판매해야 관련 용품점의 매출도 올라가니 마트에서 넣은 조항인 모양이었다. 이처럼 돈을 주고 사고파는 자본주의 시스템 안에 동물이 들어가면 이미 상품이지 존중받아야 하는 생명이 아니게 된다.

내가 갔던 뉴욕의 반려동물용품 대형 매장은 하루 종일 있으라고 해도 있을 수 있었다. 예쁘고 신기한 용품의 숲 속에서 집의 아이들을 생각하며 상품을 들었다 놨다를 얼마나 했는지 모른다. 그러다가 의자에 잠시 앉아서 비치된 동물 책을 읽으면서 쉬기도 하고. 그곳은 한국처럼 마음 불편하게 하는 개나 고양이를 판매하는 코너가 없었다. 대신 구조한 개와 고양이에게 새 가족을 찾아주는 코너를 운영하고 있었다. 여행자인 내가 그 아이들을 입양할 수는 없었지만 그곳의 아이들에게 좋은 가족이 생기기를 바라며 기부금 함에 돈을 넣었다.

우리나라는 대부분의 유기동물 보호소가 외곽에 떨어져 있는 것이 유기동물 입양이 활성화되지 못하는 이유가 되기도 한다. 이런 가운데 동물단체가 도심에 낸 유기동물 입양센터에서는 입양률이 꽤 높다고 한다. 접근성이 이래서 중요하다. 쾌적한 환경과 접근성으로 따지면 한국에 이마트만 한 곳이 어디 있을까. 이마트가 반려동물 관련해서는 용품만 팔고 동물을 팔던 자리에 유기동물 입양 공간을 내어 준다면 이보다 더한 사회공헌이 있을까 싶은데 너무 순진한 상상일 것이다.

동물 연기자들은
힘들다고 말하지 못한다

　　　　　　동물 붐이 일면서 드라마나 예능 프로그램에서
동물을 등장시키는 일이 잦고, 동물과 관련된 직업군도 주인공으로
종종 등장한다. 그래봐야 수의사가 대부분인데 몇 년 전에는 시대극
에서 조선시대 수의사가 주인공으로 등장하기도 했다.

　내가 생각하는 최고의 매력적인 수의사는 단연 만화《동물의사 닥
터 스크루》의 수의사 집단이다. 애장본이 나오면서 이름이 다 일본이
름으로 바뀌었는데 바뀌기 전 해적판 시절의 주인공들은 한국식 이름
을 갖고 있었다. 수의대생인 찬우, 강민이는 내 인생 캐릭터였고, 찬우
와 사는 동물 가족인 허스키 꼬마, 고양이 나비, 닭 병순이는 단번에
내 마음을 사로잡았다. 영화 〈닥터 두리틀〉의 동물과 대화하는 수의
사도 그런대로 멋지지만 다종다양한 인간을 비롯한 동물과 맺는 관계
의 풍성함으로 따지자면《동물의사 닥터 스크루》속 그들에 비할 바
가 아니다. 이 만화를 보고 수의사가 되었다는 사람도 꽤 많다.

조선시대 수의사를 다룬 시대극은 시작하자마자 우려스러운 점이 눈에 띄었다. 개, 고양이, 말 등 등장하는 동물이 굉장히 많았다. 제대로 관리를 받고 있을까 우려되었다. 아니나 다를까 다큐 프로그램에 이 드라마의 메이킹 필름이 소개되었는데 새벽 2시에 연기를 하던 말에게 문제가 생겼다. 침을 맞는 장면을 촬영하기 위해 계속 누워 있다 보니 소화가 안 되어 괴로워했다. 힘들어 일어나려는 말을 자꾸만 눕히던 제작진은 결국 촬영을 잠시 쉬기로 결정했다. 드라마에 나오는 몇 초를 위해 말은 얼마나 오래 누워 있었을까?

말 못하는 동물을 대신해 조련사가 옆에 있었지만 과연 바쁘게 돌아가는 드라마 촬영장에서 동물 연기자를 위해 잠시 쉬자는 말을 할 수 있을까? 주연배우가 촬영 도중에 현장을 이탈할 정도로 극악한 한국 드라마 촬영장에서 말이다.

외국이라고 다르진 않다. 고전 영화 〈벤허〉는 촬영 중에 말이 100마리 이상 죽었고, 미국의 인기 TV 시리즈였던 〈플리퍼〉의 주인공인 돌고래는 수조에 갇힌 채 연기만 하다가 스스로 목숨을 끊었다. 출연한 영화, 드라마가 성공했다고 동물 연기자들이 행복한 것은 아니라는 뜻이다.

우리나라도 화면 속 동물들이 사람 연기자 못지않게 훌륭하게 연기를 해내고, 유명세를 누리는 경우가 많다. 그중 한 동물 연기자를 한두 달 따라다니며 취재한 적이 있는데 연예인 못지않은 스케줄에 혀를 내둘렀다. 하루 종일 집에서 퍼져 잠을 자다가 깨서 먹고, 산책하고 또 자는 우리 집 개를 생각하니 시간에 쫓겨 제대로 쉬지도 못하는 개가 안쓰러웠다. 이미 인기 스타인 개는 어디를 가나 사람들이 쫓아오고 만져댔다. 그러자 기피증이 생겼는지 카메라만 들이대면 고개를 돌렸다가도 훈련사가 명령하면 정면을 보고 포즈를 취했다.

미국의 동물단체인 미국인도주의협회AHA는 동물 촬영 시 동물이 다쳐서는 안 되고, 동물은 최소한으로 사용해야 한다는 등의 가이드라인을 제시하고 있다. 다른 단체들은 촬영 현장보다 오히려 더 많은 학대가 일어나는 동물 연기자 훈련소에서의 가이드라인을 강화해야 한다고 지적한다. 이 정도로 선진국은 동물 연기자의 복지에 대한 논의가 활발하다.

한국은 아직 연기 동물, 쇼 동물에 대해서는 규제도 가이드라인도 없다. 그러다 보니 한때 동물 촬영 천국이었지만 다행히 작은 변화가 시작되고 있다. 반려인구가 늘어나면서 일반인들의 생명 감수성이 높아지고 있기 때문이다. 드라마나 영화에 동물이 나오면 혹시 동물을 막 다루지 않는지 매의 눈으로 주시하는 사람이 많아진 것이다. 그리고 실제 그들이 제작 환경을 변화시키고 있다.

드라마에서 길에서 데리고 온 어린 토끼를 목욕시키는 장면이 나오자 동물학대 논란이 일어서 제작진이 사과하기도 하고, 시골에서 세끼 밥을 해먹는 예능 프로그램에서도 주요 인물로 등장시킨 개에게 출산 후에 목줄을 하거나 프로그램이 끝난 후 출연한 개에 대한 책임을 다하지 않은 것에 대해 비난이 쏟아졌다. 쓰고 버리는 소품처럼 동물을 쉽게 사용하던 시절이 끝났음을 제작진이 알게 되었을까? 최근에는 종종 동물이 등장하는 드라마나 영화의 엔딩 크레디트에 촬영 중에 동물을 학대하지 않았다는 문장이 나오는 걸 보면 작은 변화는 시작된 듯하다.

애정하는 영화 〈꼬마 돼지 베이브〉는 48마리의 돼지가 베이브를 연기했다. 물론 꼬마 돼지 이야기인데 돼지가 폭풍성장을 하는 까닭이기도 하지만 여러 마리가 공동으로 연기를 하면 동물을 괴롭히는 일이 줄어든다. 그래서 동물 영화를 볼 때마다 뒷얘기를 찾아보는데 대부분의 외국 영화는 여러 마리의 동물이 공동으로 연기를 했다. 그런데 우리나라 영화에도 이런 시스템이 도입되었다. 영화 〈터널〉에 주요 인물로 등장한 퍼그는 실제로 곰탱이와 밤탱이 두 녀석이 번갈아가며 촬영했다. 반가운 변화다.

우리나라 최초의 동물 영화라고 볼 수 있는 〈마음이〉가 개봉되었을 때 반려인들과 함께 봤다. 그런데 악당의 개가 차에 치여 죽는 장면에서 다 "아, 어째." 하면서 탄식을 쏟았다. 영화의 플롯을 따라가려면 그 장면에서 통쾌해야 하는데 그걸 따라가지 못하고 차에 치인 개를 걱정한 것이다. 그 장면 말고도 영화에는 개를 가혹하게 다루는 장면이 나오는데 나는 그 장면도 불편했다. 나중에 영화 제작진을 만나 이야기를 나눌 기회가 있어서 그 장면이 반려인들에게 불편했다고 알렸다. 동물 영화의 주요 관객층인 반려인의 생명의식 수준을 제작사가 파악하고 있어야 한다고 생각했다. 그랬더니 안 그래도 그 장면 때문에 영화 수출에 문제가 있었다고 했다. 다른 나라 영화 관계자들 역시 그 장면이 불편했던 것이다. 그 후 이 영화의 시리즈에서는 그런 불편한 장면을 찾을 수 없었다. 영화나 드라마 속 동물학대가 우려되는 장면을 지적하면 별걸 다 갖고 시비라며 유별나다고 하지만 그게 사람들이 좋아하는 글로벌 스탠더드, 세계인이 지향하는 보편성이다.

영화에 출연한 동물 연기자를 대하는 제작진의 태도가 가장 바람직한 영화는 250여 마리의 개가 등장하는 영화 〈화이트 갓〉이다. 영화 속 개들은 모두 유기견 보호소에서 데려왔고 6개월 동안 전문 훈련가의 손을 거쳤다고 했다. 그렇게 안전하게 천천히 진행된 촬영. 엔딩 크레디트에도 동물보호법에 맞춰서 학대하지 않고 촬영했다고 밝혔다. 감독 코르넬 문드럭초는 개 이야기를 다루면서 개를 혹사하면 안 된다는 의지가 강력했다고 한다. 무엇보다 대단한 건 여기에 출연한 유기견 250마리를 촬영을 마친 후 모두 입양 보냈다는 것이다. 정말 대단하지 않은가. 함께 작업했던 동물 연기자에 대한 책임감에서 감독의 진정성이 느껴졌다. 이 영화는 세상의 모든 주종 관계에 대한 커다란 은유 같은 영화인데, 그걸 버려진 개들의 역습이라는 소재로 풀어낸 게 흥미롭다. 특히 결말이 참 좋은데, 그 마지막 장면의 동물 연기자들의 연기는 정말 압권이다.

　광고도 드라마나 영화만큼 동물을 사랑한다. 광고 속 동물은 효과도 좋지만 출연료가 싸다는 장점까지 있기 때문이다. 하지만 동물복지에 대해서는 전혀 모르는 사람들이 촬영장을 동물에게는 지옥인 곳으로 만들기도 했다. 한때 동물 광고로 화제를 끌었던 유명 CF 감독은 인터뷰에서 동물 모델은 광고를 위한 소품일 뿐이라고 당당히 말했다. 생선이 펄펄 뛰어야 하는데 신통치 않아 전기충격을 가한 이야기, 촬영 중에 동물이 죽은 이야기, 외국은 동물단체의 감시가 심해 한국이 촬영이 편하다는 이야기를 영웅담처럼 늘어놓았다. 그렇게 말해도, 그런 인터뷰를 지면에 실어도 아무 문제가 되지 않았던 시절이 있었다.

　다행히 이제는 수많은 동물단체가 활동하고 있고, 무엇보다 생명의

식이 높은 사람들이 모두 감시자가 되었다. 그래서 예전처럼 동물을 학대하지는 못한다. 그래도 제대로 된 규제가 마련되지 않는다면 비슷한 일은 언제라도 일어날 수 있으니 강력한 법적 규제가 필요하다.

광고쟁이 언니는 촬영을 위해 호주에 갔을 때 힘들었다고 했다. 에이전시는 호주 모델과 스태프가 노동 시간을 넘겨 촬영하면 바로 추가 임금을 요구했다. 야근과 철야가 몸에 밴 한국의 광고쟁이는 그 상황이 낯설었다. 그래서 정해진 일일 노동 시간이 끝나면 촬영을 접다 보니 일정이 길어져 경비도 많이 들었다고. 나는 그 이야기를 들으면서 그래서 호주가 동물 문제에서도 선진국이구나 했다. 노동자의 권리를 존중하는 나라이니 자연스럽게 다른 생명의 권리도 존중하는 거다. 인간은 불행한데 동물만 행복한 나라는 없고, 인간은 행복한데 동물이 불행한 나라도 없다. 인간이 행복한 나라는 동물도 행복하다.

전쟁 나면 동물은?
개, 고양이는?

　　　　　　　　지금이야 한반도에 평화 분위기가 조성되었지만
툭 하면 북한이 미사일을 쏴대며 공포 분위기를 조성하던 어느 날, 햇
살을 맞으며 지인과 광화문을 돌아다니다가 미술관을 찾았다. 미국에
사는 친구는 우리나라 관련해서 CNN에 계속 속보가 뜬다며 걱정을
전하기도 했지만 평일인데도 미술관은 북적이고 도심은 평화로웠다.
관람을 마치고 나오니 좋았던 햇살은 어디 가고 비바람이 몰아쳤다.
4월에 어울리지 않게 요변을 떠는 날씨를 보며 "미사일 터지기 전에
지구 멸망해서 죽는 거 아냐?"라며 낄낄거렸다. 미국과 남북한의 정치
인이 주고받는 말싸움에 익숙해진 우리.

　　하지만 순간순간 찾아오는 공포감은 떨치기 어려웠다. 지인과 헤어
져 버스를 기다리는데 갑자기 총을 든 경찰들이 달려오더니 도열을
했다. 광화문 광장 주변의 분위기가 일순 싸해졌다.

　　"저거 진짜 총이야?"

"북한이 미사일 발사했대?"

사람들이 불안한 얼굴로 수군댔다. 순간적으로 공포가 밀려왔다. 계엄령 때였는지 어린 시절 차를 타고 지나면서 본 광화문 앞의 탱크는 아직도 공포영화의 한 장면처럼 기억에 남아 있다. 어린 마음에 얼마나 무서웠는지 그 후 한동안 비상식량이랍시고 책상 서랍에 이것저것 먹을거리를 쟁여놓을 정도로 강렬한 공포였다. 동물 카페에서 비상 사료를 사재기해야 하냐는 글을 보고 웃었는데 웃을 일이 아닌 건가?

언젠가 본 만화에서 일본 작가는 지진이 일어났을 때 어떻게 대피할지 고민했다. 반려인인 작가는 반려동물용으로 사료, 물, 그릇을 챙기고, 대피소가 추울지 모르니 옷과 모포를 챙긴다. 그러고는 이동장에 동물을 넣고 용품을 챙기고 집에서 뛰어나가는 진땀나는 대피 순서를 머릿속으로 모의실험 했다. 자연재해가 많은 일본 사람들은 이런 것도 준비하는구나 싶었다.

하지만 그렇게 대피소로 가봤자 우리나라는 아무 소용이 없다. 현재 재해 시에 대피소에 반려동물을 데리고 갈 수 있는 나라는 많지 않다. 어느 나라나 재난 시에 인간만 대피하는 것이 당연시되었다. 후쿠시마 원전 사고 때도 사람들은 반려동물과 함께 대피소로 갈 수 없었다. 그러나 세상은 변했다. 인구의 70퍼센트가 반려동물과 사는 미국은 2005년 허리케인 카트리나가 미국을 강타했을 때 많은 사람들이 반려동물을 두고 떠나는 것을 거부했다. 그러자 연방재난관리국은 대피소에 함께 갈 수 있도록 임시 조처했고, 이후 재난 시 반려동물도 함께 구조하는 관련 법률이 제정되었다.

요즘 전쟁은 대피소로 가기도 전에 다 죽을 것이다. 핵전쟁이 나면 버섯 모양을 보고 어찌어찌 대피하라는 말도 있는데 그중에 가장 공감 가는 말은 어정쩡한 위치라면 오히려 버섯 쪽으로 달려가서 고통스럽지 않게 죽는 게 낫다는 거였다. 하긴 우리 집은 청와대와 가까우니 전쟁 시작과 함께 순식간에 사라질 테니 고민도 사치인가.

우리나라는 연평도사건 때 처음으로 동물단체가 재난지역의 동물을 보호하기 위한 활동을 펼쳤다. 그런데 포탄에 맞아 죽거나 부상당한 동물을 구조하는 모습을 방송을 통해 보면서도 우리나라에서 일어난 일처럼 느껴지지 않았다. 전쟁을 모르고 살아온 세대인 나는 화면 속 상황이 실감이 나지 않았다. 포격 당시 신간 이벤트로 마련한 사료를 가득 싣고 사료업체 담당자와 유기동물 보호소로 향하던 중이었다. 결혼을 앞둔 담당자와 신나게 떠들다가 라디오를 통해 포격 소식을 듣고는 잠시 전쟁 공포를 느꼈지만 금세 잊고 이러다가 결혼 못하는 거 아니냐며 수다로 이어졌다. 여전히 전쟁은 내 일이 아니었다.

하지만 광화문에서 순간적으로 느낀 공포는 오래 갔다. 대피도 상상해 봤지만 뚱뚱이 고양이와 밥 주는 길고양이 여럿을 데리고는 엄두도 못 낼 일이다. 그저 집에서 함께 살거나 혹은 함께 죽거나.

서울에 살면서 전쟁을 겪은 엄마는 어땠을까.

"그때는 서울이래도 개, 고양이를 키우는 사람이 거의 없었지. 우리 집은 돼지 몇 마리를 쳤는데 인민군이 자꾸 뺏어가니까 그럴 거면 아예 우리가 먹어 없애자고 해서 남자 어른들은 돼지 잡고, 여자들은 급하게 순대 만들던 기억이 생생한데…."

전쟁 이야기를 해달라고 했더니 난데없이 순대 이야기를 하신다.

일반인에게 전쟁은 고단한 삶일 뿐인가?

엄마는 전쟁 나면 개가 미친다고 먼저 죽여야 한다는 말도 들었다고 했다. 처음엔 말도 안 된다고 생각했는데 청각 능력이 뛰어난 개이니 공포가 더하긴 할 것 같다. 동물 카페에서 전쟁 시 참고자료로 추천되는 미국 워싱턴 주 비상관리국의 '재난 시 반려동물 관리 지침'에도 동물의 신경이 예민해질 수 있으니 별도의 공간을 마련해 주라고 나와 있다.

제2차 세계대전 당시 영국인들은 네빌 체임벌린 수상이 전쟁이 시작되었음을 알리자 전쟁 태세를 갖추는데, 그중 하나가 반려동물의 안락사였다. 첫 주에만 무려 40만 마리의 개, 고양이가 안락사되었다. 전체 반려동물의 25퍼센트가 사라진 것이다. 국가의 명령도 아니었다. 인간이 전쟁 앞에서 집단 패닉에 빠질 수 있음을 보여 주는 비극이기도 하지만 반려동물을 지킨 75퍼센트의 사람도 있었다. 25퍼센트의 사람과 75퍼센트의 사람의 차이는 무엇일까? 그 차이는 이전까지 인간과 동물이 어떤 관계를 맺고 살았는가의 결과가 아닐까.

전쟁이 나면 사람도 동물도 다치고 죽고 떠돈다. 국민의 동의도 없이 시작된 전쟁에서 사람이나 동물이나 국가로부터 유기되는 것은 같을 것이다. 속보로 뜨는 '즉각 도발', '전쟁 임박' 같은 기사보다 '삼성 회장이 국내에 있으니 전쟁은 안 난대요.' 같은 실없는 말을 더 신뢰하고 싶은 겁 많은 소시민의 마음을 누구에게 호소해야 하나.

접경 지역에 사는 분의 부모님의 피난 짐 싸두라는 엄포에 고양이 캔을 싸다가 혼났다는 말에 웃고, 대비랍시고 외국의 재난 시 반려동물 대피법 자료를 찾아 놓고, 미군의 비전투원 후송 작전 지침에 '반려동물은 가족의 일원이며 사람이라고 절대 대피의 우선 대상이 될 수 없다.'는 원칙을 부러워하는 것도 이젠 지친다.

세계 작가들이 호소한 '나쁜 평화라도 좋은 전쟁보다 낫다.'는 평화를 위한 메시지는 통일이 되지 않는 한 한반도에서는 언제나 절실하다.

유기동물을 해외로
입양 보내는 나라

　　　　　　지난 봄 처음 만나 폭풍수다를 떨었던 그녀. 수다
의 주제는 노견. 나는 19살 노견을 막 떠나보냈고, 캐나다에 사는 그
녀는 17살 노견과 함께 살고 있었다. 노견을 지켜보는 안쓰러움, 그렇
기에 함께하는 남은 시간이 얼마나 소중한지 알았다는 이야기까지 눈
물콧물 훔치며 나눴다.

　그리고 얼마 후 그녀의 아이가 떠났다는 아픈 이야기와 함께 국내
유기견을 캐나다로 입양해 갈 예정이라는 소식을 전해 들었다. 캐나
다로 갈 아이는 새끼를 낳은 어미인데 새끼들은 입양이 되고 어미 개
만 입양이 안 되고 남겨진 상태였다고.

　요즘 주변에 해외로 입양 가는 유기동물이 꽤 많다. 일본에 다녀온
지인도 일본으로 입양시킬 유기견 두 마리의 혈액검사를 맡기고 왔
다. 광견병 발생국인 우리나라에서 일본으로 동물을 데려가려면 입국
절차가 까다로워서 미리 준비하고 온 것이다.

곧 일본으로 입양시킬 유기견은 체린이와 린다. 지인은 둘을 임시 보호 하면서 입양시키기 위해서 1년 넘게 노력했었다.

"강아지 때 입양을 놓치니 힘들더라고요. 그나마 순종이면 나은데 잡종 성견이니 앞으로 입양될 확률이 거의 없어서 국내 입양을 포기했어요."

꾸준히 유기동물을 구조하고 입양 활동을 해온 봉사자 덕분에 최근 유기동물 입양에 대한 인식이 많이 좋아졌다. 하지만 구조와 임시보호가 활발한 데 비해 정작 입양은 정체된 느낌이다. 유기동물을 입양할 인구는 한계가 있는데 유기동물의 수가 계속 느니 포화상태가 된 것 같다. 게다가 사람들이 어리고 순종인 동물만 찾으니 나이 든 잡종은 입양될 확률이 거의 없다. 유명 동물 카페의 입양 게시판에는 글을 올려도 글이 수도 없이 올라와서 하루도 지나지 않아 다음 페이지로 넘어갈 정도다.

이런 상황이니 믿을 만한 입양자만 있다면 해외로 눈을 돌리게 된다. 나도 몇 년 전 지인의 부탁으로 강아지 두 마리를 미국으로 보낸 적이 있다. 유기견은 아니고 미국에서 오래 산 교포라 한국 토종개를 키우고 싶다는 부탁이었다. 생후 3개월 때 보낼 예정이었는데 보낼 곳의 입국 기준 때문에 한 달이 미뤄졌다. 그런데 그의 반응이 조금 놀라웠다.

"노 프로블럼No problem! 강아지 사진 찍어서 보내 주면 그거 보면서 기다릴게."

조금이라도 어릴 때 입양하려는 국내 상황과는 사뭇 달랐다. 이러니 입양자의 경제력, 가정환경 등 입양자 관리를 더 철저히 하는 해외 입양을 마다할 이유가 없는 것이다. 동물단체에서 식용견 농장을 폐쇄하면서 그곳의 개들을 대거 해외 입양을 보낼 때 입양이 제대로 되지 않는다는 둥 뒷말이 있지만 정확한 진위는 알 수 없다. 하지만 개인 활동가들이 해외 입양을 보내는 경우는 입양자 관리가 보다 더 철저해서인지 아직 나쁜 소식은 듣지 못했다.

그때 강아지를 미국으로 보내면서 마음고생이 심했다. 그 어린 생명들이 이유도 모른 채 12시간 넘게 비행기를 타고 가는 동안 사고가 없을지 속이 탔기 때문이다. 해외로 입양을 보내는 사람들 마음이 다 나와 같을 텐데 그럼에도 불구하고 동물들을 비행기에 태우는 것은 국내에서는 더 이상 방법이 없어서기도 하지만 입양만 잘 된다면 반려동물에 대한 인식이 좋은 곳에서 더 행복하게 살 수 있을 거라는 기대 때문이기도 하다.

다행히 내 주변에서 해외로 입양을 간 아이들은 다들 잘 살고 있다. 여전히 아이들을 비행기에 태우고 나면 24시간 동안 기도하는 마음으로 마음을 졸이지만 낯선 곳에 잘 적응해서 해맑게 웃고 있는 아이들의 사진을 보면 잘 결정했구나 싶다. 반대로 외국에 나가서 사는 교포들이 국내 유기견을 입양하겠다고 연락을 해오기도 한다. 이왕 반려동물을 입양할 거라면 타국에 살지만 비참하게 살고 있는 고국의 동물을 한 마리라도 구하고 싶은 갸륵한 마음이다.

10여 년 전만 해도 내가 아는 해외 입양은 국내에 머물던 외국인이 개고기로 팔릴 개를 구조해 데리고 출국하는 정도였는데, 새로운 양상이다. 한국이 아동의 해외 입양에 이어 유기견도 해외로 입양 보내는 나라가 되는 건가? 이 땅에서 태어난 생명을 우리가 책임지지 못하는 현실이 답답하다.

　캐나다로 갈 어미 개, 일본으로 갈 체린이와 린다가 부디 새 가족과 행복하게 살기를 바란다. 어미 개는 한국인 집으로 입양되니 걱정이 없지만 일본으로 가는 개들은 의사소통이 걱정이다. 체린이와 린다가 "기다려.", "앉아." 등의 일본말을 빨리 알아들어야 할 텐데.

누가 서울대공원 호랑이 사살을
이야기하나

열린 문으로 나온 호랑이에게 사육사가 물리는 사건이 벌어졌을 때 서울대공원에 갔다. 직원들을 대상으로 하는 강연이 오래전부터 잡혀 있어서 어쩔 수 없었다. 변화하고 있는 사람들의 생명 감수성에 대한 이야기를 나눌 예정이었다. 바뀌는 일반인들의 생명에 대한 감성을 직원들에게 전하고 싶었다. 어떤 문제든 안에 있는 사람들은 밖의 변화를 잘 감지하지 못하는 법이니까.

우스갯소리로 동물원에서 금서라는 책 《동물원 동물은 행복할까?》를 낸 출판사 대표인 내게 이야기할 기회를 준 것에 감사했다. 사육사 분들과 함께 동물원 동물에 대한 이야기를 나누고 싶었다. 사육사 분들의 생생한 이야기도 듣고 싶었다. 그런데 강연 전 주말에 사육사가 호랑이 로스토프에게 공격을 당하는 사고가 발생했다. 강연 날짜를 변경하거나 취소하고 싶었지만 예정대로 진행해야 한다는 연락이 왔다. 직원들을 상대로 한 안전교육도 함께 예정되어 있었다.

무거운 마음으로 사육사 분들 앞에 섰다. 사고가 없었다면 동료들과 함께 그 자리에 있었을 분이 아닌가. 준비해 간 내용을 제대로 다 하지도 못하고 내려왔다. 내가 무슨 말을 한들 그분들 귀에 들릴 리가 없었다.

그런데 사고 후 호랑이 사살 이야기가 심심치 않게 언론에 등장했다. 도대체 그따위 기사를 올리는 기자들의 의도는 무엇인가. 게다가 정치인들은 정치적인 이슈로 몰아갔다. 서울대공원이 서울시 관할이니 보수 언론은 당시 서울시장을 비판하기 좋은 사건이라고 생각했다. 이 아픈 사건을 그렇게 몰아가다니 과연 제정신인지.

사육사를 문 호랑이의 이름은 로스토프. 러시아에서 온 순혈 야생 혈통 시베리아호랑이다. 로스토프가 입국할 때 순혈 시베리아호랑이가 온다는 것에 언론은 엄청난 관심을 보였다. 이후에도 로스토프와 함께 온 암컷 펜자는 언론의 주요 관심사였다. 그런데 사고가 나고 언론의 태도는 달라졌다. 로스토프가 사육사를 물 수 있었던 건 우리의 잠금장치 고장과 사육사가 2인 1조가 아니라 혼자서 우리에 들어가는 등 대공원의 동물 관리 시스템이 원인이었는데 그 이야기는 쏙 빠졌다. 호랑이 숲을 꾸미기 위해서 로스토프가 작은 여우사로 옮겨져 생활하면서 스트레스가 극심했다는 것도 기사에는 빠졌다. 그저 사람을 물어 죽인 살인동물로만 그려졌다.

갑자기 좁아진 환경 등 예민해진 상황에서 호랑이가 자기 영역에 들어온 침입자를 문 것은 본능이다. 늘 우리에 가두고 보다 보니 사람들은 호랑이가 최상위 포식자인 것을 잊나 보다. 백두산 호랑이의 용맹성에 환호하던 사람들은 다 어디로 갔나? 심지어 로스토프는 사육사는 물었지만 더 이상 문제를 일으키지 않고 사건 이후 스스로 자기 우리로 돌아갔다. 관람객이 있는 곳으로 탈출하지 않고 스스로 실내 우리로 돌아갔으니 천만다행 아닌가. 관람객 공간으로 들어서서 돌아다녔다면 그때는 사실 밖에는 방법이 없었을 것이다. 그런데 우리로 돌아가 공격의 위험이 사라진 동물을 죽이겠다니? 그것은 의미없는 복수, 한심한 분풀이일 뿐이다. 로스토프를 죽인다고 같은 일이 벌어지지 않을까? 벌을 가하는 이유는 다시는 같은 죄를 되풀이하지 말라는 경고의 의미다. 로스토프를 죽이면 다른 호랑이들이 앞으로는 그러면 안 되겠구나 반성이라도 할 거라고 생각하는 건가?

이후에도 비극은 반복되었다. 2015년 어린이대공원의 사자가 사육사를 물어서 사육사가 사망했고, 2018년 대전동물원의 퓨마는 열린 문으로 나가서 동물원을 헤매다가 사살되었다. 어린이대공원 사고는 2인 1조로 다녀야 하는 규정을 지키지 않아서, 대전동물원 사고는 우리 문을 제대로 닫지 않아서 생긴 사고였다. 애초에 동물을 가둔 것은 인간인데 자신들의 관리 소홀로 일어난 사건의 벌은 동물이 받는 것이다. 평생 좁은 공간에 갇히거나 사살되는 것으로.

야생동물을 가두고 본능을 억압했던 인간이 자신들의 문제를 동물을 탓하는 것으로 해결해서는 안 된다. 동물을 사살하는 것은 사건을 단지 한 개체의 문제로 보는 굉장히 편의적인 시각이다. 열악한 시설과 환경, 부족한 인력, 야생동물을 좁은 공간에 가두는 동물원의 원죄에 대한 성찰 없이 일회성 해결에 급급해서는 안 된다.

다행히 로스토프 때 사살을 향해 치닫던 여론은 차츰 가라앉았다. 그런데 퓨마 사살 때는 정반대의 여론이 형성되었다. 동물원을 폐지하자는 여론이 들끓었다. 동물원과 동물원의 동물을 바라보는 시민들의 의식 수준이 높아졌다는 뜻이다. 서울대공원 사육사 분들과 나누려 했던 이야기, 생명 감수성의 변화를 느낀다. 정신 나간 기자들의 여론몰이만 없다면 사람들은 대체로 옳은 결정을 한다. 물론 퓨마가 동물원 구석에 숨어 있다가 사살되지 않고 인명 피해를 입혔으면 여론은 또 달라졌을지도 모르지만.

강연을 하러 서울대공원을 찾은 날, 한파가 닥친 동물원은 쓸쓸했다. 찾는 사람이 없으니 넓은 공원이 한산했고 동물들은 내실에 있었다. 동물원 동물에게 내실이란 추위는 피할 수 있지만 좁은 공간이란 의미다. 동물원에서 굉장히 아픈 사건들이 계속되고 있다. 이를 계기로 동물원이 새롭게 변화해야 한다. 어영부영 넘어갔다가는 비슷한 일이 끝없이 반복될 것이 뻔한 게 현재 한국의 동물원이다.

반려동물은
개뿔!

애완동물을 반려동물로 바꿔 부르는 분위기이지만 그렇게 부를 자격이 있는 사람은 많지 않다. 전적으로 사람에게 의지하는 생명을 15년도 책임지지 못하고 버리는 사람들이 넘치는 세상에 반려동물은 무슨!

얼마 전 TV를 보다가 부인을 "제 반려자입니다."라고 소개하는 사람을 봤다. 흔히 '와이프, 아내'라는 표현을 쓰기에 '반려자'라는 단어가 낯설면서도 살갑게 느껴졌다. 반려자라는 단어는 사전적으로 '짝, 친구' 등의 뜻을 갖고 있지만 통상적으로 '오래 함께한, 서로에 대해 이해가 높은, 속 깊은' 친구라는 느낌으로 받아들여져서 그랬을 것이다. 그런 의미에서 최근 애완동물을 반려동물이라고 부르는 것에 대해 생각하게 된다. 왜 반려동물인가?

반려동물이라는 단어는 'companion animal'을 우리말로 바꾼 것이다. 1983년 동물행동학자 콘라트 로렌츠는 사람과 함께 사는 동물을 그동안 사랑과 귀여움의 대상인 'pet'이라는 단어에서 같은 길을 걷는 동반자의 개념인 'companion animal'로 바꿔 부르자고 주장했다. 그것이 국내로 들어와 pet이 애완동물로, companion animal이 반려동물로 불리게 되었다. 애완의 '완玩' 자가 '장난, 희롱하다'의 뜻이니 애완동물은 동물을 생명이라기보다 장난감에 가깝게 비유한 것이기 때문이다.

콘라트 로렌츠도, 국내 동물보호 운동가도 사람과 함께 사는 동물을 단지 사랑을 주고 예뻐하는 대상이 아니라 정을 나누는 주체적인 생명체로 받아들이자고 주장하면서 반려동물이라는 개념을 등장시켰다. 하지만 낯선 이 단어에 반감을 드러내는 사람들이 있다. 그냥 부르던 대로 부르면 되지 반려동물이니 뭐니 유난을 떠는 사람들이 싫은 것이다. 도둑고양이를 길고양이로 부르자는 유난함이 못마땅한 것과 마찬가지로.

하지만 중요한 것은 뭐라 부르냐가 아니라 현재 한국에서 개, 고양이 등 사람과 함께 사는 동물들이 어떤 위치에 있느냐는 것이다. 과연 사람들에게 오래 함께하는 반려자의 역할을 부여받았는지, 여전히 예쁠 때 키우다가 귀찮아지면 버리는 장난감 같은 대우를 받고 있는 것은 아닌지. 현재 한국에서 개, 고양이는 반려동물인가?

여기에 대한 대답은 "아직은, 글쎄."다. 개, 고양이를 반려동물로 부르는 것에 대해 동물을 가족의 범주에 넣으려는 것이 못마땅한 사람들이 "반려동물은 개뿔."이라고 대답하는 것처럼 나의 대답도 "반려동물은 개뿔."이다. 입으로는 '반려동물'이라고 하지만 실상 자신의 복잡한 인생사를 꾸려 나가는 중에 함께 사는 동물이 조금이라도 걸리적

거리면 쉽게 버리는 사람이 천지인 세상에 반려동물은 개뿔!

매년 우리나라에서 발생하는 유기동물 수는 10만 마리 내외며 그중 약 50퍼센트가 보호소에서 살처분(건강한 생명을 죽이는 것을 안락사라고 부를 수는 없다) 또는 자연사로 죽는다. 대략 버려진 동물 두 마리 중 한 마리가 죽임을 당했다고 볼 수 있는데, 자연사는 아픈 동물을 보호소에서 치료하지 않고 방치한 것으로 살처분보다 오히려 더 고통스러운 나쁜 죽음이라고 할 수 있다. 게다가 동물보호단체에서는 유기동물 수가 공식 집계의 서너 배, 많게는 열 배는 될 것이라고 보고 있다. 그렇다면 수십만 마리에 달하는 동물들은 왜 거리를 떠돌다가 잡혀서 죽임을 당하는 것일까?

함께 살던 동물을 버리는 이유는 다양하다. 이사를 가서, 임신을 해서, 아이가 고3이라, 개가 늙어서, 부모님이 싫어해서, 대소변을 못 가려서 등등. 대부분 동물을 입양할 때 조금만 고민했다면 분명 예상 가능한 인생의 변화들이다. 집이 없는 처지라면 2년, 4년에 한 번 이사를 가는 건 당연하고, 결혼 예정이었다면 곧 임신, 출산이 이어질 테고, 개를 입양할 때 아이가 고2였다면 당연히 다음 해에 고3이 될 테고, 개도 생명이니 늙고, 부모님은 처음 개를 입양했을 때부터 반대했을 테고, 대소변 가리기는 사람이 교육을 제대로 시키지 않아서 못하는 것이다. 따져 보면 사람들은 다 핑계를 대고 있다. 싫증나고 귀찮아지자 장난감 버리듯이 버리면서 죄책감을 덜기 위해 괜한 핑계를 댄다. 많은 사람들에게 개와 고양이는 아직도 살아 움직이는 귀여운 장난감이고, 책임감을 요구하지 않는 애완동물이다.

그렇다고 이런 현상이 우리나라에만 있는 것은 아니다. 사람 칫솔보다 개, 고양이 칫솔이 더 많이 팔리는 영국도 여름 휴가철이면 동물을 버리고 휴가를 떠나고, 반려동물 천국이라는 미국도 반려동물 비율이 세계에서 가장 높은 프랑스도 유기동물 문제로 골치를 앓는다. 어느 나라에나 장난감 구입하듯 동물을 입양하는 사람들이 있고, 그런 문화가 바뀌지 않는 한 유기동물 문제는 풀 수 없다.

다만 반려동물 문화 선진국은 시스템을 통해 사람들의 인식을 바꾸고, 그런 과정을 통해 유기동물과 살처분되는 동물의 수를 줄여 나간다. 일본은 2002년에 살처분되는 동물의 수가 40만 마리였는데 5년 만에 30만 마리로 감소했다. 감소한 원인은 교육을 통한 반려인의 책임의식 상승과 동물단체의 입양 활동, 중성화수술 보급 등이다. 한때 한 해 동안 살처분되는 유기동물의 수가 천만 마리에 이르렀다는 미국도 동물등록제, 중성화수술 보급, 유기동물 입양 등의 시스템 정착을 통해 안락사되는 유기동물의 수를 줄여 나가고 있다.

동물은 의식주를 해결해 주고 귀여워해 주기만 하면 된다고 생각하고 살던 애완동물 시절과는 이제 종언을 고해야 할 때다. '털이 날려서…'라는 것이 어떻게 동물을 버리는 이유가 될까? 각질이 떨어지지 않는 인간이 없는 것처럼 세상에 털이 날리지 않는 개나 고양이는 없다. 동물의 털이 문제가 아니라 반려동물을 입양하면 당연히 집에 털이 날린다는 것을 고려하지 않고 입양했거나 귀여울 때는 봐줬는데 크고 나니 못 봐주겠다는 사람의 문제다.

개나 고양이와 사는 일에 '희囍'와 '락樂'만 존재한다고 생각하는 사람들이 있다. 순진한 생각이다. 어떻게 한 생명과 사는 일에 즐거움만 있겠는가. 이렇게 생각하는 사람들은 개나 고양이가 새끼 때의 귀여움을 벗으면 버릴 확률이 높다. 어릴 때는 대소변 못 가리고, 말썽 부려도 귀여우니 봐주다가 앳된 모습을 벗으면 봐줄 마음이 없어지기 때문이다. 장난감은 그런 것이니까. 실제로 유기동물 보호소에는 딱이 나이의 개와 고양이가 가장 많이 버려져 들어온다. 이런 사람들이 1~2년 동물과 살면서 반려동물이라고 부르는 것은 어불성설이다. 독자들과 종종 보호소 봉사를 가는데 처음 보호소에 온 분들은 놀랄 때가 많다. 보호소에는 아프거나 늙은 동물이 많을 거라고 생각했는데 의외로 한창 나이의 건강한 동물들이 대부분이기 때문이다.

반면 평균 15년인 그들의 평생을 책임지겠다는 마음으로 함께 사는 사람들에게 그들은 반려동물이 맞다. 생로병사라는 궁극의 경험을 우리와 공유한 그들과 함께 사는 일은 희로애락이 꽉 찬 삶의 배움터니까. 사랑을 나누고, 많은 추억을 공유한 그들을 반려동물이라는 말 이외에 다른 말로 어떻게 표현할까? 가족이라는 말 이외에 무엇으로 표현할까?

"어미 고양이를 중성화시키면 어떨까요?"

"너무 가엾잖아요. 게다가 돈도 들고요."

　　　　　　　　출판사를 준비할 때이니 2005년쯤 되었을까, 나는 동물보호 활동가와 이야기를 나누다가 생전 처음 듣는 '중성화수술'이라는 단어에 발끈했다. 당시 우리 집 개가 10살이 넘은 노견이다 보니 수술에 대한 거부감이 강했다. 사람이나 동물이나 나이가 많으면 마취에 대한 불안이 크다. 마취가 무서워서 스케일링을 해야 되는데도 계속 미루고 있는 중이었는데 수술이라니. 게다가 건강을 위한 것도 아니고 고환을 떼어 내는 중성화수술이라니. 갖고 태어난 신체 기관들이 각자 역할이 있고 상호작용을 할 텐데 장기를 강제로 제거하는 것은 부자연스럽다고 생각했다. 자연스럽지 못한 걸 강요하는 것 또한 무례하다는 생각이 들었다.

　하지만 당시 부르르 떨던 나는 10여 년이 지난 지금 중성화수술이 유기동물 문제를 푸는 핵심이라고 생각한다. 내가 부르르 떨었던 건 무지 때문이었다. 당시는 동물단체 몇 곳이 막 태동했을 때였고, 유기동물 살처분 문제에 대한 정보도 많이 없었고, 중성화수술과 유기동물 살처분의 연관성에 대한 캠페인도 제대로 이뤄지지 않았을 때였다. 아는 게 없고, 제대로 된 토론조차 해보지 못한 상태에서 혼자 흥분했던 것이다.

하지만 곧 중성화수술이 왜 필요한지에 대해서 알게 되었고, 나는 중성화수술 찬성론자가 되었다. 하지만 여전히 우리 집 노견 찡이는 수술을 시키지 못했다. 나이 든 개에게 마취는 가장 피하고픈 상대니까. 집에서 키우는 개이니 잘 관리해서 다른 개에게 임신을 시켜 새끼를 낳게 하는 일만 하지 말자고 다짐했다. 하지만 나이가 더 들고 전립선비대가 찾아왔다. 개나 사람이나 나이 들면 생기는 병은 비슷하다. 나이가 많아서 두려웠지만 다행히 건강해서 사전 검사 결과가 다 좋았다. 찡이는 수술대 위에 올랐고 고환을 떼어 내는 중성화수술을 했다. 남자 아이들의 중성화수술은 간단해서 정말 수술실에 들어간 지 얼마 되지 않아서 바로 나왔고, 집에 데리고 오자 비틀비틀 정신없이 걷더니 밥그릇 앞에 섰다. 밥 내놓으라고. 하긴 수술 때문에 아침밥도 굶었으니 배가 고프기도 했겠지. 그렇게 겁을 잔뜩 먹었던 중성화수술은 순조롭게 끝났고 이후 찡이의 굵어진 오줌 줄기를 보면서 수술하기를 잘했다고 생각했다.

찡이 수술 후 아빠가 방광에 문제가 생겨서 비뇨기과 외래를 자주 다녔다. 비뇨기과 대기실 의자에는 나이 든 남자들이 앉아서 전립선비대에 좋은 정보를 나누는 모습이 자주 눈에 띄었다. 그럴 때면 나는 입이 근질근질했다. "우리 집 아이를 시켜 봐서 아는데요, 전립선비대에는 중성화수술이 딱이에요."

중성화수술은 건강한 유기동물이 살처분되는 것을 막는 최선의 방법이기 때문에 윤리적인 이유로 찬성하지만 또 다른 이유도 있다. 건강에도 도움이 된다. 쩡이는 나이가 들면서 오줌을 찔끔찔끔 누었는데 수술 후 쩡이가 싼 오줌이 강처럼 흐르는 걸 보고 효과를 눈으로 확인했다. 중성화수술로 수컷은 전립선비대, 고환암 등을 예방할 수 있고, 암컷은 유선종양과 자궁축농증 같은 무서운 병을 피할 수 있다.

동네 동물병원을 찾은 날, 원장님과 상담을 마친 보호자가 눈물을 흘리며 아이를 안고 나갔다. 자궁축농증이 심한데 나이가 많아서 수술도 하지 못하는 상태라서 고통스러워하는 아이에게 해 줄 수 있는 게 없다고 했다. 이 아이는 중성화수술을 하지 않았고, 매번 생리를 하는 게 보호자가 불편하다 보니(생리 시기에 기저귀를 채워야 하고, 산책할 때 수컷이 달려들지 않는지 늘 긴장해야 한다) 발정이 올 때마다 주사를 놓아 발정을 억제해 왔다고 했다. 노견 카페에도 자궁축능증인데, 나이가 많아서 수술을 못하고 있다고 토로하는 분들이 많다. 아픈 아이에게 아무것도 해 줄 수 없으니 얼마나 마음이 아플지 안타까웠다.

나처럼 수술이 두려워서, 자연스럽지 않아서 중성화수술을 하지 않는 사람들이 있다. 지인의 개도 주변에서 암컷이 새끼는 한 번 낳아야 건강하다는 말을 듣고 안 했다가 노년에 유선종양이 발병했다. "여자로 태어났는데 새끼는 한 번 낳아야지."라고 하는 분들도 있다. 결혼 안 하고 있는 내가 종종 듣는 말이기도 하고. 이렇게 중성화수술은 넘어야 할 산이 많다.

물론 중성화수술에 모든 사람이 찬성할 수는 없다. 건강상의 이유만으로 설득할 수도 없다. 수컷은 수술이 간단하지만 암컷은 개복수술이라서 후유증이 있을 수도 있고, 비만, 당뇨 등의 발생률이 높아지기도 한다. 물론 운동이나 식단 조절을 통해서 관리하면 된다. 오히려 설득이 어려운 쪽은 내가 예전에 그랬듯 자연스럽지 않다고 거부하는 것인데 자연적이라는 게 만사형통은 아니다. 보호소에 다른 유기동물이 들어올 자리가 없다는 이유로 건강한 생명이 살처분당하는 건 자연스러운 일일까.

미국의 동물보호단체 토비 프로젝트는 암컷 개 한 마리와 그 자손을 중성화수술 시키지 않았을 때 6년 뒤에 무려 6만 7,000마리의 자손이 생긴다는 자료를 제시한다. 미국 동물단체들은 중성화수술 홍보 덕분에 1970년대에 1년에 2,000만 마리씩 보호소에서 안락사되던 개, 고양이의 숫자가 2000년대에 300만 마리로 줄었다고 한다.

게다가 낳은 새끼를 다 키울 수 있나. 결국 누군가에게 입양을 보내야 하는데 과연 그 아이들은 입양 간 집에서 행복하게 수명을 다할 때까지 살 수 있을까? 앞에서도 나왔지만 한국에서 한 가족과 끝까지 사는 반려동물은 고작 10퍼센트다. 반려동물의 출산이 유기동물을 양산한다는 생각을 잊어서는 안 된다. 또한 어미의 마음을 생각해 보기를. 힘든 임신과 출산 과정을 거쳐 얻은 새끼가 미처 다 크기도 전에 사라진다는 건 어미에게도 잔인한 일이다. 새끼가 자꾸 사라지자 새끼를 꼭 안고 인간에게 뺏기지 않으려고 애쓰는 어미 개, 새끼를 다 뺏기고 난폭한 행동을 보이는 어미 고양이 등 마음 아픈 영상이 많다. 중성화수술에 대한 결정을 하기 위해서 정보를 모으고 있다면 이런 영상도 보기를 권한다.

TV 동물 프로그램에서 자주 등장하는 소재 중 하나가 산 속에 사는 유기견의 새끼를 구조하는 것이다(흔히 들개라고 부르지만 유기견과 들개를 구분하는 합의된 기준은 없다. 언어는 거리두기의 강력한 무기다. 유기견이 들개가 되는 순간, 같은 개라도 포악하고 위험하고 잡아서 없애도 괜찮은 존재가 된다). 프로그램은 모성애로 이야기를 포장하지만 그 프로그램만 벗어나면 그 개들은 들개로 소탕의 대상일 뿐이다. 프로그램에 등장하지 않는 수많은 산속 유기견의 새끼들은 대부분 굶어서 또는 얼어서, 질환으로 죽어 갈 것이다.

그런 방송을 볼 때마다 나는 속이 부글부글 끓는다. 젠장, 버릴 거면 중성화수술이라도 시키고 버리든가. 어미 개의 모성애와 새끼를 구조하려는 사람들의 간절함으로 TV 화면이 꽉 차지만 그런 상황까지 오게 된 이유는 쏙 빠진다. 인간이 중성화수술도 시키지 않고 개를 키우다가 버렸고, 도시에서 살 곳을 찾지 못한 개들이 산속으로 들어가서 임신, 출산을 하게 되면서 벌어진 일이 아닌가.

미국의 몇몇 주는 중성화수술을 하지 않으면 반려동물을 키우지 못한다. 중성화수술이 유기동물을 줄이는 가장 좋은 방법이기 때문에 법으로 규제하는 것이다. 살처분은 인간이 동물의 삶을 강제로 빼앗는 것이니 윤리적인 이유에서 만든 법일 수도 있지만 유기동물 관리와 처리에 들어가는 세금을 줄이려는 합리적 이유에서 만든 것이기도 하다. 돈을 생명을 죽이는 일에 쓰지 않고 살리는 일에 쓰겠다는. 우리나라만 해도 매년 150억 원 정도가 유기동물 처리 비용으로 들어간다.

종로구 길고양이 모임의 대표를 맡고 있는 동안에 구청의 동물문제 담당자에게서 다급한 도움 요청을 여러 번 받았다. 주민센터에 들어온 새끼 고양이 여러 마리의 임보처나 입양처를 구해 달라는 것이다. 주민센터 직원들이 유기동물 보호소에 연락했더니 법정 보호기간은 10일이지만 새끼들은 대부분 일찍 안락사된다고 했단다. 보호소는 포화상태고 돌볼 인력도 뻔한데 손이 많이 가는 새끼를 돌볼 여력이 없을 것이다(현재는 길고양이 새끼는 보호소로 보내지 않는다). 유기동물에 관한 일본 다큐멘터리 〈개와 고양이와 인간과〉에도 갓 태어난 새끼 고양이들이 보호소에 들어오자마자 안락사되는 장면이 나온다. 3일 뒤 안락사될 새끼를(일본의 유기동물 보호기간은 대체로 3일이다) 누가 서너 시간마다 분유를 주며 돌보겠는가. 주민센터 직원에게 들으니 새끼 고양이들은 박스에 담겨 마을버스 종점에 버려져 있었단다. 집에서 태어난 새끼를 어쩌지 못하고 버린 것이다. 중성화되지 않은 개, 고양이는 1년에 두세 번 대여섯 마리씩 새끼를 낳는다. 누구에게라도 벅찬 일이다.

《유기동물에 관한 슬픈 보고서》는 버려진 개와 고양이가 안락사되기까지 마지막 3일을 보내는 일본 유기동물 보호소의 모습을 담은 사진집이다. 보호소는 중성화되지 않은 반려동물에게 어떤 비극이 닥치는지 무섭게 보여 주는 곳이다. 임신했다는 이유로 버려진 어미 개가 태어나지도 못한 뱃속의 새끼들과 안락사되는 곳, 이른 봄 출산 시즌이 되면 갓 태어난 새끼들이 밀려들어오는 곳. 저자가 네 마리의 새끼 고양이를 보호소로 데려온 주부에게 묻는다.

"이 아이들 어떻게 된 건가요?"

"우리 집 고양이가 낳았는데 다 못 키우겠더라고요."

"새로운 주인은 찾아보셨나요?"

"찾아보긴 했는데 없더라고요."

"이 아이들 여기에 두고 가면 가스실에서 죽습니다. 괴로워하면서 죽어 갈 거예요."

"하지만 어쩔 수 없으니까요."

"집에 있는 어미 고양이는 중성화를 시켜 주시면 어떨까요?"

"네? 너무 가엾잖아요. 게다가 돈도 들고요. 전 좀 바빠서 이만…."

많은 사람들이 중성화수술을 피하는 이유와 그것이 불러오는 비극을 잘 보여 주는 장면이다.

물론 중성화수술은 쉬운 결정이 아니다. 반려동물과 제대로 사는 방법에 대해서는 다양한 의견이 있다. 다만 어떤 결정을 하더라도 그 전에 보호소에서 죽어 가는 아이들의 두려움과 고통, 슬픔을 먼저 생각해 주기를 바란다.

반려동물의 중성화수술과 유기동물의 안락사에 대해서 논하려면 더 많은 지면과 시간이 필요하다. 다만 위의 책에 등장하는 보호소에 들어왔던 모든 아이가 더 이상 이 세상에 없음을 기억해 주기를.

조류독감, 생매장,
박상표 원장

거의 매년 조류독감, 구제역 등 전염성 질환으로 인해 동물이 매몰된다.

- 닭 매몰하자 침출수 발생

- 발생 50일 사이 벌써 700만 마리 닭·오리 엉겁결에 떼죽음

- 살처분된 닭·오리 수 사상 최대치 넘어

이렇게 거의 매년 한국에서는 구제역, 조류독감으로 살처분된 동물의 수가 사상 최대 수를 갱신하고 2016년에는 최악의 조류독감으로 가금류 3,000만 마리가 살처분을 당했다. 2000년 들어 계속되는 가축의 전염성 질환으로 살처분이 계속되면서 이런 소식을 안 듣고 싶어 피하게 된다. 무감각해졌다기보다는 무력감 때문에 피하게 되는 상황. 분노한들 내가 할 수 있는 게 없다고 생각되기 때문이다.

그래서 자꾸 그가 생각난다. 2008년 광우병 사태 때는 물론 이후 구제역과 조류독감 발생 때면 늘 정확한 근거를 갖고 반대편을 설득

했던 사람. 정부 담당자든 미디어든 동물단체든 환경단체든 과학적 사실이나 객관적 근거 없이 선의나 당위만을 설파하는 것을 굉장히 위험하게 바라봤던 사람. 박상표 원장. 광우병 사태 때 그가 없었으면 어찌했을까.

> 미국의 무역 상대국들은 미국 소고기의 안정성에 의문을 표했다. (중략) 미국 소고기를 두 번째로 많이 수입하는 한국도 포함되어 있다. 한국 국민은 미국 소가 어떻게 자신의 식탁에 오게 되는지 알게 되자 신뢰하지 않았다. 시위가 일어났고, 어느 날은 한 번에 7만 명의 사람이 서울의 거리로 쏟아져 나왔다. 시위는 여러 날 지속되었고, 미국 농무부와 미국 무역대표부사무국은 한국의 미국 소고기 시장이 완전히 닫히는 것을 막기 위한 외교적 노력을 서둘러 시작했다.
>
> 《인간과 동물, 유대와 배신의 탄생》 중에서)

무역상대국도 놀라게 한 그때 그는 그 한가운데 있었다. 그 후 TV에서만 보던 그를 동물단체의 세미나 등에서 만나게 되었다. 그는 현대의 공장식 축산이 인간의 건강에 미치는 영향에 대해서 우려했다. 멕시코에 위치한 미국 기업의 공장식 돼지 농장에서 시작된 신종 전염병인 신종플루를 그는 처음 명명했던 그대로 돼지독감이라고 불러야 한다고 말했다. 미국 축산업계와 농무부가 소비자들이 돼지고기를 기피하게 되어 값이 폭락할 것을 우려해서 명칭을 변경한 것이니까. 이후 전 세계적으로 돼지독감, 돼지인플루엔자가 아니라 신종플루라는 명칭을 사용하게 된다.

그러던 그를 우연히 다시 만났다. 2009년 용산 참사 때 돌아가신 고 양회성 씨와 그의 반려견 방실이에 관한 책을 만들 때였다. 방실이는 고 양회성 씨가 떠나고 24일간 음식을 거부하다가 스스로 아빠를 따라갔다. 나는 방실이를 통해서 용산에 반려견을 키우며 평범하게 살아가던 사람들이 있었다는 이야기를 하고 싶었다. 정부와 보수 언론에 의해 테러리스트, 전문 시위꾼, 떼쟁이 등으로 전락한 그들이 반려견과 살아가던 평범한 사람이었다는 이야기를. 아픈 사고는 여러 방면에서 구체적으로 기억해야 한다고 생각한다.

방실이가 아빠가 사라진 뒤 음식을 거부하고 죽어 갈 때 가족들은 진상 규명을 위해, 억울한 누명을 벗기 위해 장례를 거부하고 병원 장례식장을 지키고 있어야 하는 상황이었다. 양회성 씨 부인은 어쩔 수 없이 방실이를 조카인 박상표 원장 병원에 맡겼고, 나는 방실이 책을 만들면서 박상표 원장을 다시 만났다. 박 원장은 첨예한 한국사 곳곳에 그렇게 있었다.

"방실이는 워낙 통통한 아이였는데 마지막에는 뼈만 남은 상태였습니다. 개나 사람이나 감정을 느끼는 부분은 크게 다르지 않아요. 방실이는 아마도 아빠의 부재와 죽음을 동시에 느꼈을 거예요."

방실이 책이 나오고 함께 동물 관련 책을 만들어 볼 마음에 그와 육식 문제에 대해서 이야기를 나눴는데 나와는 가축 문제를 바라보는 시작점이 조금 달랐다. 이후 그가 낸 책 《가축이 행복해야 인간이 건강하다》의 제목처럼 그는 인간 건강의 차원에서 공장식 축산 문제를 바라보았다. 또한 반려동물산업을 환경오염과 생태계 파괴로 보는 시각도 있었다. 나도 육식과 채식 문제, 반려동물산업에 대한 다양한 고민이 필요하다고 느끼고 있었던 터라 그와 함께 일을 해보려고 했었는데 그가 떠났다는 소식을 듣고 말았다.

다른 분야도 마찬가지지만 동물보호 진영은 소중한 사람을 잃었다. 누가 그 자리를 메워 줄 수 있을까. 대체불가. 이럴 때 쓰는 말이다. 동물들의 생매장이 일상처럼 일어나는 지금, 조류독감의 역사와 공장식 축산의 핵인 다국적 기업의 만행을 누가 앞장서서 이야기할까. 그는 동물병원 일보다 인문학 공부에 관심이 더 많다고 했다. 각종 사회 문제에 어정쩡한 총론만 되풀이하는 얕은 사회의식을 우려했다.

민들레처럼. 그가 보내 오던 이메일의 이름이다. 부디 평안하시기를.

동물과의 교감이 만들어 내는 기적,
동물매개치료

언젠가 아는 분이 자녀가 과잉행동장애가 있는
데 개를 키우는 게 아이의 치료에 도움이 될 것 같으냐고 물었다. 주
의력도 약하고, 학습력도 떨어지는데 이런 경우 반려견을 키우는 게
도움이 된다고 들었다는 것이다. 반려견이 치료견이 되기를 바라는
부모의 마음이었다.

나는 일반인이 동물매개치료에 대해서 꽤 많이 알고 있어서 놀랐지
만 선뜻 권하지 못했다. 반려동물과 살아본 경험이 없는 사람이 치료
를 목적으로 개를 입양했다가 더 어려워질 수도 있기 때문이었다. 아
니나 다를까 몇 달 후 개의 배변 훈련이 안 되어서 힘들다는 이야기를
들었다. 우려했던 일이 생긴 것이다. 부모는 안 그래도 아이 문제로 힘
든데 반려견 교육 문제까지 겹쳐서 더 어려워져 버렸다. 물론 반려견
이 별문제 없이 집에 잘 적응해서 아이에게 도움을 줄 수도 있겠지만
반려동물과 살아본 경험이 없는 집에서 아이 치료를 목적으로 반려견

을 입양할 경우 충분히 발생할 수 있는 문제다.

이는 최근 크게 관심을 끌고 있는 동물매개치료의 문제점을 단적으로 보여 주는 예라고 할 수 있다. 동물을 교감을 나누는 생명이 아니라 치료의 수단으로 여기게 되면 이런 문제가 생기는 것은 당연하다.

동물매개치료Animal Assisted Therapy는 단어 그대로 동물과의 상호작용을 통해서 신체적·정신적·심리적·사회적으로 어려움을 겪는 사람들의 치료에 도움을 주는 것이다. 1960년대 미국의 소아정신과 의사 레빈슨이 진료를 받기 위해서 기다리던 아이들이 레빈슨의 반려견과 놀면서 별다른 치료 없이도 치료가 되는 것을 보고 동물매개치료 연구가 시작되었다. 미국에서 시작된 동물매개치료는 유럽, 남미, 아시아 지역으로 확산되어 우리나라에서도 관심을 얻고 있다. 미국은 정신과 병원, 클리닉의 33퍼센트가 병원에 동물을 두고 있다. 우리나라도 동물매개치료를 훌륭하게 해내고 있는 동물들의 이야기를 통해 차츰 동물매개치료에 친숙해져 가고 있는 것 같다.

2001년 9·11테러 때 활약했던 치료견들은 사고 현장에서 구조 작업을 하던 구조대원들의 소중한 친구가 되어 주었다. 구조대원들은 쉴 때마다 치료견을 찾아와 마음의 위로를 얻었고, 치료견은 존재 자체로 많은 사람들의 마음을 치유했다.

치료견 윌리는 하반신이 마비된 채 뉴욕 거리에 버려졌는데 다행히 좋은 가정에 입양되었다. 새로운 가족은 윌리를 위해 휠체어를 마련했고, 성격 좋은 윌리가 휠체어를 탄 채 즐겁게 돌아다니는 모습이 많은 사람들에게 긍정적인 영향을 끼쳤다. 윌리는 치료견 교육을 받은 후 재활원, 교도소, 요양원 등을 다니며 치료견으로 활동하기 시작했고, 사람들은 역경을 이겨낸 윌리가 행복하게 사는 모습을 보는 것만으로도 아픔을 이겨낼 힘을 얻었다. 사람들은 동물에게 마음의 문을 더 쉽게 열었다.

이런 성과는 실제 사례뿐 아니라 각종 연구를 통해서도 증명되고 있다. 동물매개치료를 받은 요양원의 치매 노인에게서 불안정한 행동이 현저히 줄고 사회적 상호작용이 증가했다거나(리체슨, 2003), 통증 관리가 필요한 어린이 환자에게서 통증 감소효과가 나타났다는(브라운, 2009) 등 동물매개치료 효과에 대한 연구 사례는 점차 쌓여 가고 있다.

우리나라에도 동물매개치료와 관련된 학과, 단체가 생기면서 이론적·양적으로 팽창하고 있지만 아직 대중적이지는 못하다. 1990년대 한국동물병원협회가 치료견 활동을 시작한 이후 20년이 지났고 학계의 이론적 활동은 많은데 대중적으로 확산되지 못하고 있다. 이는 아마 동물에 대한 인식이 낮은 것이 큰 이유 중 하나가 아닐까 싶다. 우리나라는 반려인구가 50~80퍼센트에 달하는 선진국과 달리 20퍼센트로 반려동물과 교감해 본 사람이 절대적으로 적다. 그러다 보니 감염, 사고 등 동물에 대한 과장된 부정적 인식이 깔려 있다.

실제로 봉사단체에서 자신의 반려견 뭉치와 치료견 봉사활동을 하는 지인은 봉사할 곳 섭외가 어려워서 꾸준한 봉사가 곤란한 점을 아쉬움으로 꼽았다. 봉사활동을 하면 많은 사람들에게 사랑과 관심을 받으니 뭉치도 즐거워하고, 환자들이 뭉치와의 접촉과 감정 교감을 즐기는데도 의외로 치료견 방문을 꺼리는 곳이 많아서 맘껏 봉사를 다니지 못하는 것을 안타깝게 생각했다.

일본의 유명한 치료견인 치로리의 활동만 봐도 반려동물과 함께해 본 경험이 중요하다는 것을 알 수 있다. 반려견과 함께 산 경험이 있는 사람들은 치료견에 더 잘 반응했다. 침대에 죽은 듯 누운 채 살던 90세의 하세가와 씨는 치료견인 치로리를 통해서 오래전 반려견을 떠올리며 기적적으로 말을 하고, 스스로 걷게 된다. 반려견과 교감했던 기억을 끄집어 내 삶의 의욕을 찾은 것이다.

요양병원에 상주하는 치료견을 취재한 적이 있다. 전문가와 담당자의 헌신에 가까운 노력으로 치료견 프로그램이 잘 정착해서 환자들은 치료견을 만나는 시간을 기다리고 좋아했다. 내가 취재를 갔을 때 전혀 입을 떼지 못하고 하루 종일 침대에만 누워 계셨다는 할아버지는 치료견 나무를 보자 반갑게 인사를 하셨다. 손을 내밀어 나무를 쓰다듬었고 환하게 웃으며 어눌하지만 "나무야!" 하고 이름도 불렀다. 만성질환과 뇌질환을 앓아서인지 표정이 없는 얼굴로 앉아 있던 여러 환자들이 치료견에게 반응하며 생기를 찾는 모습을 보면서 뭉클했다. 이런 게 기적이구나 싶었다.

그런데 그곳에도 문제가 있었다. 가족들이 감염, 위생 등의 문제로 환자와 치료견이 접촉하는 걸 꺼렸다. 보호자들의 이런 생각 때문에 담당자는 아이들을 자주 목욕시키고 털 관리를 하는데도 편견을 깨기가 힘들다고 했다. 질병 관리를 받으면서 실내에서 생활하는 개가 사람에게 옮길 병은 없다. 오히려 나는 너무 잦은 목욕으로 치료견들에게 피부병이 생기지 않을까 걱정이 되었다.

동물은 청결하지 못한 존재라는 부정적 인식이 사라지지 않는 한 동물매개치료는 한국에서 쉽게 정착하기 어려울 것 같았다. 몇 년이 지난 후 연락해 보니 이 병원은 치료견 프로그램을 폐지했다고 했다. 놀라운 치료 효과를 보고도 없애다니 참 어리석다. 언젠가 인터뷰를 위해 만났던 기자는 신장 이식을 했는데도 여전히 반려견과 산다고 했다. 신장 이식을 한 후에는 면역억제제를 먹기 때문에 반려견을 없애라는 말이 많았지만 함께 사는 것을 선택했다고. 동물은 인간이 그들을 어떻게 정의하느냐에 따라 다르게 존재한다.

동물매개치료 활동이 국내에서 활발해지려면 반려인의 증가, 반려동물에 대한 인식 수준의 향상도 중요하다. 반려동물과 살면서 행복한 교감을 나눠 본 사람들은 안다. 모든 개가 치료견이 될 수 있다는 것을.

동물매개치료는 환자뿐만 아니라 활동에 참여하는 치료견, 치료견과 함께하는 반려인 모두에게 긍정적인 영향을 끼치는 아름다운 활동이다. 많은 논의를 거쳐 국내에서도 잘 정착되기를 바란다. 동물매개치료에는 개뿐 아니라 말, 고양이, 돌고래 등 많은 종의 동물이 활동하고 있는데 치료동물의 복지 문제도 중요하게 논의되어야 한다.

동물의 신체적·정신적 건강상태에 대해 잘 아는 수의사의 도움도 필요하다. 동물매개치료라는 개념이 국내에 잘 알려지지 않았던 2000년대 초반, 동물매개치료에 관심이 많았던 나는 이직 중 잠시 쉬는 동안 치료견 활동을 하는 곳을 찾아서 봉사를 갔다가 충격을 받았다. 현장에 나간 날, 환자들이 개를 때리고 털을 잡아당기는 등 공격적이었는데도 담당자들은 말리지도 않고 그저 지켜만 보고 있었다. 개들은 고통스러워하면서도 그저 참고 있었다. 동물매개치료를 하는 동물의 복지 문제에 관심을 두지 못했던 시절, 동물매개치료에 참여하는 환자에 대한 교육이 전혀 되지 않은 상태에서 개가 고통을 참아내고 있었다. 참여하는 동물이 행복하지 않은 동물매개치료가 무슨 의미가 있을까? 동물을 수단으로 생각하는 매개치료라면 하지 않으니만 못하다.

얼마 전 아빠가 치매 판정을 받으셨다. 여든여덟의 나이지만 생활에 큰 불편 없이 지내던 차였다. 4년 전 방광암이 생겼지만 수술과 약물 치료, 방사선 등의 치료가 잘 되어서 큰 문제없이 지내고 계셨다. 그런데 어느 날 아빠가 아이스크림을 사 오셔서는 냉장고에 넣고 계셨다. "아빠, 아이스크림인데 냉동실에 넣어야지요." 하면서도 설마 치매일까 싶었다. 여든여덟의 노인에게 저 정도면 당연한 일 아닌가. 그런데 얼마 뒤 귀가가 늦을 것 같아서 고양이 밥을 챙겨 달라고 부탁을 드렸는데, 집에 들어와 밥그릇을 보니 양념장이 담겨 있었다. 이게 어찌된 일인지 판단이 서지 않았다. 냉장고를 열어 보니 고양이 캔 옆에 양념장이 있었다. 캔을 꺼낸다고 하시고는 양념장을 꺼낸 모양이었다.

바로 검사를 시작했다. MRI를 찍었는데 뇌가 아주 정상이라며 주치의는 걱정하지 말라고 했다. 다행이다 싶었지만 비슷한 일이 반복되어서 이번에는 신경심리검사를 진행했다. 검사 결과를 들으려고 담당 선생님을 만났는데 치매가 막 시작된 초기라고 했다. 약과 함께 치매 진행을 늦추는 여러 방법을 설명하면서 반려동물과 함께 사는 것을 추천했다. 그래서 우리는 이미 반려동물과 함께 살고 있고, 많은 도움을 받고 있다고, 동물매개치료의 효과를 인정하는 연구도 많다고 했더니 오히려 담당 선생님이 더 관심을 보였다. 알고 보니 담당 선생님의 아버님도 초기 치매셨다. 동물과 함께 사는 게 도움이 된다면 시도해 볼까 한다며 내게 많은 질문을 했다. 졸지에 담당 선생님과 나는 동병상련이 되어 어려움을 토로하다가 결국 동물의 위대함에 박수를 보내며 상담을 끝마쳤다.

약을 드시기 시작하면서 아빠의 이상행동은 더 진행되지 않았다. 게다가 아빠 곁에는 집 안이며 마당에 고양이들이 진을 치고 있으니 큰 도움이 되었다. 동물매개치료가 별건가. 이런 게 동물매개치료고 우리 집 고양이들이 치료묘지. 아빠와 고양이들이 서로 살을 맞대고, 눈을 마주칠 때마다 도망가려던 아빠의 인지 능력이 돌아오는 느낌이다.

동물매개치료는 인간과 동물의 교감이 만들어 내는 기적이다. 그런데 국내의 동물매개치료와 관련된 상황은 현장에서의 활동은 활발하지 않으면서 관련 학과, 학원, 자격증, 일자리 정보가 넘치는 느낌이다. 부디 국내의 동물매개치료 분야가 잘 정착해서 신체적·정신적으로 고통을 겪고 있는 사람들에게 기적을 선사하면 좋겠다.

우리 출판사의 독자 중 한 분은 미국에서 반려견 코코와 봉사활동을 다닌다. 코코의 이야기를 들으면서 우리나라의 치료견 문화가 어떻게 정착해야 하는지 알 수 있었다. 코코는 독자가 한국에 출장을 왔을 때 유기동물 보호소에서 입양한 아이다. 독자는 이민 간 지 40년이 된 교포인데 고맙게도 고국의 유기견을 입양해 주었다.

미국에 간 코코는 치료견 테스트를 통과한 후 여러 곳에 봉사를 다닌다. 코코가 속한 단체 중에 웰컴홈테라피도그welcomehometherapydogs는 특히 한국에서 간 유기견이 치료견으로 많이 활동하고 있다. 한국에서 간 유기견은 믹스견이 많은데 아이들이 영리해서 활동을 아주 잘한다고. 이 단체는 유기견이 좋은 가정에 입양되어 받은 사랑을 다시 사람에게 나누어 준다는 취지로 치료견 활동을 하는 곳으로 고아원, 양로원, 도서관 등에서 활동한다.

코코가 속한 또 다른 치료견 단체는 주로 공항에서 봉사 활동을 한다. 복잡한 국제공항에서 여행객의 스트레스를 풀어 주는 활동이다. 현재 코코가 활동하는 LA 국제공항에는 106명의 반려인이 자신의 반려견과 봉사 활동을 하고 있다. 코코가 한국에서 갔으니 독자는 주로 한국 국적기 탑승을 기다리는 승객들이 있는 게이트로 간다(이곳은 신분 확인이 된 패스를 소지한 이들만 출입이 가능한 곳인데 치료견이 출입할 수 있다. 동물에 대한 부정적 인식이 있는 곳에서는 불가능한 일이다). 승객들은 탑승을 기다리는 지루한 시간을 코코를 쓰다듬고 웃고 함께 사진을 찍으면서 스트레스를 잊는다. 그러고는 코코에게 고맙다는 말을 많이 한다. 그럴 때 코코가 한국에서 온 유기견으로 지금은 치료견으로 봉사활동을 하는 거라고 말하면 사람들이 놀란다. 한국이 코코를 통해 유기견에 대한 편견이 줄고, 미국처럼 유기견 입양을 자랑스러워하는 문화가 되었으면 하는 바람을 담은 활동이다.

코코는 공항에서 여행객을 맞고, 관찰하는 걸 굉장히 즐겨서 치료견 활동이 봉사라기보다 즐거운 시간이라고 한다. 이처럼 반려인과 치료견, 이들을 대하는 사람들이 모두 즐겁고 행복해야 그게 진정한 동물매개치료다.

지금, 여기,
우리의 모습과 많이 닮은 길고양이

"아줌마는 왜 길고양이한테 밥 줘요?"

길고양이에게 밥을 주는 아줌마로 알려진 내게 골목길에서 마주친 동네 꼬마들이 질문을 쏟아냈다. 아이들은 그게 뭐 그리 궁금할까?

13년. 동네 길고양이들에게 밥을 준 지가 벌써 그렇게 되었다. 집고양이의 평균 수명이 15살인데 그에 비해 턱 없이 짧은 생을 살다가 떠나는 길고양이들. 좋은 사료를 먹이며 보살펴도 건강하지 못한 어미에게서 태어난 새끼들은 길고 추운 겨울을 길 위에서 오래 버티지 못했다.

햇살을 즐기고 찬란한 삶을 즐기며 노는 새끼들을 볼 때면 '태어나 준 게 고맙네.'라고 잠시 생각도 하지만 채 1년도 못 넘기고 떠나는 새끼들을 볼 때면 '그래도 살아봤으니 됐어.'라는 생각조차 할 수 없었다. 그 삶이 너무 짧아서.

물론 길고양이를 싫어하고 무서워하는 사람도 많다. 그래서 캣맘에게 밥을 주지 말라고 싫은 소리를 하거나 해코지를 하는 사람도 있다. 이해한다. 나도 그런 시절이 있었으니까. 나는 찡이와 살기 전에는 길에서 사는 고양이를 본 적이 없다. 관심이 없으니 보이지 않았다. 존재 자체를 무시한 것이다. 그러다가 찡이와 살게 되면서 길 위의 고양이들이 보이기 시작했다. 집 안의 개와 길 위의 고양이가 다르지 않다는 생각에 마당에 밥과 물을 놓아 주기 시작했다. 그러던 어느 날 찡이와 산책을 나가는데 무언가를 물고 지나가는 한 고양이를 만났다.

"얘, 너 뭐 물고 가니?"

내가 부르니 뒤돌아보는 고양이가 물고 있는 것은 빈 비닐 봉지였다. 비쩍 마르고 젖이 늘어진 모습이 새끼에게 먹일 것을 찾아나선 배고픈 어미 고양이였다. 산책 금방 다녀올 테니 여기서 기다리라고 했는데 내 말을 알아들었던 걸까. 산책을 후딱 마치고 오니 대문 앞에 얌전히 앉아 있었다. 내가 다가가자 조용히 사라진 고양이는 그날 이후 우리 집으로 밥을 먹으러 왔다. 이후로 길고양이에 대한 관심이 더 커졌고 길고양이의 삶, 고양이의 임신과 출산, 발정기와 싸움, 영역싸움, 중성화수술과 개체수 조절 등에 대해 공부하기 시작했다.

이후 이 어미 고양이를 비롯해서 동네 길고양이들을 포획해서 중성화수술을 시킨 후 방사했다. 서울시에서 TNR 사업을 시작하기 전이었다. 이런 식으로 개체수를 조절하자 사람들이 싫어하는 길고양이 간의 싸움과 고양이 울음이 줄었고(수술로 인해 암컷이 발정이 나지 않아서 발정 때 나는 울음소리가 없어지고, 암컷의 발정으로 인한 수컷 간의 싸움도 줄어든다), 밥을 챙기니 쓰레기봉투를 뜯는 일도 줄었다. 그러니 동네에서 캣맘을 만난다면 밥을 주지 말라고 윽박지르지 말고 중성화수술을 시키면서 밥을 주라고 조언해 주면 좋겠다. 이 정도의 양보는 동네에서 얼굴 붉히지 않고 함께 사는 지혜가 아닐까.

어느 날 이웃 아주머니들이 모여서 수다가 한창인데 고양이 이야기를 하는 것 같길래 가방을 뒤지는 척 자연스럽게 걸음을 멈춰 귀를 쫑긋 세웠다. 고양이 소리가 시끄럽다고 하면서도 그래도 밥을 주니 쓰레기봉투 안 찢고, 수술을 시켜서 그런지 싸우지 않아서 좋아졌다는 결론이 내려졌다. 다행이다.

길고양이에게 밥을 주는 아줌마인 내게 아이들은 궁금한 것이 많았다. 길고양이에게 밥을 왜 주냐는 동네 아이들의 질문 공세에 쉽게 설명해 주었다. 길고양이도 '우리와 같아서' 밥을 못 먹으면 배가 고프고, '우리와 다르지 않아서' 길고양이도 물을 먹어야 살고, 길고양이도 '너희처럼' 겨울에는 추우니까 집을 만들어 주면 좋다고 말하니 아이들이 고개를 끄덕였다. 어른도 이 아이들처럼 설득하기 쉬우면 얼마나 좋을까.

인간은 유사 이래 인간과 동물이 얼마나 다른지 알아내려고 노력했다. 하지만 시간이 지날수록 다른 것은 많지 않고 닮은 것이 많다는 것만 알아가고 있다. 길고양이를 챙기는 것은 뭐 그리 대단한 신념이 있어서가 아니라 내가 춥고 배고프면 길고양이도 춥고 배고프다는 단순한 연민에서다.

얼마 전 로봇 개의 안정성을 실험하는 영상에서 사람이 로봇 개를 차자 로봇이 휘청거렸다. 그런데 그 영상을 본 사람들은 로봇이 불쌍하다는 반응을 보였고, 로봇 윤리 논쟁으로까지 이어졌다. 윤리 영역이 로봇까지 확대되고 있는 지금, 길에서 굶주리는 생명에게 밥을 주는 것이 비난받을 일은 아닐 것이다.

겨울을 앞두고 길고양이의 겨울 집을 만들어 주던 캣맘이 사망하는 사건도 있었다. 다행히 캣맘을 겨냥한 살인은 아니라고 결론이 났지만 이 사건을 계기로 길고양이와 캣맘, 그로 인한 갈등이 논란의 중심이 되었다. 사건이 난 시기가 추위가 일찍 찾아왔던 때라서 캣맘들이다 아이들의 겨울 집을 준비하고 있었다. 그러니 그 사건이 남의 일처럼 느껴지지 않았다. 나는 지금도 그분이 챙기던 길고양이들은 어떻게 되었을까 걱정한다.

그러니 길 위에서 기댈 곳 없이 열심히 사는 길고양이에게 눈총보다는 따뜻한 연민과 존중을 보여 주기를 바란다. 그들의 모습이 냉랭한 회색 도시에서 고군분투하는 지금, 여기, 우리의 모습과 많이 닮지 않았나.

4장

인간이나 동물이나 같은 신세

개발,
늙은 동네의 안락사

서울시를 온통 공사판으로 만들었던 이가 서울 시장이던 시절. 한밤중에 울린 전화를 받은 엄마가 진저리를 친다. 동네 개발하자는 진정서에 서명하라는 거란다. 당시 재개발 바람이 일면서 낡은 주택이 많은 우리 동네에도 그 광풍이 불어닥친 것이다. 동네 사람들은 삼삼오오 모여 불안감을 드러냈다.

"여기서 산 지 30년인데 이게 무슨. 아파트 못 지어서 지랄들이 났구만."

"쫓겨나면 시골 가야지. 이제 서울에는 부자 아니면 주택에 못 사는가 보네."

광풍은 한동안 지속되었다. 개발에 어느 집이 찬성 사인했다더라, 높으신 분이 개발을 약속했다더라, 아파트가 들어서면 땅값이 얼마까지 오른다더라 등 '카더라' 통신이 남발했다. 개발을 추진했던 사람들은 사인을 받아내려고 없는 말까지 지어냈다. 우리 집에 와서 사인을 해달라기에 우리는 개발에 반대한다고 했더니 윗집도 찬성했다고 하면서 설득하려고 들었다. 윗집도 우리 집만큼 이 동네에 오래 산 터줏대감으로 아파트에서는 못 살겠다고, 주택에서 계속 살 거라고 늘 입버릇처럼 말하셨는데 이상했다. 그래서 다음 날 엄마가 찾아가서 물으니 펄쩍 뛰셨다. 누가 그런 말을 하느냐고. 이 작은 동네의 개발 문제에 이리 거짓말이 난무할지 몰랐다.

당장 우리 집도 고민이었다. 지은 지 20년이 넘어 집수리를 계획하고 있었는데 일이 터진 것이다. 나는 고치고 계속 살자고 주장했지만 개발 바람이 한 번 불면 개인이 이길 수 없으니 큰돈 들일 필요 없다는 형제들의 주장이 팽팽히 맞섰다. 이참에 나이 든 부모님을 편하고 따뜻한 아파트로 모시고 싶은 마음에 시집장가 간 자식들까지 와서 연일 가족 회의가 이어졌다.

사실 나는 함께 사는 동물가족이 걱정이었다. 노견 찡이가 평생 살던 공간을 떠나 새로운 곳에 적응할 수 있을지, 혜화동 골목을 누비던 우리 집 외출고양이는 낯선 곳으로의 외출이 허락될 리 없으니 영락없이 갇히게 생겼고, 무엇보다 마당과 동네에서 내가 돌보고 있는 길고양이들은 어찌하나. 인간 셋과 노견 하나, 외출고양이 하나, 열 마리 남짓한 길고양이가 졸지에 익숙한 삶터를 잃을 상황이었다.

그날도 형제들과 이야기를 나누다 얼굴이 벌게져서 열을 식히려고 마당에 나갔는데 길고양이들이 앞발을 모으고 현관 앞에 쪼르르 앉아 있었다. 내가 그렇게 봐서 그런 걸까. 하나같이 근심스러운 얼굴이었다. 평상시 같으면 마당에서 뛰놀거나 밥을 먹고 졸던 녀석들이 말이다.

"걱정 마. 너희들이 와서 밥 먹는 이 집 뺏기지 않을 거야. 만약에 이사 가도 너희들 데리고 갈 거니까 걱정 말고 가서들 놀아."

솔직히 개발에 미쳐 돌아가는 세상에 맞서 이길 자신은 없었다. 다만 이사를 가더라도 밥 주던 녀석들은 책임지리라 생각했다. 다행히 2년 내로 개발 착수 약속을 받아냈다는 근거 없는 루머를 끝으로 개발 광풍이 잦아들면서 동네는 평온을 되찾았다.

곧바로 서울시장은 대통령이 되었고 나라는 토목 공화국이 되어서 다시 쫄았지만 이후 5년을 또 잘 버텼다. 서울시장 임기까지 합하면 총 9년. 낡은 주택이 있고, 골목에 아이들과 개가 뛰놀고, 담벼락 밑에 길고양이 밥그릇이 뒹구는 오래된 동네가 안락사를 면한 것이다. 최근에는 우리 동네에 집이 나오면 속속 사들이고 있는 대기업이 조만간 이곳에 큰 사업을 벌일 거라는 루머도 있지만 까짓 9년 치하도 견뎠는데.

지금도 근심 가득했던 아이들 얼굴이 생생하다. 인간의 복잡한 인생사와 고민을 녀석들에게 온통 들켜 버린 그날. 도심개발은 사람뿐 아니라 사람과 인연을 맺고 사는 도시 동물에게도 영향을 미친다는 사실을 그때 경험했다. 철거촌에 버려진 개, 재개발 아파트 단지의 길고양이 이야기를 알고 있고 그곳의 활동가들과 교류도 있지만 창피하게도 내가 겪기 전까지 그건 남의 일이었다. 야생동물은 삶터를 잃고 도시로 찾아들고, 돌봐줄 사람을 잃은 도시 개와 고양이는 떠밀려 삶터에서 쫓겨나는 세상이다. 9년을 잘 버텨 안락사를 면하고, 함께 사는 동물들의 삶터도 지켜낸 늙은 이 동네가 더 소중해진다.

동물 기사의
돈타령

종종 동물 관련 기사를 보며 생각한다. 분석도 없고, 해법도 없는 기사. 최근 동물 전문 기자가 등장하고, 신문에 동물면이 생기면서 나아지기는 했지만 수준 낮은 기사는 여전하다. 특히 '개 팔자가 상팔자'라는 제목은 지겨울 정도다. 반려동물의 몸값이 비싸다고, 병원비가 비싸다고, 명품 브랜드의 반려동물 용품의 출시 소식 기사에도 제목은 온통 '개 팔자가 상팔자'고, 기사 내용은 자기 표절에 가까운 수준이다.

물론 나도 개 팔자가 상팔자라고 느낀 적이 많다. 나는 우리 개가 10살쯤 되면 마감 때 내 대신 의자에 앉아 키보드라도 두드려 줄 줄 알았다. 긴 세월 벌어 먹이고 온갖 수발 다했는데 그 정도는 해야 되는 거 아닌가. 하지만 현실은 새벽까지 일하고 있는 내 뒤에 벌러덩 누워서 드르렁드르렁 코를 골며 자기 일쑤다. 덩달아 고양이는 책상 위에 뛰어올라 와서 아예 키보드를 깔고 누워 버린다. 이런 젠장. 니들

팔자가 상팔자 맞구나.

똥줄 빠지게 바쁜 날이면 불쑥 찾아드는 부러움에 내가 그들의 팔자가 상팔자라고 생각하는 것과 달리 기사 속 상팔자는 주로 돈과 관련이 많고, 내 표현이 애정이 담긴 것이라면 기사는 대부분 동물과 반려인을 희화화하고 조롱한다. 제대로 된 반려동물에 대한 이해와 변해 가는 반려동물산업에 대한 분석 기사를 찾기가 어렵다.

이런 류의 기사에 빈번하게 등장하는 것은 개 유치원이다. 비용과 상관없이 '개 유치원'이라는 단어에서 사람들은 벌써 혀를 끌끌 찬다. 하지만 문제는 개 유치원이 아니다. 문제는 너무나 이른 시기에 어미와 형제에게서 떨어져 강아지 공장을 떠나 경매장에 내놓아지는 반려동물 생산·판매 시스템, 개에게 인간과 살아가는 데 필요한 기본 교육, 사회성 교육은 시키지 않은 채 밥 주고 예뻐만 하는 무책임한 반려인, 산책길에 이웃집 개를 만나면서 사회성을 키울 수 있는 근린공원이 절대적으로 부족한 한국의 현실 등이다. 개 유치원에서 친구도 사귀고 사회성도 키우는 게 뭐가 문제인가. 노동 시간이 세계 최고를 달리는 한국에서 기다려도 오지 않는 가족을 하루 종일 집에 갇혀서 기다리는 것보다 훨씬 낫지.

미용도 오해가 많다. 야생의 개와 고양이는 미용 없이도 살았다. 하지만 인간이 보기 좋으라고 털이 긴 장모종을 만들어 내면서 정기적으로 털을 자르지 않으면 살 수 없게 된 견종, 묘종이 많다. 그러니 동물 미용은 사치가 아니라 생존의 문제다. 미용이라는 단어가 주는 어감 때문에 개와 고양이가 파마를 하고 손톱에 매니큐어라도 칠하는 줄 아는 걸까.

수제 간식과 비싼 사료 또한 반려동물의 건강을 위한 변화지 욕 먹을 일은 아니다. 값싼 사료와 간식은 패스트푸드와 마찬가지다. 매일 패스트푸드 먹이면서 건강하게 오래 살기를 바랄 수는 없지 않나.

수백만 원짜리 반려동물 장례 절차를 소개하며 비아냥거리기 전에 반려동물 장례식장 영업 허가는 동네 사람들의 반대로 무산되기 일쑤, 반려동물 사체의 매장은 불법, 쓰레기봉투에 넣는 게 합법인 현행 반려동물 사체 처리 문제를 다루는 게 우선이다. 실제로 소형견의 화장 비용은 20만 원 내외다. 평생 가족으로 산 존재를 보내는 절차에 들어가는 그 돈이 그렇게 사치스러운 것인지.

고액의 의료비도 기사에 자주 등장한다. 사실 반려동물 진료비는 반려인에게도 부담이다. 사람은 국민건강보험 시스템이 잘 갖춰져 있어서 감기로 병원에 가서 몇 천 원에 해결되는 한국에서 동물은 별것 아닌 일로 병원에 가도 몇 만 원이 훅 나간다. 2011년 반려인과 동물 단체의 격한 반대에도 불구하고 동물병원비에 부가가치세가 도입되었다. 부가세는 상품을 사고팔 때 붙는 세금인데 진료비에 붙이다니. 아파서 병원에 가는 일이 인간의 쌍꺼풀 수술처럼 취급된 것이다. 진료비 상승도 문제지만 동물 진료를 생명에 관한 문제로 보지 않는 인식이 더 문제다. 반려동물 병원비를 다루려면 이런 부당함에 대해서 이야기해야지 반려동물 고액 병원비를 다루며 '개 팔자가 상팔자'식의 수준으로 접근하다니. 동물도 생명이다. 그들도 아프면 병원에 가야 하고, 중병이면 종합병원에 가서 정밀 검사도 받고, 필요하면 수술도 하면서 살리는 게 당연하다.

2000년 초반에 반려견인 해리가 갑자기 의식을 잃고 쓰러졌는데 우리나라 최고의 종합병원이라는 곳에 가서도 원인을 못 찾아 쩔쩔맸다. 그때 수의사가 그랬다.

"현재 우리나라 수준이 이렇습니다. 시설도 부족하고, 원인을 찾아도 뇌 쪽이면 수술할 의료진이 없어요."

그냥 죽기를 기다리라는 말 같아서 절망했다. 그때에 비하면 지금은 희망을 걸어볼 수 있을 정도로 의술이 발전했다. 지키고픈 생명이 있다면 그게 사람이든 동물이든 생명의 무게는 같다.

반려동물 병원비를 다루고 싶다면 부가가치세 문제를, 동물병원을 다루고 싶다면 프랜차이즈화 되는 동물병원의 최근 지형 변화가 대기업의 골목 상권 진입과 같은 모습이 아닌지 알아보는 게 먼저다. 동물에 대한 이해도, 변화하는 반려산업에 대한 분석도 떨어지는 수준 낮은 기사는 이제 그만 보고 싶다. 다행히 반려인인 기자, 동물 관련 전문 기자가 등장하면서 진정성 있는 기사가 보이는 것은 반갑다.

언젠가 한 언론사의 외부 필자인 수의사가 칼럼에서 펫숍에서 좋은 개를 고르는 방법을 설명하면서 구입 가격이 낮으면 문제가 있을 수 있다면서 '싼 게 비지떡'이라고 했다. 생명이고, 수의사 자신에게는 환자인 개에게 산 게 비지떡이라니. 글쓴이의 표현력 부족일 수도 있다. 하지만 칼럼을 담당하는 기자와 데스크가 이런 표현을 거르지 못하고 문제의식 없이 활자화하는 언론의 생명의식 수준이 더 문제다.

이럴 때면 글을 쓰고 있는 내 옆을 지키고 있는 반려견에게 부탁하고 싶다.

"찡, 물어!"

동물 책?
한가한 소리하네

　　　　　종종 이런저런 주제의 강연 요청이 들어온다. 동물 책을 오래 내고 있으니 동물 문제에 관한 강연 요청이 많지만 1인 출판으로 용하게 꽤 오랫동안 망하지 않고 있으니 종종 출판 관련 요청도 있다. 출판 불황이 깊은 상황에서 출판 창업을 준비하는 사람들은 그 비결이 궁금한 모양이다. 강연이라고 해봤자 경험한 것, 주워들은 것을 총동원해서 열심히 떠들고 난 후 질문을 받는 구성인데 이런 질문이 종종 나온다.

"비정규직 문제, 극심한 빈부격차 같은 사회 현안도 많은데 동물 책만 내는 것은 한가한 것 아닌가요?"

"동물 책 출판은 부업인가요?"

1인 출판이 살아남으려면 전문화가 중요하다고 강조했는데도 그 전문 분야가 '인간'이 아니라 '동물'인 것이 영 거슬리나 보다. 동물보호단체의 활동을 '먹고살 만한 중년 여자들이 하는 한가한 짓거리'라고 보는 시각이 여전히 존재하는 것과 같은 맥락이다. 그럴 때면 발끈하기보다 내게 먼저 묻는다.

'나 정말 한가하게 동물 책 내고 있는 거니?'

하지만 신간을 낼 때마다 제작비 마련에 똥줄이 타고, 창업 10년이 넘은 지금까지 사훈이 '망하지 말자'인 것을 보면 그런 것 같지는 않다. 동물 문제 또한 절실하고 동물은 스스로 목소리를 내지 못하니 누구라도 움직여야 한다.

한국사회 주류의 시각은 여전히 동물 문제에 냉담하다. "한가한 소리." 가장 흔히 듣는 말이다. 그래도 뭐 어쩌랴. 사람마다 중요한 가치가 다르고, 나는 동물에게 연대의식이 느껴지는 걸. 그저 묵묵히 갈 뿐. 생명력이 펄펄 넘치는 개가 유기동물이라는 이유로 살처분되고, 도로가 차고 넘치는데 또 도로를 내는 토목 공화국에서 야생동물이 숱하게 로드킬로 죽어 가는데 모른 척 살 수는 없다.

아기에게 병 옮는다고 키우던 개를 버리라는 가족의 압박으로 개를 버려야 할 지경이라는 임산부의 말에 출간을 준비하고 있던 책의 원고를 파일로 보내기도 했다. 책의 제목은 《임신하면 왜 개, 고양이를 버릴까?》. 임신, 출산, 육아를 핑계로 함께 살던 개, 고양이를 버리는 유일한 나라 한국. 그들이 생명을 버리며 하는 핑계가 의학적·과학적으로 전부 틀리다는 것을 알리는 책이다. 한가한 게 아니라 한 생명이라도 살리기 위해 오히려 더 치열하다.

노견에게 보약보다 좋다는 볕을 쬐어 주기 위해 골목으로 산책 나갔다가 지나가는 분들이 굼뜨게 걷는 개의 나이를 묻길래 19살이라고 했더니 돌아오는 대답이 아프다.

"질기게 오래 사네."

지나가는 길고양이에게 아이가 돌을 던지는데 앞서 가는 엄마가 모른 척 아무 말도 않는다. 결국 내가 다가가서 알려줬다. 너보다 약한 동물은 해코지하는 거 아니라고. 엄마가 나에게 한 마디 할 것 같았는데 다행히 아무 말도 하지 않는다. 자녀에게 뭐라고 하면 대부분의 부모는 "남의 일에 신경 쓰지 말고 가던 길이나 가세요."라며 비아냥거리기 일쑤인데 운이 좋았다. 경쟁과 불안이 일상화된 사회에서 사람들은 분노를 구조적으로 보지 못하고 눈앞의 약자인 동물에게 화풀이를 한다.

인간과 다양한 관계를 맺고 사는 지구상의 모든 동물은 인간사회 구조 안에 들어와 있고, 최약자의 자리에 있다. 버려진 유기동물도, 동물원의 코끼리도, 실험실의 실험동물도, 서식지를 인간에게 빼앗긴 야생동물도 스스로 선택할 수 있는 것이 아무것도 없다.

지난 며칠 들려오는 소식에 우울했다. 5년 넘게 길고양이에게 밥을 주던 캣맘이 동네 사람과 마찰이 있은 후 수십 마리나 되는 고양이가 죽어 나간다고 연락이 왔다. 누가 죽였는지 물증은 없고 심증만 있는 상황이었다. 함께 걱정하고 고민할 뿐 내게도 뾰족한 답이 없다. 내가 할 수 있는 일이 아니라 그 동네에서 아이들을 돌보는 캣맘 스스로 선택해야 하기 때문이다. 특히 길고양이 문제는 상황이 다 다르기 때문에 더 그렇다. 그 동네 길고양이 수와 중성화수술 현황, 길고양이를 대하는 동네 이웃들의 성향, 동네 길고양이의 성격, 캣맘의 의지와 성향 등이 다 다르기 때문에 해법 또한 다 다르고 정답은 없다. 동물단체나 지자체 캣맘 모임의 도움을 받을 것인지, 허점투성이인 동물보호법에 기대 긴 싸움을 할 것인지, 조용히 묻고 그냥 살아갈지 결정해야 한다. 이런 경우 캣맘이 가장 두려운 건 남은 길고양이마저 위험해지는 것이다.

지인은 용인에서 올무에 걸린 백구를 구조했다. 생명력이 가득한 백구는 기도가 뚫렸는데도 용케 살았다. 인간에게 버려져 그 고생을 하고도 수술대에 올라 사람을 향해 꼬리를 흔들었다는 백구. 이 아이가 회복되면 갈 곳도 함께 찾아보아야 한다. 오래 힘들었으니 남은 생은 따뜻한 가정에서 제 명대로 살다가게 해 줘야 하니까.

동물 문제는 인간 문제와 동등한 위치에 두고 고민해야 한다. 이는 생명을 대하는 태도의 문제이기 때문이다. 동물학대가 인간학대로 이어진다는 연구 결과는 많다. 동물학대가 동물에만 머무르고 인간학대로 이어지지 않는다면 전문가들이 동물학대에 대해서 그토록 연구하지 않을 것이다.

김창완 아저씨도 〈금지곡〉에서 노래하지 않나. 동물들 학대하지 말라고, 우리는 곧 떠날 몸이라고, 인생 그거 별거 아니라고.

서울시의 동물복지 관련한 종합계획을 수립하기 위한 회의에 전문위원으로 한동안 참여했다. 내가 사는 곳이 혜화동이라 매주 회의가 열리는 시청으로 가기 위해 버스정류장에 서면 혜화동 성당 종탑에 오른 재능교육 노동자들이 보였다. 다행히 현재는 종탑 농성은 해결되었지만 국내 최장기 비정규직 농성 기록을 세우며 싸웠고, 회사도 사회도 그들의 외침에 귀를 닫자 두 명의 노동자가 종탑에 올라 자신들의 목소리를 들어 달라고 외치고 있었다. 그분 둘이 고공농성을 하는 곳이 빤히 보이는 곳에서 회의에 가기 위해 버스를 탈 때마다 마음이 아팠다. 그분들이 건강하게 내려올 수 있기를, 앞으로는 누구도 땅을 떠나서 고공농성을 하지 않기를 바랐다. 굴뚝이든 종탑이든 고공농성을 해야만 약자의 소리에 귀기울여 주는 사회는 비틀어진 사회가 아닌가. 나는 버스를 기다리며 늘 종탑 위 노동자들에게 말했다.

'제가 지금 가서 하는 일도 같은 일일 거예요. 한가한 일 아닌 거 맞죠? 우리 같이 힘내요.'

에볼라 감염자 반려견의 안락사와
정유정의 《28》

2014년 아프리카에서 에볼라 바이러스가 발생해서 사망자가 1만 명 발생했는데 감염된 환자를 진료하던 스페인인 간호사가 에볼라 양성 판정을 받았다. 유럽에서 처음으로 발생한 에볼라 환자여서 스페인은 물론 유럽 전체가 충격에 빠졌다. 그 와중에 불길한 예상은 현실이 되었다. 에볼라 감염자의 반려견인 엑스칼리버의 안락사.

스페인 당국은 간호사의 감염을 확인한 지 하루 만에 간호사의 반려견인 엑스칼리버를 안락사시켜 버렸다. 격리 조치된 남편은 엑스칼리버의 안락사를 막으려 애썼고, 동물단체는 반대성명을 냈고, 40만 명이 넘는 사람들이 안락사 반대에 서명했지만 안락사는 그야말로 순식간에 집행되었다. 가족들이 손쓸 틈도 없었다. 엑스칼리버에게서는 에볼라 감염 증상도 나타나지 않았으니 격리 조치 정도가 합당했다.

에볼라 바이러스가 인수공통감염인지, 개가 인간에 의해 에볼라에 감염될 수 있는지 어떤 연구 결과도 없는 상황에서 개의 안락사는 너무 쉽게 결정되었다. 당시 세계적으로 에볼라 바이러스에 의한 사망자가 대량 발생하면서 각 나라는 패닉에 빠졌다. 그런 상황에서 전파 위험에 대한 부담이 컸을 것이다. 엑스칼리버는 가족들이 갑자기 사라진 집에서 남겨진 사료와 물을 먹으면서 집을 지키고 있었다. 어떤 상황인지도 모르는 상태로 가족을 기다리던 엑스칼리버는 그렇게 떠났다.

에볼라 바이러스는 설치류, 박쥐, 영양, 돼지, 개, 침팬지, 고릴라, 원숭이 등에서도 발견된다. 에볼라 바이러스가 인간보다 다른 포유류에 머무르는 것이 더 유리하다라는 주장을 펴는 학자도 있었고, 개는 에볼라 바이러스에 감염되어도 특별한 증상이 없을 수 있다는 의견도 제시되었다. 하지만 어떤 확실한 연구 결과도 없고, 무엇보다 엑스칼리버는 감염 증상이 나타나지 않은 상태였다. 개에 대한 안락사는 조금의 고민도 없이 너무 빨리 결정되었고, 집행되었다. 그것이 문제다. 그들에게 엑스칼리버의 생명의 무게는 어느 정도였을까?

미국에서도 비슷한 상황이 발생했지만 대처법은 달랐다. 같은 해 미국 텍사스 주 댈러스 시에서 미국 내 두 번째 에볼라 감염자가 발생했다. 그러자 시는 환자가 완치될 때까지 개를 안전한 곳에 격리시키기로 결정했다. 그리고 환자에게 소중한 가족인 반려견을 안전하게 돌볼 것임을 밝혔다. 에볼라에 감염되었다는 것만으로도 불안에 휩싸였을 감염자에게 가족이 잘 있다는 것을 알림으로써 마음의 안정을 도왔다. 얼마 뒤 환자는 회복되었고, 무사히 반려견과 재회했다.

이 사태를 보면서 한국에서 전쟁이 발발할 경우 미군 가족의 대피

매뉴얼이 떠올랐다. 매뉴얼에는 반려동물도 가족이므로 인간 가족과 함께 안전하게 대피시킨다고 되어 있다. 스페인 당국이 반려견을 가족으로 생각했다면 안락사라는 결정을 내릴 수 있었을까?

주인이 떠난 집을 조용히 지키는 엑스칼리버의 사진을 보면서 정유정 작가의 소설 《28》이 생각났다. 개에 의해 옮겨지는 인수공통감염 질병으로 한 도시가 격리 차단되는 이야기. 그런 극한 상황에서 터져나오는 다양한 인간 군상의 모습과 그들에 의해 결정되는 동물의 삶과 죽음.

책에 이런 장면이 나온다. 당국은 질병을 옮기는 매개체라는 이유로 도시 내의 모든 개를 사살하기로 결정한다. 그러자 질병이 옮을까봐 무서운 사람들은 개를 버리고, 가족인 개가 사살될 것이 두려운 사람들은 개를 품에 안고 도시를 빠져나가려 한다. 이런 상황이 현실이 되었을 때 과연 나는 어떤 선택을 할까?

엑스칼리버 문제로 스페인 당국을 비난만 하기는 어렵다. 죽음의 공포 앞에서, 그게 남의 일이 아니라 내 일이 되었을 때 과연 사람들은 동물에게 내줄 자비의 마음이 얼마나 될까? 같은 일이 한국에서 벌어진다면 논의다운 논의가 이뤄질 수 있을까? 광기에 내몰린 사람들에게 그걸 바랄 수 있을까? 그런 일이 우리에게 일어나지 않기만을 바라는 마음이 초라하다.

동물은
유권자가 아니다

　　　　동물도 사람과 마찬가지로 나이가 들면 병원 출
입이 잦아진다. 그래서 나이 든 개, 고양이와 사는 반려인은 의료비 걱
정이 많다. 우리 집 개, 고양이도 평생 입원 한 번 없이 건강하게 살더
니 노화가 시작되자 병원을 찾는 횟수가 많아졌다. 그러다 보니 2011
년에 반려동물 진료비에 부가세가 붙기 시작한 게 부담으로 다가왔
다. 진료비가 10퍼센트나 올랐으니까.

　반려동물은 공공의료보험이 없는데다가 나이 들면 이런저런 검사
가 많아 부담이 더 커진다. 그런데 부가세까지 더해지니 진료비 청구
서를 받을 때마다 입이 떡 벌어진다. 특히 우리나라처럼 건강보험이
잘 갖춰진 나라는 반려동물 진료비에 대한 부담이 더 크게 느껴진다.

　반려동물 진료비 부가세 반대 서명과 집회가 이어졌지만 효과는 없
었다. 아파서 병원을 찾은 동물 치료비에 부가세를 붙이다니. 반려동
물의 예방접종, 중성화수술, 질병 치료는 사람 아이의 기초 예방접종,

여성의 낙태 수술, 인간 환자의 치료비처럼 건강한 생애를 위해 꼭 필요한 요소다. 쌍커풀 수술처럼 하고 싶으면 하고, 아니면 마는 선택 사항이 아니라는 의미다. 정부는 유럽도 반려동물 진료비에 부가세를 붙인다고 변명했지만 동물 관련 복지 시스템이 거의 작동하지 않는 우리 실정에 동물복지 선진국인 유럽과 비교를 하다니 헛웃음이 나왔다. 반려동물 생산, 판매에 대한 변변한 시스템 하나 없이 유기동물을 양산하면서 참 염치없는 변명이다.

그러면서 생각했다. 정치인이나 입법자에게 반려인과 동물권 옹호론자들은 참 만만한 집단이구나. 2008년 미국의 부통령이었던 조 바이든은 셰퍼드 순종을 샀다가 동물보호단체로부터 몰매를 맞았다. 순종을 '사지' 말고 보호소에서 유기동물을 '입양'하자는 캠페인을 벌이던 동물단체들은 "조 바이든이 개 한 마리를 새로 사면서 보호소에서 한 마리가 죽게 되었다."고 주장했고 바이든은 사실은 한 마리를 더 입양할 계획이었다고 서둘러 해명했다.

이보다 앞서 1966년 미국에서는 베트남 전쟁의 굵직한 이슈 사이에서 동물복지법이 빠르게 제정되었다. 집을 나간 개가 밀매업자에게 잡혀 병원에서 실험견으로 쓰이고 안락사당한 사건이 밝혀졌기 때문이다. 자신의 반려동물이 같은 처지가 될까 봐 두려웠던 사람들이 상하원 의원에게 편지 공세를 퍼부었고 유권자가 무서웠던 정치인들은 서둘러 동물복지법을 제정했던 것이다.

곰곰이 생각해 본다. 무슨 차이일까? 한국의 반려인이나 동물단체도 나름 한다고 하는데 말이다. 아마도 조직화되지 못한 반려인, 수적으로 적은 동물권 옹호론자들이 입법자들 눈에는 위협적인 유권자로 보이지 않아서인 모양이다. 조 바이든이나 1966년의 미국 의원들도 어느 날 갑자기 생명의식이 높아진 것이 아니라 다만 유권자가 무서웠던 것이다. 까딱 잘못했다가는 표가 우수수 떨어져 나갈 것 같으니까.

동물은 유권자가 아니다. 투표권도 없고, 자신들의 처지를 말로 표현하지도 못한다. 그러니 그들의 대변인을 자처한 사람들의 짐이 무겁다. 거의 해마다 조류독감, 구제역으로 수백, 수천만 마리의 동물이 살처분되는 지옥을 겪고도 농장동물 복지에 관한 제대로 된 법안 하나 만들지 못하고, 매년 300만 마리가 넘는 동물이 실험에 쓰이고 희생되는 동물실험 천국의 비극에서 벗어나려면 말이다. 4년마다 국회로 들어가는 300명의 국회의원은 어차피 우리가 4년 동안 일자리를 마련해 준 기간제 노동자일 뿐이다. 그들이 동물의 목소리를 대변할 수 있도록 하는 건 우리의 몫이다. 그나마 최근 들어 반려인과 동물권 옹호자들이 점점 유의미한 유권자로 보이는 것 같아 다행이다.

워터게이트 사건으로 대통령을 사임한 미국의 닉슨은 1952년 불법 정치자금 의혹으로 정치 생명이 끝날 뻔한 적이 있다. 그때 자신이 개인적으로 받은 것은 강아지 체커스뿐이고, 체커스는 가족이라 끝까지 함께할 거라는 유명한 '체커스 연설'로 위기를 탈출했다. 명백한 불법이 이따위 감성적인 연설에 묻히다니 미국 소도 웃을 일이다. 동물을 대변하는 유권자는 감성에 휘둘리지 않는 냉철한 판단력도 갖추어야 한다.

문제견은
사회 시스템이 만든다

　　　　　　　　지금은 전국 곳곳에 반려견 놀이터가 조성되어
있지만 반려견 놀이터를 조성할 때마다 의견이 분분했다. 언론은 개
를 싫어하는 사람들의 반대, 개에 들어가는 예산이 꼭 필요한지에 대
해 의문을 던졌다. 하지만 반려견 놀이터는 개를 싫어하는 사람들에
게 더 필요한 공간이다.

　우리나라에서 개와 하는 산책은 하는 사람이나 지켜보는 사람이나
다 불편하다. 목줄을 하고 똥 봉투를 들었는데도 "개새끼를 왜 밖에까
지 끌고 다녀."라는 막말을 참 많이도 듣는다. 비반려인은 상쾌한 산책
길에 개똥이 뒹구는 걸 보고 기분이 잡친다. 물론 매너 없는 반려인들
때문에 길에 뒹구는 개똥에 눈살이 찌푸려지는 건 반려인도 마찬가지
다. 점점 서로에 대한 반감만 커지는 상황. 그러니 반려견 놀이터가 많
아지면 개와 반려인은 사람들 눈치 보지 않고 편하게 놀 수 있어서 좋
고, 개가 반려견 놀이터에서만 노니 개를 싫어하는 사람들도 개와 마

주치지 않아서 좋다.

사람들이 개를 싫어하는 이유는 대체로 일상적인 것들이다. 공동주택에서 시도 때도 없이 개가 짖고 뛰니 이웃은 불편하고, 길에서 만나면 달려들면서 짖기 일쑤니 부아가 날만도 하다. 사실 그런 문제부터 산책하면서 똥 안 치우고, 개줄을 하지 않거나 맘껏 길게 해서 타인에게 피해를 주는 일까지 모두 개가 아니라 사람의 문제다. 개가 짖고 개가 사람에게 달려드는 게 왜 사람 문제냐고? 짖고 달려들게 키운 게 사람이니까. 자녀에게 문제가 생기면 부모가 욕을 먹는 것과 같은 이치다.

개에 대해서 잘 모르면서 준비도 없이 덥석 집에 들인 사람들은 개를 어떻게 교육시켜야 하는지 잘 모른다. 옛날에는 마당에 묶어 놓고 남은 음식에 밥 말아서 주면서 키웠으니 '개 교육?' 듣도 보도 못한 단어다. 다행히 착하고 똑똑한 개, 고양이가 아무 문제 없이 사람 사회에 잘 적응해 주면 고맙지만 종종 문제가 생기는 아이들이 있다. 인간이 반려동물에게 잘못된 신호를 보내고 때리거나 겁을 주면서 키우려 한다면 무는 개, 짖는 개, 분리불안을 겪는 개가 되는 건 순식간이다.

개의 문제는 개가 마음껏 산책을 하는 것만으로도 많은 것이 해결된다. 개는 먹는 것보다 산책을 좋아하는 동물이다. 동물행동심리 전문가인 알렉산드라 호로비츠는 개는 몸에 코가 달렸다기보다 코에 몸통이 달렸다고 표현하는 게 맞다고 했다. 그런 탁월한 후각과 청각을 가진 개가 하루 종일 똑같은 냄새와 소리를 들으면서 집에 갇혀 있으니 문제가 생기지 않는 게 오히려 이상한 것이다. 동물원의 동물이 갇힌 우리 안에서 정형행동을 하는 것과 비슷하다고 볼 수 있다. 그래서 개에게 산책은 먹는 것보다 더 중요할 수 있다. 개에게 간식을 건네면서 참

참 맛있게 먹는 모습에 반려인도 행복해진다. 하지만 그런 모습에 흐뭇해서 산책 한 번 시키지 않고 간식만 건네는 반려인은 자격 미달이다. 산책길에서 만난 다른 개와 능숙하게 교류하면서 인간 사회 안에 행복하게 안착한 개의 모습에 더 뿌듯해하는 반려인이 되어야 한다.

개에게 산책은 신체를 튼튼하게 하는 것과 함께 어제와 다른 냄새를 맡고, 소리를 듣고, 먼저 지나간 개가 남긴 소변 냄새를 맡으며 동네 개들의 신체와 심리 상태도 파악하고, 길에서 만난 개와 사교를 하는 등 개를 개답게 하는 중요한 일상이다. 또한 산책길에서 만난 인간과도 교류하면서 인간과 잘 사는 방법도 배우게 된다. 그러니 아무런 자극도 없이 하루 종일 실내에 갇혀 지내다 보면 문제가 생길 수밖에 없다. 그런 개들에게 반려견 놀이터는 꼭 필요한 공간이다. 목줄을 풀고 다른 개나 사람과 교류하면서 사회성도 기르고 운동의 욕구도 충족시킬 수 있으니까. 개들이 반려견 운동장에 모여 있으면 개를 싫어하는 사람들의 눈에도 띄지 않을 테니 그야말로 일석이조 아닌가.

외국에도 도시마다 도그파크, 도그런이라고 불리는 반려견 운동장이 있다. 뉴욕에 갔을 때 도그파크를 찾았다. 우리나라에 반려견 운동장이 생기기 전이었다. 시설물이라고는 울타리, 의자 몇 개, 수도 시설이 전부였고, 출입구엔 똥 봉투가 매달려 있었다. 대형견, 소형견으로 공간이 나누어져 있고, 사고 방지를 위해 12살 이하 어린이는 출입금지, 개똥은 스스로 치우고, 예방접종을 마친 개만 출입이 가능하다는 안내문이 전부였다. 개는 친구들과 뛰놀고, 땅 파느라 정신이 없어 보였다. 나와 함께 갔던 선배의 개도 그곳에 들어서자마자 우리는 안중에도 없이 개 친구들과 놀기 바빴다. 정신없이 놀다가 힘들면 엎드려

물 마시고 흙바닥에 뻗었다. 개도 행복했고, 그 모습을 바라보는 우리도 행복했다. 이렇게 신나게 놀면 아이들은 집에 가서 정신없이 곯아떨어진다. 문제행동을 할 틈도 없이. 물론 반려견 운동장이 모든 문제행동의 해결책은 아니다. 다만 한국에서는 산책을 제대로 시키지 않아서 생기는 개의 문제행동이 많으니 적어도 그건 해결할 수 있다.

사실 우리나라는 개와 다닐 곳이 많지 않다. 얼마 되지 않은 도시의 근린공원은 사람들만으로도 만원이라서 눈치가 보이고, 규모가 큰 공원은 '애완견 출입금지'인 경우가 많고, 대학 캠퍼스도 개는 반기지 않는다. 얼마 전에도 개와 함께 동네에 있는 대학 캠퍼스를 찾았다가 쫓겨났다. 쫓겨나지 않으려면 경비원 눈을 피해 다니는 방법뿐. 이럴 때면 개랑 산책하는 게 죄인가 싶기도 하다.

특히 유명인의 개가 사람을 물어서 사망하는 사건이 있은 후 맹견이라는 단어가 속속 기사 제목에 등장했고, 결국 폐기되었지만 키가 40센티미터 이상인 개에게 입마개를 하고 산책을 해야 한다는 놀라운 법안(중국 베이징에서 키 35센티미터 이상인 개는 키울 수 없다는 법이 제정되었을 때 전 세계가 경악했는데, 이런 일이 우리나라에서 재현되리라고는 상상도 못했다)이 추진된 이후로 개랑 산책할 때면 "이 개 입마개 왜 안 해?"라고 시비를 거는 사람이 많아졌다.

물론 멀쩡한 개를 문제견으로 만들어 버리는 건 사람이다. 공부하지 않고, 생명을 들인다는 책임감 없이, 장난감 사듯, 쉽게 동물을 들이는 사람들이 원인인 경우가 많다. 하지만 그것만큼 개와 함께 사는 일을 어렵게 만드는 건 언론과 사회다. 많은 전문가들이 문제가 있는 개의 문제를 다룰 때 마치 모든 문제가 반려인의 탓인 양 말하는데 그

건 대단히 좁은 식견이다. "나도 반려인이지만 정말 문제 있는 반려인 많지."라는 설정은 어느 쪽에서도 비난받지 않고 자기만 의식 있는 사람이 된다. 정말 사람만이 문제일까?

생후 한 달 된 새끼 개, 고양이가 어미에게 개답게, 고양이답게 사는 법과 남들과 함께 사는 법을 제대로 배우지 못한 채 떨어져서 경매장에서 팔리는 한국의 반려동물 생산·판매 시스템의 문제, 키우던 개, 고양이를 버려도 아무 문제가 되지 않아서 무책임한 사람을 양산하는 있으나 마나 한 반려동물 등록제도의 문제, 집 근처에 근린공원 하나 없어서 반려견을 데리고 마음 편히 산책 한 번 하기 힘든 도시정책(잡지 기자 시절 인터뷰했던 일본인은 한국에서의 육아(사람 육아다)는 집 근처에 근린공원이 없어서 아이를 데리고 산책을 나갈 곳이 없는 것이 힘든 것 중 하나라고 했다. 사람이든 동물이든 살면서 산책할 공간이 있는 건 매우 중요하다), 반려인과 비반려인의 갈등을 사회 시스템은 쏙 빼고 반려인만의 문제로 해석해 버리는 언론 등 문제동물을 만드는 사회적 시스템은 아주 공고하다. 그걸 말하지 않고 반려인에게만 돌을 던질 수 있을까.

반려견 놀이터가 더 많이 만들어지면 좋겠다. 뉴욕에는 도그파크가 거의 동네마다 하나씩 있어서 골라서 다닐 수 있었다. 이럴 때면 늘 인간에게 쓸 돈도 없는데 개에게 쓸 돈이 어디 있느냐며 반대하는 사람들이 많은데 공간만 있다면 큰돈 필요 없다. 잔디는 개들이 뛰고 파헤치다 보면 금방 사라질 테니 심을 필요도 없고, 휴식공간도 햇살을 피할 천막과 의자 몇 개면 된다. 개는 그것만으로도 충분히 행복할 줄 아는 현명한 존재들이다.

분노로 꽉 찼던 마음이 고양이 덕분에 행복해진
후쿠시마의 마츠무라 씨

2011년 3월 11일, 일본 후쿠시마에서 지진에 이은 쓰나미와 원자력발전소 폭발 사고가 일어났고 끔찍한 재앙이 일어났다. 원전의 무서움을 목격한 사람들은 탈원전을 논의하기도 했지만 시간이 갈수록 사람들의 관심은 줄었다. 2016년에 한국도 원전이 있는 경주에서 규모가 큰 지진이 일어나서 지진과 그로 인한 원전 사고의 위험을 소름끼치게 느꼈으면서도 금세 잊었다.

후쿠시마 원전 사고는 방사능 대량 유출로 인해 평범하게 살던 주민들을 핵 난민으로 만들었고, 삶의 터전을 잃고 타지를 떠돌게 만들었다. 가설주택, 임대주택, 친척 집 등을 전전하며 살던 후쿠시마 난민들에게 일본 정부는 원전 폭발 사고 직후 반경 20킬로미터에 설정했던 출입금지구역인 경계구역을 차차 해제하고 있다. 그리고 고향으로 돌아가라고 권한다. 하지만 노인을 제외하고는 귀환하는 주민은 많지 않으며, 유엔 특별보고관은 일본 정부에 귀향 정책을 중단하라고 촉

구하고 있다. 특별보고관은 특히 여성과 어린이들은 귀향하지 말 것을 당부했다. 하지만 주민에 대한 피난 지시가 해제되면 그동안 지급되던 보조금이 끊기기 때문에 경제력이 부족한 사람들은 돌아갈 수밖에 없는 처지가 된다. 후쿠시마의 복원을 선언하고 부흥을 꿈꾸는 일본 정부의 노림수가 보인다.

삶터를 빼앗긴 사람들이 낯선 곳을 떠도는 동안 동물들은 후쿠시마에 남겨졌다. 급하게 피난을 가면서 남겨진 동물들. 다시 돌아오지 못하리라고는 생각도 못한 채 떠났던 사람들이 남겨두고 간 개, 고양이는 굶어 죽거나 먹이를 찾아 떠돌며 야생화되었다.

사진작가인 오오타 야스스케는 후쿠시마에서 원전 사고가 나자 그곳의 동물들에 대한 걱정에 먹을 것을 챙겨서 바로 후쿠시마로 달려갔다. 그곳에서 찍은 사진을 담은 사진 에세이《후쿠시마에 남겨진 동물들》에는 사람이 떠난 후 동물들이 어떻게 되었는지 자세히 담겨 있다.

내 마음에는 저자가 차를 타고 가다가 교차로에서 만난 떠도는 개 이야기가 남아 있다. 가족이 떠나고 주린 배를 쥐고 갈 곳을 몰라 교차로를 떠돌던 누렁이는 저자가 차에서 내리자 선뜻 다가온다. 저자가 먼저 배부터 채우라고 개에게 사료를 내밀자 개는 잠깐 냄새만 맡을 뿐 저자에게 자꾸 기대기만 한다. 자꾸 쓰다듬어 달라고 한다. 배고픔보다 외로움이 컸던 것이다. 인간과 관계를 맺고 보살핌을 받던 동물에게 인간이 사라지면 어떤 일이 벌어지는지 이보다 더 잘 보여 줄 수는 없다.

후쿠시마에 남겨진 동물을 위해서 사람들이 움직였다. 많은 개인 자원봉사자와 동물보호단체는 남겨진 동물에게 먹일 밥과 물을 들고 피폭을 무릅쓰고 출입이 금지된 구역에 숨어 들어갔다. 구조할 수 있는 동물은 구조해서 그들을 찾고 있는 가족에게 돌려보내거나 반려인이 피난소에서 생활해서 함께 살기 어려울 때는 새로운 가족을 찾아주었다.

후쿠시마에서 활동하는 비영리단체 중 하나인 소라보호소는 후쿠시마가 고향인 대표가 버려진 동물들을 구조하기 위해 2013년에 설립했는데 후쿠시마에서 구조된 개, 고양이를 보호하고 입양을 주선한다. 보호 중인 동물이 모두 가족을 찾으면 단체의 문을 닫을 예정이지만 쉽게 끝나지 않을 것 같다고 말한다. 소라보호소가 자원봉사자에게 서명을 받는 봉사활동 신청서에는 다음과 같은 내용이 포함되어 있다.

'본 봉사활동은 위험한 지역에서 하는 동물구조 활동입니다.'

후쿠오카 현과 후쿠오카 수의사협회가 꾸린 후쿠시마동물구조본부는 2014년 8월에 문을 닫았다. 후쿠시마에서 구조한 1,000마리 중에서 320마리를 원래 가족에게, 525마리를 새로운 가정에 입양시킨 후 긴급수용시설로서의 임무를 마쳤다. 이외에도 일본 각지에는 후쿠시마에서 가족을 잃고 떠돌다가 구조된 동물을 입양한 개인, 사설 보호소, 학교, 단체 등이 있다. 이렇듯 동물보호단체, 자원봉사자, 행정당국이 각각 후쿠시마에 남겨진 동물들을 위해 활동했지만 동물과 관련된 통합된 내용이 발표된 적은 없다.

2011년 8월 후쿠시마 현의 자료에는 경계구역인 20킬로미터 이내에 살았던 개, 고양이를 총 1만여 마리로 추정했다. 자료에 따르면 초기에 2,600~2,700여 마리가 쓰나미로 죽고, 사람 가족과 함께 피난한 반려동물이 약 300마리, 동물단체와 자원봉사자에 의해 약 2,000마리가 구조되었다. 이후 남겨진 약 5,000마리 중에서 4,000마리가 굶어 죽고, 약 600마리가 행정기관에서 보호받고, 약 400마리가 여전히 경계구역 내에 남았다.

원전 폭발이 동물에 끼친 영향에 대해서는 개별적인 연구가 진행되고 있다. 일본 수의생명과학대학의 하야마 교수는 2011년 4월부터 2013년 2월까지 후쿠시마에서 포획된 396마리의 원숭이와 북동부 지역의 아오모리 현에서 포획한 원숭이 29마리를 비교했다. 그 결과 토양이 세슘에 오염된 수준이 높을수록 원숭이 체내의 세슘 축적률이 높게 나타났으며 아오모리 원숭이에게서는 세슘이 검출되지 않았다. 특히 후쿠시마의 원숭이는 백혈구와 적혈구 수가 매우 낮게 나타났다.

2013년에 일본 키타사토대학 연구소는 휴메인소사이어티의 지원을 받아 후쿠시마에서 구조한 동물의 피폭 상황을 연구한 결과를 발표했다. 그중 고양이 한 마리의 표면선량이 무려 11,000cpm이나 나왔다. cpm은 방사능 오염도를 측정하는 단위로 수치가 높을수록 오염도가 높으며 일상에서 발생하는 방사능은 150cpm 정도다. 다행히 오염제거 작업 후 고양이의 표면선량은 200cpm으로 떨어졌다. 또한 장기 전반에 방사성 세슘 수치가 높게 나타난 동물도 있었는데 이런 동물은 고도로 오염된 지역에서 지내다가 구조된 것으로 판단되었다.

후쿠시마에 남겨진 동물 중에는 소, 돼지, 닭 등의 가축도 있다. 당시 경계구역으로 지정된 원전 사고 20킬로미터 이내에 닭 63만 마리, 돼지 3만 마리, 소 4,000마리 등이 있었는데 대부분 쓰나미 때 익사했고 살아남았더라도 챙겨 주는 사람이 사라지자 굶어 죽었다. 사람에 길들여진 동물이 사람을 기다리다가 이유도 모른 채 죽어 간 것이다.

그런데도 쓰나미와 굶주림을 이기고 살아남은 가축들이 있었는데 일본 정부는 원전 사고 두 달 후 살처분하기로 결정한다. 사람이 출입할 수 없으니 가축을 돌볼 수 없고, 위생상의 우려도 있고, 무엇보다 방사능에 오염되어서 식용으로 판매가 불가능하다는 이유였다. 지진, 쓰나미, 원전 사고로 사람이 사라진 공간에서 가까스로 살아남은 얼마 되지 않은 생명에게 살처분 명령이 내려진 것이다.

《후쿠시마에 남겨진 동물들》에서 가장 슬픈 사진은 나란히 놓인 두 장의 돼지 무리 사진이다. 한 장의 사진은 도로 위의 배고픈 돼지들이 저자를 보고 다가오자 저자는 가진 것이 개 사료밖에 없어서 그것을 먹이며 기운 차리고 살아달라고 부탁한다. 그러나 다음 날 가보니 돼지들이 모두 살처분당해서 누워 있었고 그게 나머지 한 장의 사진이다.

책을 만들면서 원전 사고는 다른 재해와는 상황이 다르다는 것을 알았다. 방사선은 보이지도 냄새가 나지도 몸으로 위험이 느껴지지도 않는다. 그러니 피난령이 내려져 집을 비우라는 정부의 명령에도 사람들은 가볍게 집을 나섰다. 곧 다시 돌아올 테니 반려동물도, 가축도 그냥 두고 나왔다. 집을 나서는 순간 영영 집으로 돌아오지 못할 거라고 예상한 사람은 없었다.

책 속 후쿠시마에 남겨진 동물들의 비참한 모습을 보고 사람들이 무책임하다고 생각할 수도 있다. 하지만 그게 마지막일지 알았다면 사람들도 그렇게 떠나지 않았을 것이다. 허겁지겁 집을 떠나느라 자기 옷도 챙기지 못하고 나온 사람, 급하게 떠나온 상태 그대로 지금까지 난민 생활을 이어가는 사람도 있다. 그러니 후쿠시마에 남겨진 동물들에 대한 죄는 사람이 아니라 원자력 이익집단인 기업, 정부에 물어야 할 것이다.

후쿠시마에 남겨진 동물은 국가와 사회로부터 보호받지 못하고 버려졌으니 유기동물은 맞지만 반려인에게 버려진 유기동물은 아니다. 오히려 그곳의 사람들 또한 국가와 사회로부터 유기된 상태다. 주민들의 허락도 없이 그곳에 원전을 짓고 그곳에서 나오는 이익을 챙긴 자들은 따로 있는데 그 피해는 고스란히 주민들이 받고 있다. 고향을 떠나 타지의 대피소를 전전하는 사람들. 국가로부터 유기된 동물들, 유기된 사람들이다.

후쿠시마에 남겨진 동물들에게 선택권은 없다. 묶인 채 죽거나 용케 줄이 풀려 있었다면 거리를 떠돌며 주린 배를 채우거나. 그러다가 정부로부터 살처분 명령이 내려지면 죽음을 맞는다. 후쿠시마 제1원전 옆에 남겨진 개가 발견된 곳의 방사선량은 280마이크로시버트였다. 평소 사람들이 노출되는 방사선량의 약 2,000배. 이런 환경에 그들은 버려져 있다. 인간에 의해 저질러진 재난을 묵묵히 받아들일 수밖에 없는 동물들. 그래서 책 속 동물들의 모습이 더 슬프다. 스스로 선택할 게 아무것도 없어서.

하지만 사람이라고 별반 다르지 않다. 그들에게도 선택권이 없기는 마찬가지다. 원전 사고 후의 후쿠시마에 대해 다룬 이홍기 감독의 다큐멘터리 〈0.23마이크로시버트-후쿠시마의 미래〉에 그 모습이 잘 드러나 있다. 대피소 난민들도, 다행히 피난령이 해제되어 집으로 돌아간 사람들도 달라진 환경에 적응하라고 강요당할 뿐 별다른 선택권은 없다. 예측할 수 없는 미래에 대한 두려움에 떠는 사람들의 모습에 남겨진 동물들의 모습이 겹쳤다.

《후쿠시마에 남겨진 동물들》에는 저자가 고속도로에서 주운 고양이 목걸이가 나온다. 사체는 부패하여 특징도 알 수 없지만 목걸이에 고양이의 이름과 연락처가 적혀 있다. 야마모토 미. 누군가에게 사랑받고 사랑을 주었을 고양이. 저자는 목걸이에 적힌 연락처로 계속 전화를 하지만 끝내 통화를 하지 못한다. 저자는 고양이의 반려인에게 나쁜 일이 생긴 것이 아니라고 믿고 싶어 하지만 그게 현실이다.

반려동물이 죽은 경우, 반려인이 죽은 경우, 대피소에 반려동물을 데려가지 못해 끝내 반려동물을 포기해야 하는 경우 등 가슴 아픈 이야기는 넘친다. 자식같이 키우던 강아지를 사고 후에 1년 넘게 찾아 헤매다가 끝내 만나지 못하고 돌아가신 할아버지는 잠깐의 이별이 영영 못 보게 되는 긴 이별이 될 줄 몰랐을 것이다.

살아 있는 동물을 죽이면서까지 일본 정부는 후쿠시마의 원전 사고를 없던 일로 만들고 싶어 한다. 하지만 후쿠시마에는 자발적으로 남아서 정부의 명령에 맞서며 동물을 돌보는 사람들이 있다. 그들 중 한 명이 《후쿠시마의 고양이》의 주인공인 마츠무라 씨다. 마츠무라 씨는 개, 고양이뿐만 아니라 소, 말, 타조 등 그곳에 남겨진 모든 동물을 돌보고 있다. 마츠무라 씨의 블로그 인사말을 보면 그가 무엇 때문에 후쿠시마에 남아서 동물을 돌보는지를 알 수 있다.

후쿠시마 제1원전 사고로 출입이 금지된 경계구역에 살면서 개, 고양이, 소 등을 돌보는 동물보호 활동을 하고 있습니다. 앞은 보이지 않지만 여기에 머무는 게 제 나름대로의 투쟁이라고 생각합니다. 달아난 소는 구조하고, 구조된 소는 중성화해서 번식을 방지하는 식으로 소를 돌보고 있습니다. 이 동물들을 마지막까지 지켜주고 싶습니다. 가축이라서 음식 목적일 때에만 생명이 허락되고, 방사능 재해를 입어서 고통받는 소는 도살 처분한다는 게 저는 용납이 되지 않습니다. 모두 같은 생명입니다.

후쿠시마 제1원전에서 12킬로미터 떨어진 집에서 살던 마츠무라 씨도 처음에는 피난을 갔다. 그러다 집에 남겨두고 온 개의 밥을 챙겨주러 돌아갔는데 개에게 밥을 주니 동네에서 떠돌던 개들이 밥을 먹으러 왔고, 주위를 보니 많은 개들이 묶여 있었다. 사람들이 다급히 피난가면서 금방 돌아올 거라는 마음에 개를 묶어 둔 것이다. 그런 모습을 본 마츠무라 씨는 남겨진 동물들을 돌보기 시작했다.

마츠무라 씨는 사람이 사라지고 모든 것이 단절된 마을에서 방사선 피폭이라는 위험을 감수하며 개, 고양이, 가축을 구조하는 일을 계속하고 있다. 인간이 멋대로 빼앗으려는 그들의 생명을 그들에게 돌려주는 일이 그의 임무라고 말한다.

또한 후쿠시마의 상황을 세계에 알리는 일도 적극적으로 하고 있다. 일본 정부는 인정하고 싶지 않은 '현재의 후쿠시마'를 세계에 전하는 활동을 하고 있는 것이다. 마츠무라 씨는 비영리단체 '힘내는후쿠시마'의 대표이기도 하다.

책에는 사람이 모두 사라진 곳에서 안락사당할 처지에 있던 고양이를 구조해서 함께 사는 모습이 그려진다. 마츠무라 씨는 분노가 꽉 찼던 마음이 고양이 덕분에 행복해졌다고 말한다. 마츠무라 씨의 고양이들, 남겨진 동물들의 모습이 너무나 평화로워서 더 슬픈 사진들이다.

마츠무라 씨처럼 후쿠시마에 남겨진 동물을 돌보는 곳은 10곳 정도며 '희망의 목장'도 그중 하나다. 후쿠시마 원전에서 14킬로미터 떨어진 곳에 위치한 희망의 목장에서 보호 중인 소는 약 350마리다(2014. 3). 이곳은 방사선량이 허용 기준치의 10배가 넘는 곳인데 먹지도 팔지도 못하는 소를 키우는 이유는 소야말로 원전 사고의 산증인이기 때문이다.

남아서 가축을 돌보는 사람들은 살아남은 소를 통해서 원전 사고 후의 방사능 오염에 대한 논의가 이루어지기를 바라고 있다. 때문에 후쿠시마에 남겨진 동물과 그들을 돌보는 사람들은 원전의 심각성을 세상에 알리는 증거이자 원전 반대의 상징이다.

일본은 후쿠시마 원전 사고로 잠시 멈췄던 원전을 재가동하기 시작했고, 우리나라 원전도 현재 23기에서 향후 35기로 늘어날 예정이다. 앞으로 국민들이 원전 문제에 대해서 어떤 견해를 갖는 정권을 선출하느냐에 따라 달라질 수는 있겠지만. 후쿠시마를 보고도 반성하지 못하는 나라에 미래가 있을까? 원전 사고 후 스스로 목숨을 끊은 후쿠시마의 낙농업자는 '원전만 없었다면'이라는 글을 남겼다.

일상과 삶의 터전을 잃은 후쿠시마의 사람들이 원하는 것은 원전 사고 이전의 일상으로의 복귀이지만 우리는 안다. 그것은 불가능하다는 사실을.

전문가들은 1986년에 원전 사고를 겪은 체로노빌에 생명이 살 수 있으려면 900년이 더 필요하다고 말한다. 후쿠시마도 앞으로 기약할 수 없는 시간이 걸릴 것이다. 공기, 물, 흙이 오염된 곳에서 생명은 살 수 없음을 아프게 배웠다. 우리는 그 길을 따를 것인가, 다른 길을 택할 것인가.

후쿠시마의 사람과 동물이 빼앗긴 평범한 일상은 언제쯤 돌아올 수 있을까? 그날이 오기는 할까? 그 땅에 사는 본래 생명이 누리던 평범한 일상을 송두리째 빼앗는 위험을 내포한 원전의 존재에 대해 질문을 던져야 할 때다. 후쿠시마를 통해 우리는 배웠다. 원자력 이익집단은 문제가 터지면 그 땅의 생명을 쉽게 유기해 버린다는 것을. 게다가 원자력 이익집단은 그 참사를 겪고도 멈췄던 원전을 다시 가동시키기 위해 분주히 움직이고 있다. 예상했던 일인데 그대로 현실이 되고 있다.

후쿠시마 피해 지역에는 반원전 활동가들이 '정치가의 집'이라는 문패를 달아 놓은 집 모양의 작은 구조물이 있다. 정치인들에게 와서 살아보라는 것이다. 그곳의 참상을 직접 겪은 정치인이라면 과연 원전 재가동 주장을 할 수 있을까? 인재든 자연재해든 상관없이 재난이나 전쟁에서 그 고통을 고스란히 겪는 것은 돈과 권력을 가진 자들이 아니라 언제나 평범한 이들이다.

체르노빌 동물들의
비극

●

우리가 후쿠시마에서 배우지 못했듯 후쿠시마도
25년 앞선 체르노빌에서 배우지 못했고, 같은 일은 반복되고 있다. 일
본이 일본 원전을 최고로 안전한 원전이라고 선전한 것처럼 그 시절
의 소련도 같은 말을 했다. 소련의 원전이 세계에서 가장 안전해서 붉
은광장에 세워도 괜찮을 거라고 했다. 사람들은 두려워하면서도 그
말을 믿고 싶었다. 하지만 1986년 4월 26일 저녁, 그 말은 거짓임이
드러났다. 지금도 많은 원전을 보유하고 있는 미국, 프랑스, 한국은 똑
같은 말을 되풀이하고 있다. 자국의 원전은 최고로 안전하다고.

체르노빌에서도 동물학살이 벌어졌다. 사람들을 피난시킨 후 전염
병을 막는다는 이유로 군인과 사냥꾼들을 마을로 들여 보내 반려동
물, 야생동물을 가리지 않고 총으로 쏴 죽였다. 사라졌던 인간의 목소
리에 반가워 뛰어나온 반려동물은 바로 총살당했다. 참여했던 사람들
은 개, 고양이를 죽이는 게 가장 수월했다고 증언한다. 사람과 살던 동

물이라서 자기들을 보면 쪼르르 달려왔다고, 인간은 인간만 구하고 나머지는 다 배신했다. 체르노빌에서 죽어 간 사람들처럼 동물들도 아무런 죄가 없는데.

수많은 체르노빌 생존자들과의 인터뷰를 담은 《체르노빌의 목소리》의 저자 스베틀라나 알렉시예비치는 체르노빌 사건 후 150만 명이 사망했지만 모두 침묵했다고 말한다. 책 속 생존자들은 자신의 이야기를, 자신들이 죽은 후에라도 누군가 알아주기를 바라며 증언했다. 체르노빌 사고 이후 지구는 핵 없는 세상으로 갈 줄 알았는데 그렇지 못했고 다시 후쿠시마 사고가 일어났다.

체르노빌에서 피난 온 아이는 "왜 동물들을 도와주지 못했나요?"라고 물었지만 동물뿐 아니라 수많은 사람도 도움을 받지 못했다. 여성은 세 명에 한 명꼴로 자궁을 드러냈고, 사랑, 결혼, 임신, 출산은 공포였으며, 아이들은 각기 다른 선천성 질병을 안고 태어났다. 사랑을 하고, 아이를 낳는 것이 죄가 되었다. 왜 생존자들이 죄의식을 갖고 살아야 하나. 그들은 아무 잘못도 없다.

우리는 지금도 체르노빌에 대해 잘 알지 못한다. 당시 소련 정부는 모든 것을 비밀에 부쳤고, 기록조차 남기지 못하게 했다. 비극을 기록하는 것을 금지시킨 정부에 맞서 체르노빌에 대해서 말하고 기록하려는 사람들에게는 용기가 필요했고 후쿠시마도 마찬가지였다. 비극을 글로, 사진으로 기록하는 사람들 덕분에 우리는 원전이 무엇인지 알아가고 있다.

우리는 체르노빌과 후쿠시마를 통해서 인간은 이 땅의 주인이 아니라 손님으로 왔다는 것을 알게 되었다. 손님으로 온 주제에 다 망쳐

놓고 갈 수는 없지 않은가. 그래서 이 땅을 후대에 고스란히 잘 물려 줄 수 있는 탈핵 공약을 낸 정치인들을 잘 골라야 한다.

체르노빌 사고가 난 지 26년이 지난 후 체르노빌에는 여행 상품이 생겼다. 원전 사고의 교훈을 얻기 위해 찾는 사람도 있다. 그런데 믿기 어렵지만 일상이 지겹고 새로운 게 필요한 사람들도 재미로 그곳을 찾는다. 실제로 체르노빌 핵 관광은 서양 여행객 사이에서 대단한 인기를 끌고 있다.

체르노빌 사고 이후에 태어났는데도 각종 선천성 질환에 걸려, 너무 아파서 엄마에게 죽여 달라고 말하는 체르노빌의 아이들, 후쿠시마에서 왔다고 왕따를 당하는 후쿠시마 아이들의 고통은 그들에게는 그저 남의 이야기일 뿐이다. 누구나 자기가 선 자리에서 세상을 보니까. 하지만 그 고통이 자신의 일이 될 수 있다는 성찰이 없는 사람에게도 원전 사고는 언제나 일어날 수 있다. 현재 전 세계 30여 개 나라에, 440기가 넘는 원전이 가동 중이다. 그중 하나라도 사고가 나면 체르노빌, 후쿠시마의 재난은 반복되고, 눈에 보이지도, 냄새가 나지도, 들리지도, 느껴지지도 않는 방사능은 국경을 넘을 것이다.

구호물자를 갖고 찾아온 사람들에게 체르노빌 사람들은 우리 땅이 아름답지 않느냐고 물었다. 독일에서 온 봉사자는 아름답지만 오염된 곳이라고 대답한다. 그들 손에는 방사능 측정기가 들려 있다. 체르노빌의 노을은 체르노빌 사람들에게만 소중한 거였다. 마찬가지로 사고가 난다면 우리 땅은 우리에게만 소중한 땅일 것이다.

일간지의
반려동물 부고란

　　　　　우리나라에 실질적인 반려동물산업이 시작된 건 1988년이다. 한 업체가 한국 펫시장의 발전 가능성을 보고 펫케어 사업을 시작했는데 당시 우리나라 사람들의 반응은 '어리둥절하다'라는 표현이 딱 맞았다. 남은 밥 대충 모아서 개에게 주던 시절이었으니 개에게 줄 사료를 사서 먹인다는 것 자체가 낯선 상황이었다. 반려동물 간식에 대한 반응은 더했다.

　"개껌이 뭐에요? 개가 껌을 씹어요?"

　지금은 보편화된 개껌이지만 그 시절에는 이렇게 묻는 사람이 많았다.

　반려동물산업은 국민소득과 관계가 깊다. 국민소득 3만 달러 시기에는 반려동물 장례업이 등장하고, 4만 달러 시기에는 반려동물에게 재산을 상속하는 문화가 등장한다고 보고 있다. 시장 규모에 따라 산업도 세분화되어 반려동물 놀이방, 강아지를 위한 요가 강습소, 반려동물을 위한 온천, 마사지숍 등을 흔히 볼 수 있다. 현재 영국 등 많은 유럽 국가에서는 사람 칫솔보다 개 칫솔이 더 많이 팔린다.

찡이가 다니던 병원에 응급 환자가 도착했다. 중년의 부부가 반려견을 자식 삼아 의지하며 살고 있었는데 어느 날 갑자기 쓰러진 것이다. 원인은 목디스크였고 바로 수술에 들어갔는데 수술 중에 부인이 실신하고 말았다. 자식 같은 개가 혹시라도 잘못될까 봐 걱정하던 부인이 불안감을 못 이기고 쓰러진 것이다. 남편은 개가 입원한 동물병원과 부인이 입원한 병원을 오가며 간호를 해야 했다.

반려동물 장례지도사인 분은 잊지 못할 고객으로 한 가족 이야기를 들려주었다. 반려견의 장례가 진행되는 동안 가족들이 흘린 눈물로 장례식장은 그야말로 눈물바다였다. 중소기업을 운영하던 이 집은 IMF 때 부도를 맞고 온 가족이 비닐하우스에서 살게 되었다. 모두 말을 잊은 채 힘든 시기를 견디던 그 시절, 가족은 말없이 앉아 있다가도 개의 재롱을 보며 웃었고, 개를 소재로 대화를 되찾아 갔다. 그렇게 개는 존재만으로도 가족에게 희망을 주었고, 2년 후 사업은 제자리를 찾았다. 그 모든 가족의 역사에 함께했던 개가 떠났으니 눈물을 멈출 수 없었던 것이다.

가족의 구성원이 꼭 인간일 필요는 없다. 가족은 개일 수도, 고양이일 수도 있다. 뭘 그렇게 유난스럽게 호칭을 따지냐고 묻는다면 되묻고 싶다. 그럼 아내나 남편을 '반려인'이라 부르지 않고 '애완인'이라고 부를 수 있냐고.

현대의 도시 생활은 사람들을 자기중심적이고 외롭고 고독하게 만든다. 사람들은 경쟁에서 지지 않기 위해 치열하게 일하고, 또한 상처 받지 않기 위해 마음을 잘 표현하지 않는다. 그러다 보니 물질적으로는 풍부하지만 정신적·감정적으로는 메마른 생활을 하는 현대인들. 그런 사람들에게 가족을, 고향을, 동심을 선물하는 게 바로 반려동물이다.

"집에 들어가면 나를 반갑게 맞아 주는 건 우리 집 개밖에 없어."라는 가장들의 자괴적인 말은 거짓말이 아니다. 집이라는 같은 공간에 있어도 가족은 '가족'이라는 같은 틀 안에 있기보다는 각자 '자신' 안에 갇혀 있는 경우가 많다. 그런 사람들에게 무조건적인 사랑을 전하는 반려동물은 가족, 그 이상일 수밖에 없다.

우리 집만 해도 언젠가 개를 잃어버렸을 때 '사례금 100만 원'이라고 적힌 전단지를 붙이고 다니면서 개를 찾았다. 어떻게라도 사람들의 눈길을 끌어서 개를 찾겠다는 간절한 마음이 담긴 전단지였다. 우리 집의 사례가 유별난 것일까? 언젠가 찡이를 데리고 대학부속 종합동물병원에 갔다가 1층 로비에서 당뇨병에 걸린 퍼그를 지극정성으로 보살피는 중년 아주머니를 만났다. 자신을 보며 주위 사람들은 그러다가 당신까지 병난다고 안락사시키라고 했지만 절대로 그럴 수 없다고 했다. 그분뿐 아니라 병원에는 백내장 수술을 한 16살 된 개의 병문안을 온 노부부, 결혼하면서부터 함께 살아 자신들의 아기가 태어나고 자라는 것을 다 보고 아기의 가장 좋은 친구가 되어 주었던 개가 병에 걸리자 살리기 위해 대학병원을 찾았다는 젊은 부부가 모여 서로 이야기를 나누고 있었다. 그 순간 그들에게 인간과 동물의 구분은 없었다.

인간의 부주의로 누군가의 반려동물이 다치거나 죽게 되었을 때 개 주인에게 위자료를 배상하라는 판결이 종종 내려진다. 이에 대해 언론에서는 '애견 의료사고 위자료, 개 값의 3배'라며 선정적으로 보도했지만, 반려인들은 가족 같은 개가 죽었는데 위자료가 무슨 의미냐고 생각한다. 앞으로 우리나라에서도 사람이 죽으며 남은 반려동물을 위해 재산을 상속하는 일도 드물지 않을 것이다. 영국의 한 일간지처럼 반려동물 부고란이 생길 수도 있고.

동물과 대화를 하는 직업인 애니멀 커뮤니케이터도 국내에 등장했다. 이를 허무맹랑한 이야기라며 믿지 못하는 사람들도 있고, 동물과 대화가 된다고 무슨 이득이 있냐고 묻는 사람도 있다. 사람들은 왜 동물과 대화를 하려는 것일까? 과학자이며 저널리스트인 스티븐 부디안스키는 그의 저서 《개에 대하여》에 다음과 같이 썼다.

그건 바로 함께 사는 동물과 정신적으로 깊은 교감을 원하기 때문이며, 그게 바로 현대인들이 반려동물과 함께 사는 이유이기도 하다. 사람들은 동물과 마음을 나누며 삶이 충만해지는 것을 느낀다. 나와 다른 존재와 사심 없이 마음을 나누는 것이 얼마나 기쁘고 아름다운 일인지 동물을 통해 배우게 된다.

공정한
우두머리 뽑기

신간 출간이 코앞이라 교정지를 들고 디자인팀 과 사무실을 오가는 게 일이다. 대선을 앞둔 그날도 교정지를 껴안고 버스 구석에 앉아 부족한 잠을 청하고 있는데 뒷좌석 어르신들이 큰 소리로 자꾸 잠을 방해한다.

"그러게 그 놈이 대통령 되면 나라가 x된다니까."

하마터면 "누가 되든 하루아침에 x되기야 하겠어요. 잠 좀 잡시다." 하고 끼어들 뻔했다. 큰 선거가 코앞이니 대화 주제가 되는 건 이해하지만 왜 이렇게 극단적일까?

하긴 대통령 한 명이 나라를 좌우한다고 생각하면 대선은 절대 질 수 없는 게임이다. 우리 책 중에 물거나 짖는 등 문제가 있는 개의 행동을 교정하는 내용의 개 교육서가 있는데 한 독자가 메일을 보내왔다. 원서의 '리더leader'를 왜 우두머리로 번역했느냐는 것이다. 리더가 흔히 통용되는 단어여도 우두머리라는 대체하기 적합한 우리말이 있어서 사용했다고 답했는데 아마도 독자는 단어가 주는 어감에 대한 거부감이 있었던 것 같다.

개의 생태를 설명할 때 사용하는 서열, 우두머리 등의 단어에 거부감을 보이는 사람들이 많다. 상명하복, 승자독식의 인간사회와 연결지어 생각하기 때문이다. 하지만 개의 무리는 인간과 다르다. 힘세고 건강하고 경험이 많은 우두머리 부부를 중심으로 무리가 형성되지만 수직 구조라고 볼 수 없다.

개의 무리를 설명할 때 서열이라는 단어가 불편하다면 역할로 바꾸면 좋다. 가정에서도 서열이면서 역할이 있다. 우리 형제가 어릴 때에는 부모님이 돈을 벌고 우리를 교육시키고 돌봤다. 우리는 모르는 일이 있으면 부모님께 묻고 해답을 얻었다. 하지만 이제 세월이 흘러 우리에게 경제력이 생겼고, 부모님은 나이 들면서 스스로 판단력이 예전만 못하다고 생각되자 중요한 일이 있으면 우리의 의견을 먼저 묻는다. 이렇게 함께 살면서 자연스럽게 역할이 바뀌는 것이다.

개의 우두머리는 무리의 모든 걸 지배하지만 무리가 위험에 빠지면 위협에 맞서 싸워 무리를 보호할 책임이 더 크다. 우두머리의 임무는 오로지 무리의 생존이고, 무리는 '같이 살자'는 동업자 의식이 강하다.

따라서 개의 무리는 각자 자기의 위치를 받아들이고 책임을 유지하면서 우두머리를 신뢰하는 수평적이고 평화로운 구조다. 물론 우두머리만 번식의 기회가 있기는 하다. 이는 건강한 자손을 낳아 무리를 유지하기 위함인데 이를 두고 인간 수컷들이 전혀 수평적이지 않다고 흥분하면 할 말은 없다.

또한 개의 우두머리는 자신의 권위를 입증하는 과정에서 폭력을 사용하지 않는다. 오히려 개 우두머리에게 요구되는 능력은 일관성과 온화함이다. 그래야 무리가 신뢰하고 따를 수 있기 때문이다. 그래서 세계적으로 개 교육법은 개를 때리거나 목줄을 당기는 등의 폭력적인 복종교육법에서 행동심리를 바탕으로 한 긍정교육법으로 변화하고 있다.

개는 불공정함을 인지할 수 있는 지능을 가졌다. 지금도 내 책상에는 오스트리아 빈 대학교 연구팀의 실험 사진이 붙어 있다. 연구진은 두 마리 개에게 손을 달라고 요구한 뒤 응하면 똑같이 간식을 주었는데 한 번은 같은 상황에서 한 마리 개에게만 간식을 주었다. 그러자 간식을 받지 못한 개는 다음 번 "손!"이라는 요구에 고개를 휙 돌려 버렸다. 똑같은 행동에 옆의 개만 보상을 받자 황당해하는 표정과 연구진을 외면하는 성난 표정이 압권이다. 개는 불공평한 것을 참지 않는다.

하긴 멀리 갈 것도 없다. 언젠가 나도 반려견 쩡이, 조카와 아이스크림을 나눠 먹고 있었다. 셋이 둘러앉아 '쩡이 한 번, 조카 한 번, 나 한 번' 이런 순서로 계속 먹다가 내가 한 번 더 먹고 거꾸로 돌아가려 하자 쩡이가 갑자기 흰자위를 드러내고 희번덕거리며 온몸으로 말했다.

"우리 공정하게 먹읍시다!"

공정하지 못한 우두머리에 대한 항의 표시다.

나는 늘 동물에게 배우는 편이어서 선거 때마다 개에게 배운 대로 공정함을 기준으로 우두머리 뽑기에 참여한다. 그리고 어떤 결과가 나오든 동업자 의식을 갖고 살아가다가 마음에 들지 않으면 다음 번 선거에서 그들이 손을 내밀 때 응하지 않으면 그만이다.

동물옹호론자는
투명 인간이 아니다

　　　　　　고양이와는 어렵지만 반려견 찡이와 살 때에는 선거 때마다 함께 투표장에 갔다. 지방선거, 대통령선거, 국회의원선거 등등. 신원확인 후 찡이를 번쩍 안고 기표소로 들어갈 때면 매번 뒤통수에서 참관인들의 신음소리가 들렸다.

　　"어, 어, 저기, 개는, 개는… 끄응."

　　개와 함께 기표소에 들어가는 게 못마땅한데 그렇다고 딱히 막을 근거도 없으니 허공에 손을 휘저으며 신음소리를 낼 수밖에.

　　그렇게 당당하게 기표소에 들어갔지만 정작 투표용지 앞에서는 늘 망설였다. 동물복지에 관한 공약을 낸 후보가 없었기 때문이다. 그런데 시대가 바뀌었는지 언제부터인가 진보정당 후보들을 중심으로 동물에 관한 공약이 나오기 시작하더니 2012년 대선 때 개와 고양이를 키우는 반려인으로 유기동물과 함께 청와대에 입성하겠다는 혁명적인 후보가 등장했다.

그 후보는 직접 인터넷으로 사료와 물품을 구입하는 반려인이다. 유기묘 출신인 고양이 쩡쩡이가 쥐를 잡아온다는 얘기를 들려주는 대통령 후보에게 반려인들은 격하게 공감했다. "우리 집 고양이는 살아 있는 쥐도 잡아와 집 안을 초토화시켜요."라는 수다를 함께 떨 수 있는 대통령 후보를 만났으니 이거야말로 신천지다.

반려인들은 후보의 반려동물(후보가 아니고!)의 신상을 털기 시작했다. 내 일에 관심을 보이는 사람에게 관심을 갖는 건 당연한 일이니까. 고양이 쩡쩡이는 최초로 신상이 털린 고양이가 되었고, 상대적으로 덜 노출된 마루와 쯔쯔 등의 정보를 풀라는 요구가 빗발쳤다. 덕분에 쩡쩡이는 그해 반려인이 모이는 송년회에서 최고로 흥하는 소재였다.

내가 아는 많은 반려인은 동물보호법 강화를 공약한 그 후보를 지지했다. 선거 때의 공약이 공약空約이 될 수 있음을 알지만 동물복지 문제에 관심을 보인 것만으로도 고마웠다. 이런 흐름을 읽었을까. 선거 막바지에 다른 후보 캠프도 동물보호단체가 보낸 질의서에 답변을 냈다. 나는 회심의 미소를 띠었다.

'드디어 우리가 무서운가 봐. 만세!'

반려인과 동물보호단체가 정치인들에게 위협적인 유권자 집단으로 보이기 시작했다는 증거다.

외국처럼 대통령의 반려동물인 퍼스트도그, 퍼스트캣의 일상이 미디어의 관심이 되는 것은 바라지도 않는다. 그저 정치인들 눈에 투명인간으로 보였을 동물 문제에 관심 있는 유권자들이 선거를 통해 존재증명이 된 것 같아 기뻤다.

대선이 겹친 송년회가 늘 그렇듯 '미리투표'가 횡행했다. 반려인이 모인 자리는 반려인인 후보 몰표라 재미없었다. 대전의 젊은 번역가들과의 자리도 전부 반려인인 후보를 지지했다.

그런데 가족모임에서 이 흐름이 깨졌다. 강남에 사는 언니와 형부는 부자증세를 걱정해 다른 후보에게 표를 던졌다. 자신의 이해관계와 맞는 후보에게 투표하는 것은 당연하다. 그렇지만,

'우리 쩡이를 생각해서 언니가 그러면 안 되지.'

내가 언니를 설득하려는 찰나 술기운으로 순발력이 떨어진 나를 제치고 엄마가 나섰다.

"평생 대우만 받고 살아온 사람이 서민을 어찌 알아."

엄마의 일갈에 착한 큰딸 내외는 반려인인 후보에게 투표하겠다고 엄마와 약속했다.

누구나 자신의 이해관계와 맞는 후보에게 투표한다. 그런데 누구는 투표권 없는 동물의 이해관계를 대신해 투표한다. 안락사된 유기견을 대신해서 한 표, 길에서 죽어 간 길고양이를 대신해서 한 표, 구제역 때 생매장된 가축을 대신해서 한 표! 비록 지지하는 후보는 낙선했지만 처음으로 동물을 대신해서 투표할 수 있었던 2012년 대선은 즐거웠다.

댓글보다 못한
방송

　툭하면 뉴스 리포트 하나로 동물 카페와 SNS가 들썩거린다. 공중파 뉴스를 안 본 지 오래되어서 온라인이 들썩이면 그제서야 뉴스를 찾아본다. 한 번은 온라인 고양이 세상이 들썩여서 찾아봤더니 역시나 길고양이 관련한 뉴스 리포트였다. 길고양이 때문에 갈등이 심각하다며 투표를 한다고 하는데, 시각이 놀라웠다. 뉴스에서 동물 문제를 다루는 방식은 대개 형편없다. 한때 권력의 눈치를 보던 방송은 시사 뉴스를 줄이고 동물 문제를 뉴스 연성화의 재료로 삼거나 수익을 창출할 미래산업의 일환으로 봤다.

　문제가 된 리포트의 주요 내용은 대충 이랬다. 길고양이가 늘어서 갈등이 계속 발생하고 있는데 과연 돈을 들여서 길고양이 TNR 사업을 계속해야 하는지 투표를 해보자는 것이었다. 이 리포트의 가장 큰 문제는 기본적으로 길고양이를 공존의 대상으로 보지 않는다는 점이었다. 서울시가 길고양이를 살처분하는 방식으로 민원을 해결하던 일을 2007년 시범사업을 시작으로 다음해 TNR을 시작한 게 언제인데, 아직도 살처분 타령이라니. 이미 길고양이를 도심 생태계의 일원으로 받아들여서 TNR 정책을 시행하고 있는데 말이다. 리포트에서는 고양이 소리와 분변, 음식물쓰레기를 뒤지는 것 등이 문제라고 지적하는데 바로 그걸 해결하기 위해서 하는 게 TNR이다. 아무리 기자의 일이 전문가를 취재해서 옮기는 것이라지만 이처럼 허술한 리포트를 해도 되는지, 그걸 킬하지 못하고 내보내는 데스크는 뭔지 한심했다.

게다가 '늘어만 가는 길고양이~', '주인 없이 떠도는 길고양이 25만 마리~' 등 근거 없고 정확하지 않은 내용을 아무렇게나 사용하고 있었다. 길고양이 개체수에 관한 신뢰할 수 있는 자료가 없는 상황이었는데 어느 자료에서 본 건지 궁금했고, 길고양이는 주인이 없는 게 아니라 도심 공간을 삶터로 사는 생명인데 마치 길고양이를 유기동물처럼 표현한 것도 한심했다. 방송국 게시판에는 리포트의 오류를 지적하는 댓글이 엄청나게 달렸다. 댓글보다 못한 방송. 길고양이를 다루는 많은 뉴스가 이 수준을 벗어난 지 얼마 되지 않았다.

게다가 믿었던 교육방송까지. 지금은 폐지되었지만 시사환경 프로그램인 〈하나뿐인 지구〉는 동물 문제에 관심이 있는 사람들이 아끼는 프로 중 하나였다. 그런데 문제행동을 하는 개의 문제를 다루면서 책임감이 아닌 죄책감을 강요했다. 이 프로그램은 환경, 동물, 자연 문제에 대해서 좋은 시각을 가졌고, 공중파가 시사환경을 다루는 다큐멘터리 프로그램을 다 폐지하는 와중에 유일하게 살아남은 프로그램이었다. 그런데 문제행동을 하는 개에 대한 방송을 보면서 계속 고개를 갸웃거렸다.

'그래서 어쩌자는 거야?'

반려견 분리불안에 관한 내용이었다. 집을 오래 비우는 사람들의 개가 분리불안 증상으로 고통받는다는 내용이었다. 그 분리불안의 원인은 어릴 때 너무 일찍 어미 개와 떨어진 것과 사회성 교육에 대해 무지한 사람 때문이라고. 그건 맞는 이야기다. 불편했던 건 가족이 오랫동안 집을 비운 사이 분리불안 증상을 보이는 개가 힘들어하는 모습을 보면서 우는 반려인을 클로즈업하는 거였다. 그리고 이어지는 반려인의 후회와 자책.

강아지 분리불안의 이유는 많다. 프로그램에서 지적한 대로 사회성 교육이 부족해서이기도 하고, 강아지 공장에서 어미와 일찍 분리된 이유도 있다. 반려인이 개와 제대로 된 관계를 맺지 못해서이기도 하다. 그러니 분리불안은 소수의 경우를 제외하고는 교육을 통해 교정이 가능하다.

그런데 그런 대안 제시 없이 반려인을 죄책감으로 몰아넣다니. 사실 한국의 반려인구가 늘지 않는 이유 중 하나는 한국의 세계 최장의 노동 시간 때문이라고 나는 생각한다. 아침 일찍 출근해서 늦은 밤에 피곤에 절어 퇴근하는 사람은 반려동물을 돌볼 시간도, 그들과 교감할 마음의 여유도 없다. 독일의 경우 유기동물을 입양 보낼 때 하루 8시간 이상 집을 비우는 사람에게는 개를 보내지 않는다. 그만큼 동물과 함께 많은 시간을 보내는 것이 중요하다. 독일의 기준으로 따진다면 한국에서 반려동물을 입양할 수 있는 사람은 과연 몇이나 될까.

우리나라 사람이라고 그걸 모를까. 안다. 집에 혼자 오래 남겨진 아이들이 힘들 것임을 모르는 사람이 어디 있겠는가. 알지만 그것 말고는 아이들과 함께 살 수 있는 방법이 없는 사람들이 많다. 안 그래도 일찍 출근했다가 늦게 퇴근하는 반려인의 마음이 얼마나 힘들 텐데 그걸 다 당신 탓이라고 말하다니. 아침이면 아이들만 남겨두고 문 잠그고 나가는 사람들의 마음이 그동안 즐거웠다고 생각하는지.

혼자 반려동물을 키우는 반려인을 만날 때면 혼자 아이를 두고 나갈 때의 미안함에 대해서 토로하는 분들이 많다. 유기동물 보호소에서 나이가 많아서 아무도 입양해 가지 않아 안락사 위기에 처한 아이들만 입양해서 키우는 분이 계시다. 혼자 살고 직업을 갖고 있다. 그분이 이 프로그램을 보시고 그럼 나 같은 사람은 어찌하느냐며 착잡해했다. 반려동물과 많은 시간을 함께 보내고 싶지만 노동 시간이 가장 긴 나라에서 반려동물과 살아가려면 어쩔 수 없다. 그러니 중요한 건 책임 소재가 아니라 짧지만 함께 있는 시간을 어떻게 보낼 것인가다.

뉴욕에 갔을 때 햇볕 쨍쨍한 낮에 도그파크에 나와서 반려견과 여유를 즐기는 사람들이 부러웠다. 도그파크에는 사람과 반려견이 가득했다. 처음에는 훤한 대낮에 사람들이 너무 많아서 "뉴욕 사람들 다 백수야?"라고 했더니 서머타임 기간이어서 일찍 퇴근한 거라고 했다. 도그파크가 부럽지 않고 그들의 짧은 노동 시간이 부러웠다. 물론 그런 여유를 가질 수 있는 사람들은 대부분 좋은 직업을 가진 화이트칼라이기는 하지만.

세계적인 베스트셀러 《도서관 고양이 듀이》에 이런 이야기가 실려 있다. 한겨울에 도서 반납함에 버려졌다가 도서관 고양이가 된 듀이는 직원과 이용객의 사랑을 받으며 지낸다. 1988년 당시는 미국의 경제불황이 심각하던 시기여서 실업자는 넘쳤고, 온종일 일을 해도 먹고 살기 힘든 시절이었다. 당연히 부모는 둘 다 하루 종일 나가 일하느라 자녀를 돌볼 시간이 없었다. 부모가 없는 낮 시간에 지역 도서관을 찾은 아이들과 놀아 주고 애정을 준 존재가 바로 고양이 듀이였다. 어느 날 한 아이의 엄마가 일을 마치고 도서관에 와서 자녀를 찾아 돌아가면서 듀이에게 다가가 속삭인다. "듀이야, 고맙다." 이 책을 읽으며 내가 가장 뭉클했던 장면이다. 어떤 상황에서도 사람들은 그 시간을 견디며 동물들과 온기를 나누고 함께 살아간다. 그러니 힘든 사회 환경을 외면하고 모두 사람들 탓이라고는 하지 말자.

개를 키우면 안 되는 사람은 책임감이 없는 사람이지 노동 시간이 긴 사람이 아니다. 반려동물을 버리지 않고 살기 위해 노력하는 사람들에게 죄책감을 심어 주는 건 가혹하다. 사람도 환경적 이유로 분리불안장애를 겪는 아이들이 있지만 누구도 그러니 당신은 아이를 키우면 안 된다고 말하지 않는다. 동물 방송은 사람들에게 죄책감이 아니라 책임감을 요구해야 한다. 죄책감은 나아갈 힘을 주지 못하는 감정이다. 그 문제 앞에서 주저앉아서 반려동물을 포기하게 만들어서는 안 된다.

신간을 서점에 배본해야 해서 서점 MD와 미팅을 할 때였다. MD가 대뜸 내게 TV 동물 프로그램에서 강아지 공장 현장을 봤는데 너무 힘들었다면서 그 프로그램은 왜 자극적인 내용을 방송하느냐며 내게 따졌다. 처음엔 '내게 왜 이러세요.' 싶었지만 동물 책만 내는 출판사니 시원한 대답을 해 줄 거라 생각했나 보다.

물론 강아지 공장 문제는 거대한 반려산업의 생산, 판매 등의 문제와 직결된 것이라 좀 더 큰 시야로 봐야 한다. 하지만 사람들이 펫숍에서 어리고 작은 개만 찾는 한 법 개정으로도 한계가 있다. 소비자가 바뀌어야 생산자가 바뀐다. 펫숍에서 어리고 작은 개만 찾지 말고 보호소에서 입양하라는 계도성 방송이 필요한데 그걸 어느 방송이 할까? 참혹한 현장을 폭로하는 방송은 많지만 그 문제를 해결할 근본적인 방법을 차근차근 설명하는 프로그램은 찾기 어렵다.

동물 프로그램은 왜 한없이 행복한 화면이나 반대로 자극적이고 잔인한 힘든 영상만 내보내느냐는 서점 MD의 다그침에 "그건 예능 프로잖아요. 한계가 있어요."라고 답했지만 예능이 아닌 시사, 교양 프로그램도 그다지 다르지 않다는 게 진짜 문제다. 동물 문제에 있어서 근본 원인까지 파고드는 시사 프로그램이 많지 않다.

기자나 PD는 한 분야의 전문가가 아니다. 여러 전문가를 만나야 하고 원인과 해결법을 고민해야 한다. 그리고 무엇에 중점을 두고 리포트를 할 것인지 자신만의 관점을 가져야 한다. 특히 생명 문제에 기계적 중립은 위험하다. 자칫 어설픈 방송 하나로 여러 생명의 삶이 송두리째 바뀔 수도 있음을, 그 무거움을 알면 좋겠다.

동물해방을 위한
열차

　　시작은 엉터리였다. 노견이 된 아이와 살고, 아직
어린 반려견을 잇달아 사고로 보내면서 불안하고 슬픈 마음을 진정시
켜 줄 책이 필요했다. 외서를 잔뜩 사서 읽다 보니 이런 책이 나 말고
도 필요한 사람이 있겠구나라는 생각에 덜컥 출판사 등록을 해 버렸
다. 당시는 '코가 촉촉한 개를 고른다.' 수준의 내용이 전부인 '애완'동
물 관련 책이 전부였던 때였다. 반려동물이 이미 가족인 나 같은 사람
들에게 좋은 책을 소개하고 싶은 단순한 마음으로 벌인 일이었다. 첫
책이 2006년에 나왔으니 벌써 10년이 넘었다.

　책을 만드는 편집자로 밥벌이를 하리라고는 생각도 하지 않았다.
10년 넘게 잡지기자로 일해서 무슨 일을 해도 그 언저리에 있을 거라
고 생각하다가 덜컥 일을 저질렀다. 일을 저지르면서도 오래 갈까 싶
었다. 눈여겨본 책 몇 권 출간하고 반응이 없으면 "오메, 이게 아닌가
벼." 하고 그만두려고 했다.

출판에 대해서는 아무것도 모르니 창업을 하기 전에 전문가들을 만나서 조언을 구했는데 동물 책만 내는 출판사를 하겠다니 다들 손사래를 치면서 강력하게 말렸다. 특히 "짐승 좋아하는 사람은 책 안 읽어! 망해!"라는 한 베테랑 출판 영업자의 일갈에 다리가 꺾였다. 하지만 사람들이 책을 읽지 않는 것은 읽을 만한 책이 없기 때문이니 내가 읽을 만한 책을 만들면 된다고 '정신 승리'에 가깝게 내 마음대로 해석했다. 해보고 싶은 건 해봐야 하니까. 그러니 일단 직진!

그렇게 엉터리로 출판을 시작한 지 10년이 넘었다. 미국의 수의사 제임스 서펠은 《동물, 인간의 동반자》의 서문에서 초판을 냈던 1980년대와 1990년대, 10년 사이 동물을 대하는 미국의 사회 분위기가 완전히 달라졌다고 말한다. 나도 같은 걸 느낀다. 책공장더불어가 첫 책을 낸 2006년과 2019년 현재, 10여 년 사이에 동물을 대하는 한국 사회의 분위기는 달라졌다. 여전히 딴지를 거는 사람은 있지만 반려동물은 가족이 되었고, 부족하지만 동물원 동물, 쇼 동물, 농장동물 등 인간이 사용하는 동물의 복지에 대한 논의를 하고, 동물복지와 동물권 문제가 담론에 그치지 않고 현실을 바꾸기 위한 정치의 의제가 되고, 세대 간의 간극이 큰 개식용 문제도 서서히 앞으로 나아가고 있다. 2018년에 최대 규모의 경기 성남시 모란시장의 개 도축장과 태평동 개 도축장이 폐쇄되었고, 청와대는 개식용에 관한 국민청원의 답변으로 '가축에서 개가 빠질 수 있도록 관련 규정 정비를 검토할 것'이라고 답했다. 뭐든 빠르게 바뀌는 한국에서 느리지만 그래도 동물 문제를 대하는 사람들의 태도가 바뀌고 있음을 실감한다.

그 10년의 변화에 책은 어떤 역할을 했을까? 작은 영향이라도 끼쳤을까? 분석 자료도 없고 정확한 건 모르겠지만 계속 동물 책을 만들면서 독자들의 의식이 바뀌는 것은 느끼고 있다. 반려동물 분야는 특히!

2006년 첫 책 《동물과 이야기하는 여자》를 출간했을 때 애니멀 커뮤니케이터인 저자에 대해서 "개 점쟁이야? 영매사?", "용하네."라는 소리를 들었는데 현재는 국내에도 활동하는 애니멀 커뮤니케이터가 생겼다.

책을 낸 후 지금까지 《동물과 이야기하는 여자》의 저자인 리디아 히비가 매해 독자들의 사연을 받아 상담을 해 주는 이벤트를 진행하고 있다. 상담으로 사고사를 당한 아이의 사인을 알아내고, 문제행동의 원인을 알게 되고, 반려인이 미처 알아차리지 못한 아이의 마음을 전해 듣는 등 도움이 되는 일이 많았다. 그래서 나는 동물과의 대화를 믿지 않는 것은 자유지만 조금만 마음을 연다면 또 다른 세상을 만날 수 있으니 새로운 세상을 만나는 문을 열어보는 것이 어떠냐고 사람들에게 말한다. 10여 년 전 이런 나의 말이 비웃음을 살 상황이었다면 지금은 많은 동의를 얻는 것이 변화일 것이다.

출판사의 초창기 책은 주로 반려동물에 관한 책이었다. 반려동물이 나이 들고, 아프고, 떠났을 때 어떻게 대처해야 할지 몰라서 쩔쩔매던 나를 위한 책을 찾다가 출판사를 차렸으니 당연한 일이다. 그런데 반려동물 문제에 집중하다 보면 피할 수 없이 함께 따라오는 것이 있다. 유기동물 문제. 그것을 회피한 채 아이들과 행복하게 사는 책만 낼 수는 없었다. 동물 책을 내는 사람으로 사회적 책임감을 느껴서 낸 첫 책이 《유기동물에 관한 슬픈 보고서》였다. 유기동물에 관한 책은 한 권도 없을 때였다.

어영부영 시작한 출판사가 여섯 번째 책인 이 책이 나올 때까지 망하지 않았으니 책임감이 무겁게 느껴져서 낸 책이다. 많은 사람들이 읽어서 유기동물 문제에 관심이 생겼으면 좋겠다고 생각했지만 한 권도 팔리지 않아도 상관없었다. 개인적으로 부채감을 덜고 싶은 마음이 큰 책이었는데 예상외로 책은 꾸준히 팔려 나갔다. 이때 독자들을 믿고, 독자들과 함께 여러 동물 문제에 대해서 고민해 볼 책을 내도 되겠다고 결심했다.

다음으로 고민한 문제는 동물원 동물, 쇼 동물 등 전시동물이었다. 유기동물은 일상적인 공간에서 마주하는 일이라서 사람들이 쉽게 접하고 이해할 수 있지만, 전시동물은 달라서 더 친절한 설명과 집요한 설득이 필요한 문제였다. 일단 동물원 동물에 관한 책을 써 줄 저자를 찾아 나섰다. 논문을 찾고 사람을 직접 만나기도 했지만 동물의 입장에서 글을 써 줄 전문가는 없었다. 만난 사람 중에는 나를 향해 그럼 세상에서 동물원이 없어져야 한다고 생각하느냐면서 따진 사람도 있었다. 이게 불과 10여 년 전의 일이다.

결국 2015년에야 국내 저자가 동물복지의 관점으로 쓴 우리나라 동물원에 관한 책《고등학생의 국내 동물원 평가 보고서》를 낼 수 있었는데, 그 반응이 생각 이상이었다. 2012년에 동물원 문제에 관한 책을 써 줄 국내 저자를 못 찾고 외국 저자의 책《동물원 동물은 행복할까?》를 출간했다. 사진은 많고, 글의 양이 많지 않으면서 쉬워서 동물원 동물의 문제를 동물복지의 관점으로 보게 해 줄 입문서 개념이었다. 어린이부터 성인까지 보기를 바라는 마음이었는데 청소년 도서로 추천되면서 많은 독자를 갖게 되었다. 반면《고등학생의 국내 동물원 평가 보고서)는 지난 주말에 에버랜드에 가서 본 북극곰 통키(통키는 2018년에 동물원에서 사망했다)가 얼마나 고통받고 살고 있는지 과학적인 관점으로 구체적이고 치밀하게 비판하고 있는 두툼한 책이어서 독자들에게는 꽤 불편한 책이었다. 이런 불편한 책을 사서 읽는 독자가 있을까 싶었는데 내 의심을 비웃듯 이 책을 찾는 독자들이 있었다. 사회적으로 고무적인 발전이다.

게다가 그 독자들은 아주 적극적이었다. 책을 출간한 후 저자와 독자가 함께 동물원을 걷는 행사를 여러 번 진행했다. 글로만 읽어도 마음 아픈 동물을 직접 눈으로 보는 일은 굉장히 힘든 일인데도 많은 독자들이 함께했다. 동물원 관계자, 청소년, 교사, 연구자, 동물을 좋아하는 사람, 아이들과 함께 온 부모, 평범한 직장인 등 다양했다. 모두 자기의 자리에서 동물원 동물을 위해서 무엇을 할 수 있을지 함께 고민했다. 게다가 행사에는 매번 초대하지 않은 손님도 합류했다. 해당 동물원 관계자들은 조금 떨어진 곳에서 행사를 진행하는 우리 무리를 조용히 관찰하거나 조롱했다. 구멍가게 출판사의 소박한 행사에 관심을 보여 주다니 영광이었고 조롱도 반가웠다. 저항이 있다는 건 세상을 변화시키고 있다는 증거라는데 우리가 그 균열의 시작이면 좋겠다고 생각했다. 동물원 책을 써 줄 저자를 찾지 못해서 난감했던 때에 비하면 얼마나 뿌듯한 변화인가.

우리 출판사 책의 주제는 크게 두 파트로 나뉜다. 반려동물 문제와 동물권 문제. 현재 동물보호·동물복지·동물권 운동의 주축을 이루는 사람들은 나처럼 반려동물과 살면서 정치적 각성을 한 반려인들이다. 그래서 함께 사는 반려동물과 행복하게, 책임감 있게 사는 게 중요하기 때문에 반려동물에 관한 책에 정성을 많이 쏟는다.

반려동물과 사는 일은 한 생명을 책임지는 일이라서 녹록하지만은 않다. 종종 문제가 생기는데 그게 주로 인간의 문제다. 사람들은 동물의 문제라고 생각하지만! 학업, 취업, 결혼, 임신, 출산, 육아 등 번잡한 인간사 동안 꾸준히 반려동물을 책임지려면 많은 노력이 필요하고, 함께 사는 동물의 습성을 알고 이해하고 대처하는 공부도 필요하고, 그들이 아플 때 대처할 수 있는 지식과 재정적 능력도 필요하다. 아이들과 살면서 수만 가지 이유로 흔들릴 때가 있을 텐데 그때마다 도움이 되는 책을 만든다.

문제행동을 하는 개와 사는 사람에게 인간이 훈련받아야 한다고 알려주고, 늙고 아프다고 버리지 말라고 건강하게 먹이고 보살피는 법을 알려주고, 아이들과의 이별이 너무 힘들어서 다시는 반려동물을 키우지 않겠다는 분들에게 잘 이별하고 행복하게 기억하는 법을 소개한다.

특히 임신했다고 개, 고양이를 버리는 세계 유일한 나라인 우리나라에서 그게 얼마나 잘못된 판단인지 의학적·과학적·사회적 지식을 조목조목 따져서 알려준 책《임신하면 왜 개, 고양이를 버릴까?》는 출간하자마자 폭발적인 반응을 얻었다. 시부모님이 임신했다고 개를 버리라고 한다는 독자의 다급한 요청에 책이 나오기도 전에 원고 파일을 보내기도 했다. 파일을 받은 독자는 덕분에 시부모님을 설득해서 개를 지키게 되었다는 기쁜 소식을 전해 주었다. 그 반응을 보면서 사람들에게 정확한 정보를 주는 것이 반려동물을 유기하지 못하게 하는 가장 좋은 방법임을 알게 되었다. 이 책은 사람들에게 잘못된 정보, 오래된 관습과 맞서 싸울 화력 좋은 총탄이 되어 주었다. 지금도 이 책은 출간된 지 꽤 되었는데도 결혼과 임신을 앞둔 반려인 부부에게 사랑받고 있다.

동물 문제는 굉장히 정치적인 의제다. 그래서 동물과 살다 보면 사회 문제, 정치 문제에 관심을 가질 수밖에 없다. 후쿠시마에서 원전이 폭발했을 때 '동물들은 어떻게 됐을까'라고 생각한 사람은 나뿐이 아니었다. 재난이 일어나면 인간 중에서도 약자가 더 많은 피해를 보고, 인간에 비해서 상대적 약자인 동물이 더 고통받는다. 《후쿠시마에 남겨진 동물들》 책을 내면서 사람들이 동물 문제를 통해 사회를 볼 수 있기를, 그 안에서 더 고통받는 약자 문제를 인식해 주기를 바랐다. 심각한 원전 문제에 한가하게 동물 이야기나 하고 있다는 비난을 감수하고 낸 책이었는데 다행히 많은 독자들이 이 책의 의도를 정확하게 읽어 주었다. 책을 만드는 사람으로서 기쁜 일이다.

정희진 평화학자는 글에서 종종 책 편집자의 중요성을 이야기한다. "양식 있는 출판 종사자의 존재가 절대적으로 중요하고, 출판 편집자의 안목이 공동체의 운명을 좌우한다."는 말에 짐이 너무 무거워서 못 들은 척한다. 하지만 혼자서는 힘들겠지만 동물 편에 서려는 독자들이 있는 한 그들과 함께라면 할 수 있겠다는 생각을 한다.

반려동물 중에서 소수인 소동물에게 관심을 가진 계기가 있었다. 햄스터를 키우는 독자들이 햄스터가 한국에서 얼마나 학대받는지 제보해 주었다. 동네 문구점, 마트에서 1,000~2,000원, 또는 각종 행사에서 무료로 분양되는 햄스터는 경쟁에 지친 학생들에게 불만을 폭발시키는 대상이 되었다. 아이들은 햄스터를 발로 밟고, 전자레인지에 돌리고, 변기에 넣고 물을 내렸다. 어른들은 몰랐던 아이들의 동물학대의 정점에 소동물이 있었다. 그래서 '사지 말고 입양하자 시리즈'의 첫 번째로 햄스터 책을 냈는데 덕분에 초등학생 독자들이 왕창 생겼다. 어린 햄스터 반려인들은 문제가 생기면 출판사로 이메일을 보내 도움을 요청한다. 남들은 우습게 여기는 작은 생명을 소중히 지켜주는 이 어린 반려인들이 앞으로 한국의 동물을 지켜줄 소중한 불씨일 것이다.

《햄스터》를 내고 저자 강연을 진행한 날, 책을 내줘서 고맙다고 독자들이 박수를 쳐 주는데 왈칵 눈물이 쏟아지는 걸 겨우 참았다. 나이 들면 눈물이 많아진다. 그렇게 낸 '햄스터' 책이 나비효과도 일으켰다. 2017년에 내가 큰일을 저질렀는데 어디서 그런 용기가 났나 생각해 보니 '햄스터' 책을 내고 느낀 소동물을 키우는 반려인들에 대한 신뢰 덕분인 것 같다.

2017년에 저지른 일이 바로 이것이다. 나는 동물단체 추천으로 몇몇 대학과 산업체의 동물실험윤리위원으로 참여한다. 계획된 동물실험이 적합한지, 동물을 과하게 사용하고 있지 않은지, 이미 했던 실험은 아닌지 등을 살펴보고 실험 승인을 하는 일이다. 몇 년간 이 일을 하면서 관행이라며 하는 의미 없는 동물실험, 실험에 비해 과하게 많은 실험동물을 쓰는 실험 등을 승인하지 않는 일을 했다. 그런데 2017년 여름 약물을 주입한 후 소변만 채취한 실험동물을 안락사시키겠다는 실험계획이 올라왔다. 안락사시키겠다는 계획을 불승인했더니 대안이 없어서 안 된다고 했다. 언제나 쉽게 실험동물을 구매해서 맘껏 실험하고 쉽게 죽였던 연구자들은 안락사 외에 무슨 대안이 있는지

도무지 모르겠다고 했다. 대안이 왜 없을까. 안락사시키지 않고 살리는 게 대안이지.

그래서 한국에서는 최초로 실험동물인 래트 20마리를 실험실에서 구조해서 나왔다. 구조해서 나오면서도 마우스에 비해서 덩치도 크고, 알비노여서 흰색 털에 빨간 눈을 한 이 아이들을 어쩌나 밀려드는 걱정에 눈앞이 캄캄했다.

하지만 기적은 하룻밤 사이에 일어났다. 실험실에서 안락사될 래트를 구조해 나왔는데 입양해 줄 사람을 찾는다는 글을 올리자 수없이 리트윗, 스크랩, 공유되었고, 하룻밤 사이에 20마리 아이의 입양처가 모두 구해졌다. 기적이라고밖에 할 말이 없었다. 모든 생명을 귀하게 여기는 반려인들의 의식 개선, 개인 활동가 중심의 구조 네트워크, 탄탄해진 종별 커뮤니티가 실험동물이라는 편견을 깨는 힘이 되었다.

남들은 징그럽다고 하는 꼬리가 길고, 눈이 빨간, 영락없는 실험쥐를 소중히 안고 "살려주셔서 감사합니다."라며 아이들을 입양해 가는 분들을 보면서 내가 더 고마웠다. 동물권 옹호 운동은 이런 많은, 평범한 반려인들에게 많이 기대고 있음을 확인했다.

동물 문제는 어떤 시각으로 보느냐에 따라 완전히 다른 세상을 만날 수 있다. 인간처럼 유불리를 따지지 않는 맑음 그 자체인 동물과 사는 일은 그보다 더한 행복이 없다. 인터뷰 때 종종 지금까지 겪었던 일 중에서 가장 감동적인 일이 무엇이냐는 질문을 받을 때가 있는데 그럴 때면 함께 사는 반려동물을 끝까지 책임지면서 행복하게 사는 사람들을 만났을 때라고 답한다. 한 생명을 책임지고 행복하게 공존하는 것보다 더 중요한 일은 없으니까. 하지만 조금만 고개를 돌리면 우리 집 반려동물과 다르지 않은 아이들이 겪는 고통이 보인다. 내가 반려견을 키우다 보니 산책길에서 만난 길고양이가 우리 개와 다르지 않다는 것을 알게 되고, 버려진 개들을 만나게 되고, 동물원에 가서 동물을 보는 게 고통스러워지는 것처럼.

동물 문제는 어떤 문제든 '알게 되는 것' 자체가 고통스러운 일이다. 책을 통해 한 생명이라도 살릴 수 있기를 바라는 마음으로 동물책만 내는 출판사를 시작했지만 때로는 모르던 시절로 돌아가고 싶을 정도로 고통스럽다. 특히 실험동물, 농장동물 등 더 고통받지만 덜 주목받는 동물 문제에 대해서 알게 되면 한 걸음도 내딛을 수 없을 정도로 절망하기도 한다. 하지만 알게 된 이상 되돌아갈 수가 없다. 그러니 더 많은 사람을 동참시켜서 그 절망을 나눠서 가볍게 만들어야지. 그게 내가 동물권 관련 책을 꾸준히 내는 이유다.

특히 한국은 동물 문제에 대한 논의가 늦은 편이어서 알려지지 않은 문제가 너무 많다. 그것들을 수면 위로 올리는 것만으로도 큰 진전이고, 그 과정에 책이 할 일이 분명 있을 텐데 과연 어떤 방법이 영리한 것인지 늘 고민한다.

《고등학생의 국내 동물원 평가 보고서》를 낸 저자와 만나 동물원 동물에 관한 두 번째 책에 관해 논의했다. 동물원 동물 문제를 이번에는 어떤 방법으로 알릴지 고민하면서 가장 중요하게 여긴 건 효율성이었다. 불편한 문제를 어떻게 하면 덜 불편하게 독자들에게 전할 수 있을까? 둘이 머리를 맞대고 고민하다가 함께 외쳤다.

"옥자처럼!"

2017년 개봉한 봉준호 감독의 〈옥자〉처럼 동물 이야기를 영리하게 하고 싶었다. 동물 문제는 너무 힘들어서 외면하는 사람들이 많다. 어떻게 하면 외면받지 않고 동물해방을 위한 열차에 독자들을 가득 태울 수 있을지 늘 고민한다.

전쟁에 사용되는 동물의 문제, 동물학대사회에 대한 고찰, 농장동물 문제, 동물정치 등 묵직한 주제의 책을 낼 때면 과연 이 책을 읽어줄 독자가 있을까 의심하고 불안에 떤다. 불안에 떨 수밖에 없다. 구멍가게 출판사여서 몇 권의 책을 실패하면 문을 닫는 건 순식간이니까. 그런데도 가볍고 마음 아프지 않은 책을 원하는 대중의 마음을 외면하는 능력 떨어지는 편집자라니!

'옥자처럼' 최대한 덜 불편하게 운전해 볼 테니 그 책에 탈 용기 있는 독자들을 기다린다. 그래서 동물 책 출판 20년을 맞을 때에는 시민들의 동물 문제에 대한 인식이 천지개벽할 만큼 변화했다고, 그래서 동물들의 삶이 많이 좋아졌다고 말할 수 있으면 좋겠다.

책공장더불어의 책

동물을 위해 책을 읽습니다
우리는 사랑하고, 입고, 먹고, 즐기는 동물과 어떤 관계를 맺어야 할까? 목소리를 스스로 낼 수 없는 동물의 편에 서서 그들의 눈으로 세상을 보게 해주는 책을 함께 읽는다.

동물에 대한 예의가 필요해
동물보호단체 입양센터에서 일을 하는 저자는 매일 일어나는 동물 사건을 잊지 않기 위해 바로바로 냅킨에 그림을 그리게 되었다. 동물들의 하소연, 호소 등을 따뜻한 그림에 담았다.

고양이 그림일기 (한국출판문화산업진흥원 이달의 읽을 만한 책, 학교도서관저널 추천도서)
장군이와 흰둥이, 두 고양이와 그림 그리는 한 인간의 일 년 치 그림일기. 종이 다른 개체가 서로의 삶의 방법을 존중하며 사는 잔잔하고 소소한 이야기.

고양이 임보일기
《고양이 그림일기》의 이새벽 작가가 새끼 고양이 다섯 마리를 구조해서 입양 보내기까지의 시끌벅적한 임보 이야기를 그림으로 그려냈다.

우주식당에서 만나
2010년 볼로냐 어린이도서전에서 올해의 일러스트레이터로 선정되었던 신현아 작가가 반려동물과 함께 사는 이야기를 네 편의 작품으로 묶었다.

개.똥.승. (세종도서 문학 부문)
어린이집의 교사이면서 백구 세 마리와 사는 스님이 지구에서 다른 생명체와 더불어 좋은 삶을 사는 방법, 모든 생명이 똑같이 소중하다는 진리를 유쾌하게 들려준다.

노견 만세
퓰리처상을 수상한 글 작가와 사진 작가의 사진 에세이. 저마다 생애 최고의 마지막 나날을 보내는 노견들에게 보내는 찬사.

강아지 천국
반려견과 이별한 이들을 위한 그림책. 들판을 뛰놀다가 맛있는 것을 먹고 잠들 수 있는 곳에서 행복하게 지내다가 천국의 문 앞에서 사람 가족이 오기를 기다리는 무지개 다리 너머 반려견의 이야기.

고양이 천국
(어린이도서연구회에서 뽑은 어린이·청소년 책)
고양이와 이별한 이들을 위한 그림책. 실컷 놀고 먹고, 자고 싶은 곳에서 잘 수 있는 곳. 그러다가 함께 살던 가족이 그리울 때면 잠시 다녀가는 고양이 천국의 모습을 그려냈다.

대단한 돼지 에스더
(환경부 선정 우수환경도서, 학교도서관저널 추천도서)
300킬로그램의 돼지 덕분에 파티를 좋아하던 두 남자가 채식을 하고, 동물보호 활동가가 되는 놀랍고도 행복한 이야기.

동물과 이야기하는 여자
SBS <TV 동물농장>에 출연해 화제가 되었던 애니멀 커뮤니케이터 리디아 히비가 20년간 동물들과 나눈 감동의 이야기. 병으로 고통받는 개, 안락사를 원하는 고양이 등과 대화를 통해 문제를 해결한다.

나비가 없는 세상
(어린이도서연구회에서 뽑은 어린이·청소년 책)
고양이 만화가 김은희 작가가 그려내는 한국 최고의 고양이 만화. 신디, 페르캉, 추새. 개성 강한 세 마리 고양이와 만화가의 달콤쌉싸래한 동거 이야기.

고양이는 언제나 고양이였다
고양이를 사랑하는 나라 터키의, 고양이를 사랑하는 글 작가와 그림 작가가 고양이에게 보내는 러브레터. 고양이를 통해 세상을 보는 사람들을 위한 아름다운 고양이 그림책이다.

깃털, 떠난 고양이에게 쓰는 편지
프랑스 작가 클로드 앙스가리가 먼저 떠난 고양이에게 보내는 편지. 한 마리 고양이의 삶과 죽음, 상실과 부재의 고통, 동물의 영혼에 대해서 써 내려간다.

펫로스 반려동물의 죽음 (아마존닷컴 올해의 책)
동물 호스피스 활동가 리타 레이놀즈가 들려주는 반려동물의 죽음과 무지개다리 너머의 이야기. 펫로스(pet loss)란 반려동물을 잃은 반려인의 깊은 슬픔을 말한다.

채식하는 사자 리틀타이크
(아침독서 추천도서, 교육방송 EBS 〈지식채널e〉 방영)

육식동물인 사자 리틀타이크는 평생 피 냄새와 고기를 거부하고 채식 사자로 살며 개, 고양이, 양 등과 평화롭게 살았다. 종의 본능을 거부한 채식 사자의 9년간의 아름다운 삶의 기록.

치료견 치로리 (어린이문화진흥회 좋은 어린이책)

비 오는 날 쓰레기장에 버려진 잡종개 치로리. 죽음 직전 구조된 치로리는 치료견이 되어 전신마비 환자를 일으키고, 은둔형 외톨이 소년을 치료하는 등 기적을 일으킨다.

용산 개 방실이 (어린이도서연구회에서 뽑은 어린이·청소년 책, 평화박물관 평화책)

용산에도 반려견을 키우며 일상을 살아가던 이웃이 살고 있었다. 용산 참사로 갑자기 아빠가 떠난 뒤 24일간 음식을 거부하고 스스로 아빠를 따라간 반려견 방실이 이야기.

개 고양이 순종의 진실

생명을 사고파는 사회가 만들어낸 괴물, 순종. 순종을 원하는 문화가 개, 고양이에게 어떤 문제를 만들어내는지 수의사인 저가가 과학적·사회학적으로 접근한다.

고양이 질병에 관한 모든 것

40년간 3번의 개정판을 내며 고양이 질병 백과의 고전이 된 책. 고양이 질병의 예방과 관리·증상과 징후·치료법에 대한 모든 해답을 완벽하게 찾을 수 있다

우리 아이가 아파요!
개 고양이 필수 건강 백과

새로운 예방접종 스케줄부터 우리나라 사정에 맞는 나이대별 흔한 질병의 증상·예방·치료·관리법, 나이 든 개, 고양이 돌보기까지 반려동물을 건강하게 키울 수 있는 필수 건강백서.

개 고양이 사료의 진실

미국에서 스테디셀러를 기록하고 있는 책으로 반려동물 사료에 대한 알려지지 않은 진실을 폭로한다. 2007년도 멜라민 사료 파동 취재까지 포함된 최신판이다.

개 고양이 자연주의 육아백과

세계적 홀리스틱 수의사 피케른의 개와 고양이를 위한 자연주의 육아백과. 40만 부 이상 팔린 베스트셀러로 반려인, 수의사의 필독서. 최상의 식단, 올바른 생활습관, 암, 신장염, 피부병 등 각종 병에 대한 대처법도 자세히 수록되어 있다.

개 피부병의 모든 것

홀리스틱 수의사인 저자는 상업사료의 열악한 영양과 과도한 약물사용을 피부병 증가의 원인으로 꼽는다. 제대로 된 피부병 예방법과 치료법을 제시한다.

암 전문 수의사는 어떻게 암을 이겼나

수많은 개 고양이를 암에서 구하고 스스로 암에서 생존한 수의사의 이야기. 인내심이 있는 개와 까칠한 고양이가 암을 이기는 방법, 암 환자가 되어 얻게 된 교훈을 들려준다.

개가 행복해지는 긍정교육

개의 심리와 행동학을 바탕으로 한 긍정교육법으로 50만 부 이상 판매된 반려인의 필독서다. 짖기, 물기, 대소변 가리기, 분리불안 등의 문제를 평화롭게 해결한다.

임신하면 왜 개 고양이를 버릴까?

임신, 출산으로 반려동물을 버리는 나라는 한국이 유일하다. 세대 간 문화충돌, 무책임한 언론 등 임신, 육아로 반려동물을 버리는 사회현상에 대한 분석과 안전하게 임신, 육아 기간을 보내는 생활법을 소개한다.

인간과 개 고양이의 관계심리학

함께 살면 개, 고양이와 반려인은 닮을까? 동물학대는 인간학대로 이어질까? 248가지 심리실험을 통해 알아보는 인간과 동물이 서로에게 미치는 영향에 관한 심리 해설서.

버려진 개들의 언덕 (학교도서관저널 추천도서)

인간에 의해 버려져서 동네 언덕에서 살게 된 개들의 이야기. 새끼를 낳아 키우고, 사람들에게 학대를 당하고, 유기견 추격대에 쫓기면서도 치열하게 살아가는 생명들의 2년간의 관찰기.

개에게 인간은 친구일까?
인간에 의해 버려지고 착취당하고 고통받는 우리가 몰랐던 개 이야기. 다양한 방법으로 개를 구조하고 보살피는 사람들의 이야기가 그려진다.

사람을 돕는 개
(한국어린이교육문화연구원 으뜸책, 학교도서관저널 추천도서)

안내견, 청각장애인 도우미견 등 장애인을 돕는 도우미견과 인명구조견, 흰개미탐지견, 검역견 등 사람과 함께 맡은 역할을 해내는 특수견을 만나본다.

햄스터
햄스터를 사랑한 수의사가 쓴 햄스터 행복·건강 교과서. 습성, 건강관리, 건강식단 등 햄스터 돌보기 완벽 가이드.

토끼
토끼를 건강하고 행복하게 오래 키울 수 있도록 돕는 육아 지침서. 습성·식단·행동·감정·놀이·질병 등 모든 것을 담았다.

사향고양이의 눈물을 마시다 (한국출판문화
산업진흥원 우수출판콘텐츠 제작 지원 선정, 환경부 선정 우수환경도서, 학교도서관저널 추천도서, 국립중앙도서관 사서가 추천하는 휴가철에 읽기 좋은 책, 환경정의 올해의 환경책)

내가 마신 커피 때문에 인도네시아 사향고양이가 고통받는다고? 내 선택이 세계 동물에게 미치는 영향, 동물을 죽이는 것이 아니라 살리는 선택에 대해 알아본다.

유기동물에 관한 슬픈 보고서 (환경부 선정 우
수환경도서, 어린이도서연구회에서 뽑은 어린이·청소년 책, 한국간행물윤리위원회 좋은 책, 어린이문화진흥회 좋은 어린이책)
동물보호소에서 안락사를 기다리는 유기견, 유기묘의 모습을 사진으로 담았다. 인간에게 버려져 죽임을 당하는 그들의 모습을 통해 인간이 애써 외면하는 불편한 진실을 고발한다.

유기견 입양 교과서
유기견을 도우려는 사람을 위한 전문적인 정보·기술·지식을 담았다. 버려진 개의 마음 읽기, 개가 보내는 카밍 시그널과 몸짓언어, 유기견 맞춤 교육법, 입양 성공법 등이 담겼다.

후쿠시마에 남겨진 동물들
(미래창조과학부 선정 우수과학도서, 환경부 선정 우수환경도서, 환경정의 청소년 환경책)

2011년 3월 11일, 대지진에 이은 원전 폭발로 사람들이 떠난 일본 후쿠시마. 다큐멘터리 사진작가가 담은 '죽음의 땅'에 남겨진 동물들의 슬픈 기록.

후쿠시마의 고양이
(한국어린이교육문화연구원 으뜸책)

2011년 동일본 대지진 이후 5년. 사람이 사라진 후쿠시마에서 살처분 명령이 내려진 동물을 죽이지 않고 돌보고 있는 사람과 함께 사는 두 고양이의 모습을 담은 평화롭지만 슬픈 사진집.

인간과 동물, 유대와 배신의 탄생
(환경부 선정 우수환경도서, 환경정의 올해의 환경책)

미국 최대의 동물보호단체 휴메인소사이어티 대표가 쓴 21세기 동물해방의 새로운 지침서. 농장동물, 산업화된 반려동물 산업, 실험동물, 야생동물 복원에 대한 허위 등 현대의 모든 동물학대에 대해 다루고 있다.

동물들의 인간 심판
(대한출판문화협회 올해의 청소년 교양도서, 세종도서 교양부문 선정, 환경정의 청소년 환경책, 아침독서 청소년 추천도서, 학교도서관저널 추천도서)

동물을 학대하고 학살하는 범죄를 저지른 인간이 동물 법정에 선다. 고양이, 돼지, 소 등은 인간의 범죄를 증언하고 개는 인간을 변호한다. 이 기묘한 재판의 결과는?

물범 사냥 (노르웨이국제문학협회 번역 지원 선정)
북극해로 떠나는 물범 사냥 어선에 감독관으로 승선한 마리는 낯선 남자들과 6주를 보내야 한다. 남성과 여성, 인간과 동물, 세상이 평등하다고 믿는 사람들에게 펼쳐 보이는 세상.

고통받은 동물들의 평생 안식처
동물보호구역 (환경부 선정 우수환경도서, 환경정의 어린
이 환경책, 한국어린이교육문화연구원 으뜸책)
고통받다가 구조되었지만 오갈 데 없었던 야생동물의 평생 보금자리. 저자와 함께 전 세계 동물보호구역을 다니면서 행복하게 살고 있는 동물을 만난다.

똥으로 종이를 만드는 코끼리 아저씨

(환경부 선정 우수환경도서, 한국출판문화산업진흥원 청소년 권장도서, 서울시교육청 어린이도서관 여름방학 권장도서, 한국출판문화산업진흥원 청소년 북토큰 도서)

코끼리 똥으로 만든 재생종이 책. 코끼리 똥으로 종이와 책을 만들면서 사람과 코끼리가 평화롭게 살게 된 이야기를 코끼리 똥 종이에 그려냈다.

야생동물병원 24시 (어린이도서연구회에서 뽑은 어린이·청소년 책, 한국출판문화산업진흥원 청소년 북토큰 도서)

로드킬 당한 삵, 밀렵꾼의 총에 맞은 독수리, 건강을 되찾아 자연으로 돌아가는 너구리 등 대한민국 야생동물이 사람과 부대끼며 살아가는 슬프고도 아름다운 이야기.

고등학생의 국내 동물원 평가 보고서

(환경부 선정 우수환경도서)

인간이 만든 '도시의 야생동물 서식지' 동물원에서는 무슨 일이 일어나고 있나? 국내 9개 주요 동물원이 종보전, 동물복지 등 현대 동물원의 역할을 제대로 하고 있는지 평가했다.

동물원 동물은 행복할까

(환경부 선정 우수환경도서, 학교도서관저널 추천도서)

동물원 북극곰은 야생에서 필요한 공간보다 100만 배, 코끼리는 1,000배 작은 공간에 갇혀 있다. 야생동물보호운동 활동가인 저자가 기록한 동물원에 갇힌 야생동물의 참혹한 삶.

동물은 전쟁에 어떻게 사용되나

전쟁은 인간만의 고통일까? 자살폭탄 테러범이 된 개 등 고대부터 현대 최첨단 무기까지, 우리가 몰랐던 동물 착취의 역사.

동물 쇼의 웃음 쇼 동물의 눈물

(한국출판문화산업진흥원 청소년 권장도서, 한국출판문화산업진흥원 청소년 북토큰 도서)

동물 서커스와 전시, TV와 영화 속 동물 연기자, 투우, 투견, 경마 등 동물을 이용해서 돈을 버는 오락산업 속 고통받는 동물의 숨겨진 진실을 밝힌다.

동물학대의 사회학 (학교도서관저널 추천도서)

동물학대와 인간폭력 사이의 관계를 설명한다. 페미니즘 이론 등 여러 이론적 관점을 소개하면서 앞으로 동물학대 연구가 나아갈 방향을 제시한다.

동물주의 선언 (환경부 선정 우수환경도서)

현재 가장 영향력 있는 정치철학자가 쓴 인간과 동물이 공존하는 사회로 가기 위한 철학적·실천적 지침서.

묻다 (환경부 선정 우수환경도서, 환경정의 올해의 환경책)

구제역, 조류독감으로 거의 매년 동물의 살처분이 이뤄진다. 저자는 4,800곳의 매몰지 중 100여 곳을 수년에 걸쳐 찾아다니며 기록한 유일한 사람이다. 그가 우리에게 묻는다. 우리는 동물을 죽일 권한이 있는가.

동물을 만나고 좋은 사람이 되었다

초판 1쇄 2019년 1월 20일
초판 2쇄 2021년 2월 4일

글 김보경

펴낸곳 책공장더불어
표지 그림 백영욱
교정 김수미

디자인 나디하 스튜디오(khj9490@naver.com)
인쇄 정원문화인쇄

책공장더불어

주소 서울시 종로구 혜화동 5-23
대표전화 (02)766-8406
팩스 (02)766-8407
이메일 animalbook@naver.com
블로그 http://blog.naver.com/animalbook
페이스북 @animalbook4
인스타그램 @animalbook.modoo/
출판등록 2004년 8월 26일 제300-2004-143호

ISBN 978-89-97137-35-0 (03810)

이 도서는 한국출판문화산업진흥원의 출판콘텐츠 창작 자금 지원 사업의 일환으로
국민체육진흥기금을 지원받아 제작되었습니다.

*잘못된 책은 바꾸어 드립니다.
*값은 뒤표지에 있습니다.